本书为教育部人文社会科学研究项目"新世纪爱尔兰小说的共同体书写研究"（23YJC752003）的成果

受"中国民航大学外语学科发展专项经费"资助

Colum McCann

跨越时空的
科伦·麦凯恩

Colum McCann Beyond Time and Space

冯丽霞 著

南京大学出版社

图书在版编目(CIP)数据

跨越时空的科伦·麦凯恩 / 冯丽霞著. — 南京：南京大学出版社，2024.2
ISBN 978 - 7 - 305 - 25616 - 5

Ⅰ. ①跨… Ⅱ. ①冯… Ⅲ. ①科伦·麦凯恩 – 小说研究 Ⅳ. ①I712.074

中国版本图书馆 CIP 数据核字(2022)第 059023 号

出版发行	南京大学出版社
社　　址	南京市汉口路 22 号　　　邮　编　210093
书　　名	跨越时空的科伦·麦凯恩 KUAYUE SHIKONG DE KELUN MAIKAIEN
著　　者	冯丽霞
责任编辑	张淑文　　　　　　　　　编辑热线　(025)83592401
照　　排	南京南琳图文制作有限公司
印　　刷	徐州绪权印刷有限公司
开　　本	718 mm × 960 mm　1/16 开　印张 14.25　字数 205 千字
版　　次	2024 年 2 月第 1 版　2024 年 2 月第 1 次印刷
ISBN 978 - 7 - 305 - 25616 - 5	
定　　价	85.00 元

网址：http://www.njupco.com
官方微博：http://weibo.com/njupco
官方微信号：njupress
销售咨询热线：(025) 83594756

* 版权所有，侵权必究
* 凡购买南大版图书，如有印装质量问题，请与所购图书销售部门联系调换

前　言

　　科伦·麦凯恩是当代英语文坛迅速崛起的爱尔兰裔美国作家，其创作题材庞杂、形式奇崛。目前，国内外学者已注意到麦凯恩小说中的"阈限"现象，但尚未深入挖掘该主题，也并未在跨越本质边界、颠覆主流叙事、关注流动身份、研究混杂文化等方面观照其阈限性，而这些方面都包含在麦凯恩小说的主题思想中，内蕴阈限性，并有可能为麦凯恩的小说研究构建起完整的认识框架。从某种程度上讲，人类学家阿诺尔德·范热内普和维克多·特纳在阈限概念上与麦凯恩对边缘群体的关注及其对讲故事艺术的探索产生共鸣，主要体现在以下三个方面：一，"阈限"即"过渡仪式"中跨越界限、"居间"的状态，可以用来观照麦凯恩小说中未成年人、迁居群体的生命体验以及民族国家的转型过程；二，拒斥那些与"占有地位"和"扮演角色"联系在一起的陈词滥调，挖掘社会阈限、边缘、底层处人类潜能的交融艺术与麦凯恩对边缘群体的再现具有相似的社会功效；三，不断求新求变却充满虚无恐惧的永久阈限性的现代社会与麦凯恩对美国社会的描述不谋而合。因此，范热内普"过渡仪式"的概念和特纳对阈限性、交融艺术、现代性的洞察可以为阐释麦凯恩小说提供新的理论视角。

　　麦凯恩出走爱尔兰、游历各国、最终定居纽约，其写作重点与方式也发生了相应的变化。总体来说，麦凯恩的创作有从爱尔兰"民族"向"流散历史"、再到世界主义"大都市"推进的脉络特征。麦凯恩早期的爱尔兰小说基于其成长、旅行经历，再现跨越传统与现代的爱尔兰新身份;之后的历史书写聚焦不同地区历史上的流散者以及跨越历史与虚构的再现技巧;定居纽约后他更多通过空间叙事"并置"边缘群体孤独、创伤、痛苦的生命体验,揭示蕴含于各种共同体中的交融力量。基于以上考量,本书旨在通过阈限视角分析麦凯恩跨越传统与现代、历史与虚构、中心与边缘的叙事策略及其所再现的边缘故事,从形式与内容上进一步审视其跨越一切时空边界、追求联结与沟通的世界主义交融艺术。本书主体部分包括三章。

第一章通过分析《这个国家的一切别无选择》合集、《黑河钓事》合集和《歌犬》中未成年人的成长仪式以及迁居行为对流散者、留守者的影响来考察新爱尔兰的民族身份。本章分三节来论述。第一节通过分析未成年人身体空间的阈限性来审视北爱冲突和解的可能。第二节通过短篇小说呈现的新爱尔兰的多维瞬间考察游走在本土看护与远走他乡之间的民族身份。第三节探讨《歌犬》的世界小说特质,考察麦凯恩从解辖域化的爱尔兰性向世界主义主题创作转向的发展趋势。

第二章分析《舞者》《佐利姑娘》和《飞越大西洋》中跨越历史与虚构的历史叙事策略和流散者的普遍境况,具体分三节来论述。第一节聚焦《舞者》颠覆历史权威和传记常规的叙事艺术。第二节侧重分析佐利与复杂时空互动、沦为多重他者的过程。第三节挖掘作者再现美国-爱尔兰跨国历史事件和虚构女性流亡史的创作意图与批判意识,凸显历史的虚构性、多维性和人类联结与沟通的交融愿景。

第三章考察《光明的这一面》《转吧,这伟大的世界》(简称《转吧》)和《十三种观看的方式》的空间叙事特征以及纽约城市空间中的生命体验、社会问题,旨在从形式和内容两方面进一步审视边缘群体民主发声、彼此联结的交融愿景。整个讨论由三节组成。第一节探讨《光明的这一面》中种族他者在黑暗底层社会抗争的家族史。

第二节分析《转吧,这伟大的世界》如何引导众生超越悲痛、继续生活的狂欢赞歌。第三节审视《十三种观看的方式》中老年他者的临终遭遇,进而透视其隐喻阈限性现代社会悖论与危机的主题意蕴。

麦凯恩通过摒弃爱尔兰本质主义文化传统,刻画宗派之间的沟通与和解;推动爱尔兰与世界之间的跨文化交流,建构世界公民身份;讲述介于历史与虚构之间的历史事件,质疑官方话语权威;聚焦边缘社会的黑暗角落并赋予他者民主讲故事的权利来再现跨越各种边界的流动世界。其超越地理边界、身份边界、文化边界、历史边界、空间边界和叙事边界的跨界书写内蕴杂糅性,形成了某种迥异于制度化、常态化社会结构的交融艺术。

目　录

导　论 ··· 1

第一章　跨越传统与现代的爱尔兰 ······························ 41
  第一节　超越宗派纷争的爱尔兰:《这个国家的一切别无选择》
　　　　　　　　·· 43
  第二节　超越本土禁锢的爱尔兰:《黑河钓事》 ············ 59
  第三节　爱尔兰混血儿的成长:《歌犬》 ····················· 76

第二章　跨越历史与虚构的流散历史 ····························· 95
  第一节　颠覆历史的"舞者"再现 ································ 96
  第二节　阈限时空中的多重他者"佐利姑娘" ·············· 106
  第三节　《飞越大西洋》中的阈限性历史事件 ············ 119

第三章　跨越中心与边缘的城市空间 ·························· 131
  第一节　底层家族的"光明的这一面" ······················ 133
  第二节　"这伟大的世界"中的狂欢与交融 ················ 143
  第三节　美国社会的"十三种观看的方式" ················ 156

结　论 ··· 171

引用文献 ··· 183

附　录 ··· 206

后　记 ··· 218

导　论

科伦·麦凯恩（Colum McCann，1965—）是当代英语文坛迅速崛起的爱尔兰裔美国作家。他生于爱尔兰都柏林市郊，儿时常去母亲的故乡北爱尔兰德里郡（Derry）过暑假，得以近距离感知爱尔兰土地上的宗派纷争，为其日后审视、反思、再现错综复杂的爱尔兰问题提供了重要素材。父亲肖恩·麦凯恩（Sean McCann）不仅是都柏林《晚间快报》的专题编辑，还是一位多才多艺的作家，经常横跨大西洋到美国做讲座，给儿子带回"垮掉的一代"作家艾伦·金斯堡（Allen Ginsberg）、杰克·凯鲁亚克（Jack Kerouac）的作品，激发儿子去远方、在路上的作家梦想。母亲故乡忧郁的爱尔兰传统与父亲所启发的开放的美国精神孕育了热衷旅行和跨文化交流的麦凯恩。他在采访中自称"国际混血儿"（international bastard）（Macklin 156）、"两个国家的人"（a man of two countries）（McCann，"Identity-Being Irish" 62），立志书写"宏大的属于爱尔兰人的美国小说"[1]。由是观之，爱尔兰、美国、国际混血儿成为麦凯恩出身背景较为突出的标签。

麦凯恩早年当过记者，见识过社会底层生活，这一定程度上决定了他日后为"社会边缘"（Cusatis 3）群体发声的写作志向。11岁时，

---

[1] Mahmout, Travis. "About Colum McCann." 9 September 2018 ⟨http://www.colummccann.com/about.htm⟩

麦凯恩成为《爱尔兰新闻报》的体育记者,负责收集当地足球赛事,撰写相关新闻报道。中学毕业后,他参加了拉斯敏斯商业大学的新闻计划项目,并于1983年因对都柏林受虐妇女的出色报道获得"年度青年记者"称号。在调查取材的过程中,他生平第一次踏入都柏林最肮脏破败的地方,这种近似人类学田野调查的经历为麦凯恩打开了不同于日常生活的城市异质空间,这个空间远离中上层阶级的视野,处在社会结构的底层、边缘处,无限黑暗困顿却饱含人类最本能迸发的生命活力。这一发现决定了麦凯恩日后聚焦社会黑暗空间、边缘人群境况的创作方向。正如麦凯恩在采访中所强调的,"我扎根于每个国家的黑暗角落(the dark corners)"(Cusatis 3),对"黑暗角落"的关注、考察、再现成为麦凯恩践行"对局外人的同理心"(empathy for outsiders)①、开掘"未被讲述的故事"(the untold story)(Wall 282)的主要路径,反映了麦凯恩代弱者、无声者发声的社会责任意识和基于人道主义的同理心。

  受杰克·凯鲁亚克《在路上》(On the Road)的感召,麦凯恩21岁时怀揣作家梦前往美国,但现实是幸福的童年、贫乏的中产阶级生活令他无从下笔。于是,他开启了为期18个月、跨越40多个州的自行车拓展之旅。旅行中,他体验各种工作,遇到形形色色的人,倾听并收集路人恣意分享的秘密,这些经历彻底打开了这个都柏林中产阶级男孩的视野。从一定意义上讲,这段旅行是成就麦凯恩作家身份的成长仪式。他曾说,旅行是一所大学,"使自己接触到未被注意的那部分自我"(Cusatis 5),是自身"不断内化更新的过程"(同上13)。旅行的经历和芸芸众生的故事以文化编码的形式进入麦凯恩的知识系统,为其创作提供不竭源泉,累积成《黑河钓事》合集(*Fishing the Sloe-Black River*, 1994)、长篇小说《歌犬》(*Songdogs*, 1995)以及之后一系列围绕未成年人、流亡者、混血儿、僧侣、老人等

---

① Unpublished interview with Cusatis, 12 March 2008.

边缘群体的小说素材。

1990年,麦凯恩到美国得克萨斯大学攻读学士学位,并于1994年顺利毕业,获得英语和美国历史双学位。期间,他创作的第一部短篇小说①获得爱尔兰轩尼诗奖"最佳首部短篇小说奖"和"总冠军奖"两个奖项。《姐妹》("Sisters")更是与文坛宿将马丁·艾米斯(Martin Amis)、艾德娜·奥布莱恩(Edna O'Brien)、爱丽丝·门罗(Alice Munro)的作品一同入选贾尔斯·戈登(Giles Gordon)编辑的《1993年最佳短篇小说集》(Best Short Stories, 1993)。他将在得克萨斯州创作的12部短篇小说结集出版,即《黑河钓事》合集,主要书写爱尔兰人迁居、流散、迷失的故事。卡罗尔·伊利格(Carol Illig)盛赞:在这部小说集中,麦凯恩"继承济慈(John Keats)善用爱尔兰传说的传统,沿袭乔伊斯(James Joyce)感性丰饶的语言,俨然直面虚无主题的贝克特(Samuel Beckett)"。作为新一代爱尔兰作家的杰出代表,麦凯恩精妙传承了爱尔兰的文学传统,并将爱尔兰故事的时空背景扩大到全球范围,尤以《穿越黑地》("Through the Field")为代表。这部小说入选德莫特·博尔杰(Dermot Bolger)编辑的当代爱尔兰小说集,并被排在压轴位置,预示着编辑们将来需要在世界范围内而不仅仅是在爱尔兰本土寻找爱尔兰书写的新特点(Bolger xxvii)。《黑河钓事》《凯瑟尔的湖》("Cathal's Lake")和《恩里克的早餐》("Breakfast for Enrique")陆续与英语文坛名家的作品一起入选各种小说集,反映了麦凯恩高超的写作手法和不断得到认可的文坛地位。1994年,麦凯恩回到英格兰宣传他的第一部长篇小说《歌犬》,该作获得国际IMPAC都柏林文学奖提名;随后结集出版《这个国家的一切别无选择》(Everything in This Country Must, 2000),收录以北爱政治冲突为背景的中篇同名小说和两部短篇小说《木》("Wood")和《绝食抗议》("Hunger Strike")。乔伊斯·卡罗尔·奥茨(Joyce

---

① 麦凯恩的第一部短篇小说名为"Tresses"。

Carol Oates)评价道:"麦凯恩的《这个国家的一切别无选择》合集是今年节奏最美、最感人的短篇小说集。"同名小说被拍成电影后,获得最佳真人实景短电影的提名。以上三部作品主要以爱尔兰为背景,聚焦爱尔兰未成年人在北爱冲突中的成长感受、全球化时代爱尔兰迁居行为的诸多影响以及爱尔兰人民在民族国家转型过程中的阵痛、调整、迷茫与希冀。

1997年,麦凯恩一家移居美国。他无意间听说纽约地铁隧道中住着大量无家可归者,遂展开深入调查,围绕纽约城市建设者创作了小说《光明的这一面》(*This Side of Brightness*, 1998)。这部小说成为麦凯恩第一部风靡全球的畅销书,入围国际IMPAC都柏林文学奖短名单。2001年至2005年辗转各国后,他又回到纽约市定居,开始在纽约城市大学亨特学院教授创意写作课。2009年,新东家兰登书屋(Random House)出版他的第二部以纽约市为主要背景的小说《转吧,这伟大的世界》(*Let the Great World Spin*)(下文也简称《转吧》)。这部小说以历史上世贸双塔之间的高空行走事件为主线,聚焦社会众生的创伤与疗愈,甫一问世,好评如潮。美国"本土"作家戴夫·艾格斯(Dave Eggers)不吝赞美:"居然让一个爱尔兰人,写出了一部关于纽约的最伟大的小说之一。"(《转吧》8)《君子杂志》(*Esquire*)称其为"一部伟大的'9·11小说'"①。普利策奖得主弗兰克·麦考特(Frank McCourt)甚至表达了对麦凯恩写完这部巅峰之作的忧虑:"写出这么一部鸿篇巨制、空前绝后、令人心碎、形同交响乐的大作之后,他怎么办?纽约没有哪个小说家在写作上如此高峰入云,却又这般深不见底。"(《转吧》封底)该小说成功问鼎2009年度美国国家图书奖、2011年国际IMPAC都柏林文学奖、中国人民文学出版社举办的2010年度"21世纪年度最佳外国小说·微山湖奖"。麦凯恩成

---

① Junod, Tom. "*Let the Great World Spin*: The First Great 9/11 Novel." *Esquire*. 8 July 2009.

为第一位得到国际文坛高度认可、爱尔兰土生土长的"美国作家"（Cusatis 11）。此后，他陆续获得古根海姆奖、大使图书奖等众多奖项。2015年，麦凯恩推出小说集《十三种观看的方式》（*Thirteen Ways of Looking*），聚焦日常生活中的偶然、暴力、意义与恩典。同名小说完全以纽约市为背景，细致再现老年法官的临终一日，围绕其偶然遇袭致死事件进行抽丝剥茧的调查，宛如纽约版乔伊斯式的《尤利西斯》。以上作品均以纽约市为主要背景，或再现纽约地下隧道中种族他者的家族史，或拼贴纽约社会边缘群体的众生相，或深度刻画老年法官的意识时空，展示了纽约城市空间中的生命图景及社会问题。

2001年，麦凯恩游历俄罗斯，收集了俄罗斯芭蕾舞天才鲁道夫·纽瑞耶夫（Rudolf Nureyev）的故事素材，于2003年出版其第一部历史小说《舞者》（*Dancer*），标志着麦凯恩由书写"你不知道"却"想知道"①的主题转向再现"众所周知的历史人物"（张芸109）的大胆尝试，体现出他对"描写'真实生活中的人物'是缺乏想象的表现"的旧有认知的调整，开启质询"何谓真实"、探寻"历史与想象之间的鸿沟、无名氏与政治人物或权贵之间的鸿沟"（同上）的流散历史再现的实验。《舞者》获得爱尔兰年度最佳小说"周日独立奖"，同年麦凯恩被《君子杂志》十月刊评选为"最优秀和最聪明"的美国青年作家。2005年，麦凯恩先后辗转奥地利、匈牙利、意大利、斯洛伐克等地，深入吉普赛营地数月，收集20世纪吉普赛最伟大的流亡女诗人帕普莎（Papusza）的故事，写就最具批判意识和流亡精神的历史小说《佐利姑娘》（*Zoli*，2006）。此后，麦凯恩推出《飞越大西洋》（*TransAtlantic*，2013），再现爱尔兰与美洲之间的重大历史事件与无名氏的故事。该作入围英国曼布克奖长名单，被赞"延续了《转吧，这伟大的世界》标新立异、艺高胆大的风格，使读者领略惊险刺激的

---

① Unpublished interview with Cusatis, 17 June 2008.

跨洋飞行"①。以上作品重点建构介于历史与虚构、真实与想象、官方权威与无名氏声音之间的模糊地带,以鲜明的叙事策略形成麦凯恩的历史再现艺术。

　　截至 2018 年,麦凯恩共出版 6 部长篇小说、3 部小说集和 1 部工具书《写给青年作家的信》(*Letters to a Young Writer: Some Practical and Philosophical Advice*, 2017)。在《写给青年作家的信》中,他将这些年来的创作理念整理成通俗易懂的箴言书信传达给读者,详细阐释了讲故事的民主权利和技巧。其主要作品已被翻译成三十多种文字,在世界范围内广泛流传,不仅长期雄踞通俗小说畅销榜,而且得到学术界的高度认可。然而,对于他的作品也有批评的声音,比如伦敦《独立》杂志批评《歌犬》的叙事节奏过于沉闷乏味,选词痕迹过于明显;《伦敦书评》的埃德蒙·戈登(Edmund Gordon)批评《飞越大西洋》"前半部分"只是"北美和爱尔兰之间历史旅行的精选集",充满了"英雄的咆哮和哀伤的惊叹","像普通的好莱坞纪录片一样处理其主题"(23)。但瑕不掩瑜,麦凯恩艺高胆大的叙事艺术、诗意细腻的语言、犀利露骨的批判、感同身受的悲悯、讲故事民主的吁求已经得到广大读者和学院专家的普遍赞誉。就体裁而言,他的小说可以分为"成长"小说、"历史"小说、"现实主义"小说和"讽刺"小说;从背景上看,可以分为"爱尔兰"小说、"跨国民族主义"小说和"城市"小说;从题材上讲,其作品较多涉及全球化背景下新爱尔兰民族身份的建构,历史上被放逐的国际混血儿再现,纽约社会边缘群体书写,题材深邃庞杂,叙事诗意优美,近年来逐渐掀起国内外学者的研究热情。

　　国外较早开展麦凯恩的作品研究。《重要作家指南:聚焦科伦·麦凯恩》(*The Essential Writer's Guide: Spotlight on Colum McCann*)简

---

① Corrigan, Maureen. "In TransAtlantic: The Flight Is Almost Too Smooth." *Fresh Air*, 6 June 2017 〈http://www.npr.org/2013/06/17/191334200/in-transatlantic-the-flight-is-almost-too-smooth.〉

要概括了《佐利姑娘》和《转吧,这伟大的世界》的故事情节及获奖情况;期刊、网站中的采访、书评等,如《他乡之国:科伦·麦凯恩访谈》("'A Country of the Elsewhere':An Interview with Colum McCann")主要介绍了麦凯恩的成长经历、创作理念和价值观,为文学爱好者和研究者提供了初级参考;约翰·库萨提斯(John Cusatis)的《理解麦凯恩》(*Understanding Colum McCann*)从作家生平、作品内容、文本用典的角度全面介绍麦凯恩其人其作,认为麦凯恩的爱尔兰成长背景、广泛阅读、对跨国旅行的热爱共同塑造了他书写"穿越各种边界"的"国际小说"的创作特点(Cusatis 22),其中包含大量库萨提斯采访麦凯恩的第一手资料,论证扎实全面,具有很高的参考价值。但此类研究较多关注麦凯恩个人经历对于其创作的影响以及其他重要作家对其作品的影响研究、互文性解读,偏重于分析麦凯恩具体"写了什么",不同程度上忽略了小说与文本外部社会文化语境的关联,即"他为什么这样写"以及"这样写"背后所蕴含的社会批判意识与道德诉求。

  国外较为深入的麦凯恩研究大致可分为身份、空间、叙事、他者、文学功能等几大类。身份研究主要讨论爱尔兰的流动性身份、多元文化主义民族身份等。米利亚姆·玛拉(Miriam Mara)和丽贝卡·巴赫(Rebecca Bach)在《寻找〈黑河钓事〉中的未来》("Seeking the Future in *Fishing the Sloe-Black River*")中分析了凯尔特之虎经济腾飞前夕爱尔兰民族的身份特征——"在看护他人、被看护的需要与迁居、离开的需要之间协商的身份"(Mara & Bach 9):在"看护"方面,主要探讨血缘、非血缘、社会特殊机构的看护;在迁居方面,通过水的意象来表征全球化背景下不断流变的爱尔兰新身份和大规模的移民活动(同上 26)。阿曼达·塔克(Amanda Tucker)在《这里与那里:重建〈歌犬〉的流散性》("Here and There:Reframing Diaspora in *Songdogs*")中将爱尔兰置于全球化跨文化交流的进程中审视爱尔兰流散身份的世界主义特质(Tucker 29)。德克兰·凯伯德(Declan

7

Kiberd)等流散学者普遍认为爱尔兰流散现象是一种解辖域化的民族主义,而塔克认为《歌犬》将迁居行为刻画成现代人的普遍境况,而非爱尔兰民族的独特之处,以此来演绎跨种族团结的可能性和跨文化交流的普遍性,从而质疑凯伯德的观点(Tucker 30)。塔克详细解读了小说中移动意象对于人物主体意识发展的作用,身份和遗传对于"处在文化交口"(同上 43)的康纳的国际混血儿身份的多重影响,总结了现代移民同时建立多个国家归属的新模式(同上 44)。塔克的分析将社会文化语境与文本内部主题、人物的阐释有机结合,深入考察了爱尔兰民族身份的流动性。此外,塔克在《"我们的故事无处不在":科伦·麦凯恩和爱尔兰多元文化主义》("'Our Story Is Everywhere': Colum McCann and Irish Multiculturalism")中论证了《佐利姑娘》和《舞者》两部小说为爱尔兰读者提供了培养"多元文化主义分支之一的世界主义思想"(this cosmopolitan strand of multiculturalism)的机会,强调"个体对各种不同文化社群的想象性参与"(Tucker 109)。塔克对麦凯恩不同小说所呈现的爱尔兰身份有不同的界定,在分析《歌犬》的论文中指出爱尔兰身份的"世界主义"特质,在分析《佐利姑娘》和《舞者》的论文中却将"世界主义"划归为"多元文化主义"的分支,不仅没有理清两个概念的区别与联系,[1]也欠缺对于麦凯恩情感结构、创作意图及其整体创作特点的全局性洞察。

---

[1] 多元文化主义与世界主义的丰富概念虽然都有尊重不同文化的含义,但前者强调"一个国家内不同文化的共存"(法语《罗贝尔词典》1991 年版),文化间的边界还在;而世界主义思想强调不同文化间的"联结和沟通"(Patell 10)。历史学家霍林格在讨论多元文化主义面临的诸多理论诘难和现实问题时,提出的应对方案就是世界主义思想,只有打破各种文化、民族、种族的壁垒,实现基于人性的团结,才是解决当代多元文化主义社会危机的救赎之道。因此,学者塔克并未理清多元文化主义与世界主义两个概念的关系,错误地分析了麦凯恩的文化观。对这一问题的甄别直接关系到本书对于麦凯恩小说中阈限思想的界定,他主张"跨越"文化之间的边界,促进不同文化之间的联结与杂糅,属于世界主义思想的范畴,而不是多元文化主义的范畴。这也是麦凯恩强调自己是"国际混血儿"的意义所在。

身份的建构离不开人类生活最根本的两个维度——时间和空间,以上研究均涉及空间位移对人类主体身份的影响,空间视角成为麦凯恩小说研究非常重要的切入点。首先,身体是人类存续生命、调动思想、感知外界的最基本的空间维度。弗兰纳瑞在《冲突三部曲:〈这个国家的一切别无选择〉》("'Troubles' Trilogy: *Everything in This Country Must*")中论证《这个国家的一切别无选择》《木》和《绝食抗议》以未成年人的身体作为政治、文化论争的场域,为北爱和解提供可能。他们跨越成人偏执的宗派信仰与孩子未定型认知之间的"边界",在误解、错过、体验社群政治仪式与习俗的过程中,孕育颠覆、改变既定宗派身份,建构更加包容、自由的社会身份的可能,代表了新时期爱尔兰国内政治和解的未来和希望。(Flannery 57)此外,都柏林大学的艾莉森·加登(Alison Garden)在文章《作者身份、口头表达、印刷现代性:科伦·麦凯恩〈佐利姑娘〉中的罗马再现》("Authorship, Orality, and Print Modernity: Representing the Roma in Colum McCann's *Zoli*")中指出,"历史和记忆都是通过感官体验建构的"(Garden 351),并将身体体验优于理性的再现方法视为对帝国主义与属下他者二元对立认识论的挑战。此类研究还有《麻烦的身体:科伦·麦凯恩北爱冲突短篇小说中的忍受、反抗和希望》("Troubling Bodies: Suffering, Resistance and Hope in Colum McCann's 'Troubles' Short Fiction")(Flannery 33–51)。以上研究共同指出身体空间是个人体验的媒介、权力博弈的场域、反映人类主体所蕴含的能动性及其推动社会改变的潜在力量。

人类个体跨越身体空间的边界会解辖域化到更广阔的社会空间。塞尔维·米可夫斯基(Sylvie Mikowski)在《流浪艺术家、平滑空间、逃逸线:通过乔伊斯、德勒兹和加塔利阅读科伦·麦凯恩》("Nomadic Artists, Smooth Spaces and Lines of Flight: Reading Colum McCann Through Joyce, and Deleuze and Guattari")中通过吉尔·德勒兹(Gilles Deleuze)和费利克斯·加塔利(Félix Guattari)的"生成

过程""解辖域化""逃逸线"和"地理哲学"等概念观照了《歌犬》《光明的这一面》《佐利姑娘》中流散人群于层级空间向平滑空间"逃逸"的"解辖域化"过程,审视了麦凯恩对流散人群的跨国书写、对地形的频繁描述,尤其考察了作品中流散人群随着地理空间的位移而不得不面对的社会空间的变化以及不同地理景观对流散者的影响(Mikowski 132)。

全球化时代人类的跨国实践空前频繁。安妮·福格蒂(Anne Fogarty)的《共时性的典范:〈佐利姑娘〉和〈转吧,这伟大的世界〉的跨国主义环境》("'An Instance of Concurrency': Transnational Environment in *Zoli* and *Let the Great World Spin*")探讨了麦凯恩如何通过环境和跨国主义空间实践来充满想象力地诠释身份问题。福格蒂认为这两部小说契合了爱尔兰文学生态转向后的绿色批评趋势,强调"地方"既可以被看作本土的、特殊的,也可以被看作多维度的、世界性的,着重考察主人公与环境的互动关系,指出麦凯恩所描述的环境已深深地打上了跨国主义的烙印,构成时空之网、故事之网的一部分。该研究以生态批评的视角探讨了移民超越本土、建立跨国联结之网的全球化现象(Fogarty 108)。

国际大都市"纽约"是一种全球地方化空间,引起众多学者的关注。德里克·汉德(Derek Hand)在《居于全球化的世界:对〈光明的这一面〉中的地方的理解》("Living in a Global World: Making Sense of Place in *This Side of Brightness*")中提到解辖域化爱尔兰的文化观,认为爱尔兰故事、爱尔兰文化可以在全球其他地方讲述,生根发芽;试图打破本土与全球的边界,重新思考地方的本质以及人类如何在全球地方化的空间中生存、协商身份;设想处于边缘地位的爱尔兰可以保持本民族文化、叙事、地方意识本真的同时,影响世界的中心,走入世界的前景,从而迎接真正积极的全球化。(Hand 45)弗兰纳瑞在分析《转吧,这伟大的世界》时也指出纽约是"地方化的全球空间"(Flannery, *Colum McCann* 209),是小说所有旅行、错位等空间维度的终点和主要舞台,并进一步指出地上空间与地下空间的并置所蕴藏的救赎力量以及走钢丝壮举对资本主义空间逻辑的颠覆作用。他的空间分析侧重希望主题的演绎,虽缺乏理论观照,但很有启发性。辛妮·莫伊尼汉(Sinéad Moynihan)的论文《地上地形学与地下地形学:科伦·麦凯恩"9·11"之前和之后的纽约小说中的摩天大楼和地铁时空体》("'Upground and Belowground Topographies': The Chronotopes of Skyscraper and Subway in Colum McCann's New York Novels before and after 9/11")基于巴赫金(M. M. Bakhtin)的时空体概念,建立麦凯恩两部小说《光明的这一面》和《转吧,这伟大的世界》中时空体之间的联系,指出"9·11"事件并非美国历史和文学史的断裂,强调过去与现在的时间维度和地上与地下的空间维度与人类个体创伤紧密相连。(Moynihan 269-290)该研究的主要贡献在于:其一,对麦凯恩后期以纽约市为主要背景的小说进行了建设性的分类,统称"纽约小说";其二,关注到麦凯恩城市书写中最重要的表征维度"空间",不仅意识到共时空间的无限延展性,也强调了空间与时间的不可分割性;其三,也是最重要的,该研究关注到美国社会中时空与人类个体经验的互动关系。

弗兰纳瑞注意到麦凯恩小说中的阈限空间主要表现为时间的反结构和城市异质空间。在对《歌犬》的分析中,他将照片解读为一种捕获过去时空片段、补充记忆的方式,为康纳提供了通过想象进入照片中墨西哥、旧金山和怀俄明等阈限空间的媒介。照片提供了协商的"入口(threshold),处于结构性过去与结构性未来之间的无人地带,正是社会标准控制发展所预期的"(Turner, "Dewey, Dilthey, and Drama: An Essay in the Anthropology of Experience" 41)。以照片为代表的视觉再现艺术不仅凸显了文本中时间的空间化倾向,更成为勾连不同时空、承载记忆、探寻过去对当下身份影响的重要载体。此外,弗兰纳瑞指出《光明的这一面》中纽约地下隧道是危险、无声却孕育着重生与希望的阈限空间。以上分析开拓了麦凯恩研究的人类学阈限视角,但阈限概念不仅仅局限于对其作品中具体时空片段的解读,它还具有更丰富的理论维度和阐释空间。

时间维度的研究与空间密不可分,主要体现在对过去某一时间点多维空间的展开以及人类的选择性主观记忆等方面。苏珊·卡西尔(Susan Cahill)在论文《舞蹈动作的记忆:舞动的身体和〈舞者〉的瞬间》("Choreographing Memory: The Dancing Body and Temporality in *Dancer*")中指出,舞蹈多被理解为转化与解构的过程、记忆的身体经验、过去和现在的非线性的经验,是在历史话语中重新想象时间关系的手段;现在包括过去,现在与过去交织在一起,而记忆不过是过去空间中被主观选取的那一部分。这种非线性的时间表征方式不仅反映了记忆、历史的部分特点,也凸显了麦凯恩的空间叙事特征,为众多人物的复调展演、身份重建提供可能。(Cahill 75)

身体空间、跨国空间、全球地方化空间、阈限空间、层级空间向平滑空间逃逸等研究均有跨越某种意义上的"边界"的共性,包括有形的身体边界、民族国家的政治地理边界以及无形的时间、文化、心理等边界。巴赫金时空体概念的运用凸显了不同种族、阶级、性别定居者共时体验到的社会等级间的"边界";弗兰纳瑞分析《歌犬》中照片所形成的、跨越过去与当下"边界"的阈限空间,《光明的这一面》中打破纽约文明幻象的地下隧道空间,为人类学阈限理论观照麦凯恩的作品提供了范例。学者希拉·西诺思(Sheila Hones)在专著《文学地理学:〈转吧,这伟大的世界〉的叙事空间》(*Literary Geographies: Narrative Space in Let the Great World Spin*)中提出小说是作者、出版商、读者、其他文学作品等合力作用下的空间事件,其立论虽无理论支撑但强调了文学解读需要跨越文本边界的开放性。尽管现有的空间研究比较分散、琐碎,有的甚至缺乏理论支撑和严谨论证,但整体上呈现出跨越各种社会、文化、政治"边界",人与时空互动的特点。

学者们一致认为打破历史、传记、小说等文类边界的后现代历史叙事策略是麦凯恩历史再现的典型手法。弗兰纳瑞从后现代主义创作临时性、碎片化、认知焦虑、本体怀疑论角度解构历史书写的权威，并通过阐释《舞者》题词、后记以及琳达·哈琴（Linda Hutcheon）解构历史与文学边界的观点来论证作者编织情节、书写"虚构传记"（Mikowski 141）的过程，尤其指出小人物碎片化叙事与舞蹈动作的刻画对于传统传记叙事常规的消解作用。安杰·加宾斯基（Andrzej Gabinski）在《挑战历史：科伦·麦凯恩的〈歌犬〉对过去的重建》（"Challenging History: Past Reconstruction in Colum McCann's *Songdogs*"）中以新历史主义视角论证康纳虚构父母故事、建构自我身份的主观性。此类研究凸显了麦凯恩质询大写历史权威，"瓦解个人与集体历史边界……审视自我与他者"（Tucker 107）关系的艺术手法和伦理吁求。

此外，学者们进一步挖掘麦凯恩小说中口头叙事、小人物复调叙事对传统单一权威叙事的解构作用。加登在文章《作者身份、口头表达、印刷现代性：科伦·麦凯恩〈佐利姑娘〉中的罗马再现》中指出，该小说的叙事具有口头表达的特点，口头表达与现代性文本交融，形成以身体为场域的"口头文本"（oral text）（Garden 214），表达对其作者归属权的威慑和焦虑。另外，学者们多次提到麦凯恩小说的复调、多声结构，认为《舞者》"充分体现了彼得·伯克（Peter Burke）所描述的从完美的历史声音向'复调'的过渡，复调被定义为'各种各样的声音、截然不同的声音'"（Cahill 99）；《转吧，这伟大的世界》也是"多声、民主的文本，基于整体性与同理心理解的各种形式将各种叙事和生活编织在一起"（Flannery, *Colum McCann* 228），但缺乏进一步的深入研究。只有露丝·吉利根（Ruth Gilligan）在《走向"他者叙事学"：科伦·麦凯恩、爱尔兰和一种跨文化新方法》（"Towards a 'Narratology of Otherness': Colum McCann, Ireland, and a New Transcultural Approach"）中提到多声叙事是建构主体与他者平等对话的他者叙事学的形式技巧之一（Gilligan 108）。

除了他者叙事学的探讨，麦凯恩再现对象的特点以及他者的社会文化生成机制也进入研究者的视野。库萨提斯指出麦凯恩一向关注"边缘群体",尤其是流动空间中的流亡群体和社会层级空间中心灵饱受错位、创伤之痛的他者人群(Cusatis 3)。弗兰纳瑞探讨了主流社会对他者的文化建构策略,主流群体对他者的文化焦虑,他者被妖魔化、去权利化的运作过程,从而凸显他者地位的人为建构性,并进一步阐明麦凯恩基于同理心对佐利姑娘进行的他者书写赋予了受害者以主体性、赋予了吉普赛文化以救赎和尊严,暗合将他者还原为主体的他者伦理观(Flannery, *Colum McCann* 168)。加登也开掘了麦凯恩作品中的他性以及美国下层生活所内蕴的世界主义伦理思想(Garden 171)。然而,他者的政治文化内涵较为丰富,现有研究远没有涵盖麦凯恩所关注的流散他者、历史他者、社会他者、人类他者等广阔人群,对于麦凯恩他者想象、他者同理心书写的探讨,即麦凯恩小说颠覆主体与他者二元对立的创作方法、目的和社会功效的研究有待进一步深入。

  文学艺术蕴含丰沛的想象力,在一定程度上起到建构身份、干预政治、呼吁正义、改变认知、申明社会责任等施为作用。汉德在《居于全球化的世界:对〈光明的这一面〉中的地方的理解》中强调超出地域限制的想象力对于爱尔兰真实空间以及民族身份的建构作用,认为丰富的想象力在爱尔兰有限、真实、现实的物理空间中得到极大的萌发,甚至脱离了现实。故而,汉德主张只有回归爱尔兰的真实空间才能消弭爱尔兰叙事与现实的差距、文化和物理空间的断裂(Hand 46)。此外,弗兰纳瑞以谢默斯·希尼(Seamus Heaney)的诗歌和恩斯特·布洛赫(Ernst Bloch)的《希望的原则》(*The Hope Principles*)论述文学具有诗意想象的能力,充满了希望和乌托邦色彩,从而拥有干预政治的伦理功能。《这个国家的一切别无选择》即践行了希望和救赎的文学想象力,以身体作为反抗宗派主义压迫的场域,憧憬和解的希望。弗兰纳瑞在分析《转吧,这伟大的世界》时进一步指出小说家通过想象力褪去"9·11"事件官方叙事、主流媒体叙事的意识形态色彩,努力还原事实背后基于人性、希望与慈悲的救赎空间,不仅在认知上涤除美国偏激的政治影响,更激发民众、读者的同理心感受,在超越阶级、种族、时空边界的联结与沟通的想象中充分发挥文学对于世界的施为作用。加登也论及麦凯恩对爱尔兰身份与迁居经验互动的想象性再现。类似研究还有《"9·11"难题:科伦·麦凯恩的〈转吧,这伟大的世界〉对哀痛的超越》("The '9/11' Conundrum: Beyond Mourning in Colum McCann's *Let The Great World Spin*")(Crăciun 81–88),《通过艺术寻求救赎:以麦凯恩为例》("Seeking Redemption through Art: The Example of Colum McCann")(Maher 85–88)等。

约恩·弗兰纳瑞最早出版了麦凯恩研究的专著。2011年,《科伦·麦凯恩的救赎美学》(*Colum McCann and the Aesthetics of Redemption*)问世,兼顾文本细读和文本外部社会文化语境的分析,旁征博引,论证充分,是目前为止学术水平最高的麦凯恩研究专著。美中不足之处在于作者有意穷尽几部小说的所有研究角度,内容丰富却流于分散,某些章节与"救赎美学"关系有限,但该论著确实具有较强的创新性和启发性,尤其是对《歌犬》《光明的这一面》的阈限解读,凸显了时代的流动性特征以及迁居者协商身份的阈限体验。2012年,苏珊·卡西尔与弗兰纳瑞编辑出版了《光明的这一面——麦凯恩小说论文集》(*This Side of Brightness: Essays on the Fictions of Colum McCann*)。两本专著都在主题上论证了麦凯恩对于流散群体、社会边缘群体历经黑暗、终获光明的希望书写特征,"他的作品遍寻黑暗角落,但总会带我们来到'光明的这一面'"(Cahill and Flannery 8),反映了麦凯恩对人类存在价值和能动性的肯定态度以及理想主义的乌托邦愿景。

随着麦凯恩作品不断被译成中文以及《转吧,这伟大的世界》在中国获得2010年度"21世纪年度最佳外国小说·微山湖奖",国内麦凯恩研究持续升温。截至2018年8月,以"科伦·麦凯恩"为主题词在中国知网上的检索结果显示:文献共有三十多篇,集中在介绍性内容、叙事特征、创伤主题、文化研究等几个方面。对麦凯恩的访谈及其作品的推介文字多刊登在《书城》《外国文学研究动态》《译林》等杂志上,代表作为张芸的《用小说重塑历史——科伦·麦凯恩访谈》。该访谈是国内首例独家专访,不仅详细介绍了麦凯恩的成长背景、创作经历,而且深入探讨了他感兴趣的创作主题与历史观:麦凯恩偏爱"移民迁徙"的流动世界和文化"交融后的混合体"(111),坚信文学要"有激发和振作生命的一面"(113),认为"介于虚构和真实之间的,是个具有可塑性的地带,里面包罗了许多真相和谎言",而以"一种激进的政治行为,去质疑政府的官方谎言",去探究"历史与无名氏之间的界限,谁属于历史,谁得以述说历史、回顾历史"是他"想要实现的目标"(同上)。此外,张芸在《走钢丝的人》中对《转吧,这伟大的世界》的创作背景、叙事结构、故事情节进行了详细介绍,突出"过去""映射和观照今天我们的现状"(111)。浦立昕发表在《译林》上的文章从"连接"(114)和"希望"(115)两个角度论证了《转吧,这伟大的世界》的寓言性特征。以上有关麦凯恩其人其作的介绍和评论,具有较高的时效性、参考性和一定的学术价值。

　　张芸的书评简要介绍了麦凯恩小说的叙事特征,之后国内学者就该方面开展了较为深入的专题研究。杨亚丽、王东洁考察了《转吧》"'去9·11化'历史寓言式书写"(82)的特征,并进一步分析"平衡'9·11'事件客观缺席局限性"(81)的空间叙事策略。冯丽霞从"'联结与沟通'的叙事空间""阈限性的敌托邦表征空间""共同体救赎空间"三个方面审视了《转吧》从内容和形式上对跨越时空的沟通与救赎主题的全面演绎(48-53);在《跨越时空的沟通与救赎:〈光明的这一面〉的空间解读》中分析了《光明的这一面》的"空间叙事特征"(57);在《多维的视角,辛辣的批判——评麦凯恩新作〈十三种观看的方式〉》中阐释了该小说"多维视角的叙事策略"以及"互文建构"起的"叙事张力"(48)。曾广"以托多罗夫的叙事语法为切入点,对不同人物故事的内容以及小说的组织结构两个层面进行分析"(67),并对《转吧》的"结构主义"叙事特征进行了学理上的推演,提出其不止于"9·11小说""平衡—失衡"的结构,而是建构"平衡—失衡—再平衡"的话语模式,书写救赎与疗愈的希望之歌。但汉松以德里罗的《坠落的人》与麦凯恩的《转吧》做对比研究,"构设"了以"悼歌"和"批判"为两轴的"9·11"小说的基本叙事场域(66),肯定了"9·11"小说的历史价值。杨春以"顺序、时距和频率"的"叙事学原理"分析了《转吧》的"时间表现策略"(59),在另一篇论文中解读了《转吧》的叙事视角。梁雁冰在其硕士论文中探讨了《转吧》中人人讲述故事的叙事声音。以上研究涉及叙事空间、叙事结构、叙事时间、叙事声音、叙事场域等方面,深入挖掘了麦凯恩小说尤其是《转吧》的审美意蕴和艺术效果,突出了叙事策略对于主题演绎的积极作用。

  国内学界对麦凯恩的历史叙事特征进行了系统化、专题化的讨论。学者杨金才分析了《舞者》中虚构性、多元性、开放性的后现代历史叙事策略,提出"《舞者》所内蕴的历史观,基本上开启了麦凯恩后现代小说历史拟写的风格,几乎贯穿其日后整个小说创作"(10),高屋建瓴地总结出麦凯恩介于历史与虚构之间、逐渐成熟的叙事特征,具有很强的概括性和启发性。王凤云分析《横跨大西洋》以"想象重构历史"(35),以"无名角落"(37)再现伟大,以"流动与联结"(39)书写爱尔兰跨国民族心理的历史再现特征。以上研究论证了麦凯恩介于正文本和副文本、小写历史与大写历史、文学文本与非文学文本、单一叙事声音与复调叙事之间的后现代历史再现艺术。此外,王凤云的硕士论文分析了佐利姑娘的吉普赛文化身份,在阐释了重大历史事件、特定社会和文化环境对吉普赛群体文化身份的影响之后明确指出,女诗人佐利可以作为研究对象,"分析当今社会中出现由霍米·巴巴(Homi Bhabha)提出属于'两者之间','间隙'空间,即'第三空间'的'文化中间人'的现象"(Ⅸ)。

在国外他者研究、社会语境研究基础之上,该论文明确表述了佐利身份的阈限性,吁求读者对全球化时代"该如何面对'他者',悦待异己"(王凤云,Ⅸ)进行思考。冯丽霞在《科伦·麦凯恩小说〈佐利姑娘〉的阈限研究》中论述了该小说"颠覆性的阈限艺术"(317)和"佐利的阈限体验"(319)。

当前的他者研究主要从属下、性别、种族角度分析女性他者的境况。朴玉从斯皮瓦克(G. C. Spivak)的"属下"概念推演出"边缘群体中女性"(39)的双重他者性,进而论述佐利在错综复杂的双重文化背景中从"沉默者""被代言者"到"言说自我者"的蜕变,丰富了佐利他者形象的层次,增添了女性主义研究的色彩。高银对《丛林狼》(又译《歌犬》)中女性他者作为艳照对象的情节进行女性主义解读,拓展了国外研究关于女性身体作为物化、客体化摄影对象的讨论。陈晓庆阐释《转吧》"种族创伤之下黑人女性"(43)通过自我认同、身份建构,实现疗愈与救赎的过程,突出她们在主流文化压制下的种族他者地位。

除了刘静予论述的《转吧》中的孤独主题、冯丽霞探讨的《转吧》《光明的这一面》中的沟通与救赎主题,创伤是国内开展人物研究较多涉及的主题。朴玉考察了《光明的这一面》中纽约他者群体"承受来自家庭、社会等方面创伤"(80)的经历以及疗愈创伤的路径。高银论述了《转吧》中克莱尔的越战创伤。有关《转吧》创伤主题的硕士论文共有3篇:罗丹以"创伤后成长角度"论述创伤主体从"疾病模式"向"健康模式"的转化(Ⅱ);刘洋从小说的结构、语言、人物塑造方面论述创伤的氛围、程度和普遍性,并总结了"麦凯恩在小说中努力建构的三种创伤叙事救赎方式,即小组讨论、一对一对话和自我倾诉"(Ⅰ),将创伤主题与文学形式有机融合。夏贝纳通过建构雅各·德里达(Jacques Derrida)延异论框架下创伤与他者的动态研究模式考察创伤主体的体验与疗愈,立论严谨,论证扎实。创伤研究多集中于《转吧》这部小说,从他者、叙事、成长等角度结合创伤症候、疗愈路径使人物的主体意识、生命体验呈现更丰富、饱满、动态的层次，突出了创伤主体的能动性与状态的转变过程。毕灵杰在硕士论文中以文学伦理学方法挖掘了《转吧》中"纽约普通人的伦理诉求"和"作家向全人类传达的人文关怀和道德教诲"（I）。以上论文不仅拓展了国外研究提及却并未深化、专题化的一些视角，比如女性主义、创伤主题、创伤叙事等，更以文学伦理学方法、延异动态模式对佐利间隙身份展开创新性阐释，显现国内学者的科研潜力。

国内学界深挖《转吧，这伟大的世界》中的历史景观、城市景观蕴含。王薇通过分析《转吧》对"'9·11'事件和1974年走钢丝事件两场历史景观的互文书写"（46），建构围绕历史景观"看与被看"的互动模式，阐释麦凯恩赋予历史景观多重意义的反思书写特征，开拓了对历史视觉场景空间的多维审视和景观社会的思考。朴玉从"人们日常生活的文化表征和交往领域"（6）的城市景观入手，以"诊断式批评"方法，分析了城市中的"闲逛者"、法官的角色扮演、消费景观、媒体景观、日常生活实践等都市生活的众多方面，形成"关于景观文化的批判性反思"（12）。两个研究虽然都是从景观切入，但前者强调时间维度上的互文以及视觉上的互动过程，后者侧重20世纪70年代共时性城市景观所反映的社会文化背景状况，丰富了《转吧》视觉、社会学、文化地理学等角度的研究，深化了麦凯恩小说社会文化维度的剖析和洞察，具有很强的理论深度和启发性。

整体来说，国内麦凯恩研究持续升温。其大部分小说已被译成中文，国内有越来越多的学者加入麦凯恩的研究队伍之中。冯丽霞2016年以"跨越时空的沟通与救赎——科伦·麦凯恩小说的空间释读"获得教育部人文社会科学研究项目，曾桂娥2018年以"科伦·麦凯恩的命运共同体书写研究"获得国家社会科学基金项目，预示麦凯恩小说的空间释读、共同体研究有良好的发展前景。现有研究在叙事艺术、文化景观、创伤主题等方面取得丰硕成果，发展势头强劲,但也存在着研究视角不够开阔、研究对象相对单一的问题,以《转吧》文献数量为例,相关论文占到麦凯恩国内文献总量的2/3;对麦凯恩早期作品的关注更不多见;缺乏整体观照和专题研究。但不可否认的是,国内在叙事、文化景观等方面的开拓丰富了麦凯恩研究,为进一步深化麦凯恩小说的文化研究以及全面开展整体研究、专题研究打下坚实的基础。

通过以上对国内外麦凯恩研究的梳理,可以发现,国外学者较早关注和开掘麦凯恩,对其作品给予了从点到面、较为全面的考察,研究成果颇丰;国内起步稍晚,研究对象比较集中,但发展势头良好,创新性成果突出。尽管国内外学界在麦凯恩独特的形式技巧、边缘人群的创伤书写方面达成共识,但国外各类文献中频繁出现的"跨越边界"现象在国内研究中尚未引起足够关注,以"在不同国家、种族之间对跨越边界的文化、政治事件的历史与当下时刻进行协商"(Flannery 4)为切入点的麦凯恩小说的整体研究有待进一步探讨。卡西尔和弗兰纳瑞认为,"尽管麦凯恩的文学景观与影响都超越了边界线(transcend borderlines),他一以贯之地在情感上、身体上以及文化上关注非自愿迁居行为的原因和代价"(Cahill & Flannery 2);玛拉与巴赫指出小说集《黑河钓事》体现出"边界跨越"(border crossing)现象,"不论是隐形越界还是蓄意越界,都代表着对迁居的渴望"(Mara & Bach 15);塔克主张"跨种族团结"(trans-ethnic solidarity)和"跨文化流动"(trans-cultural flows)(Tucker 31);汉德认为"麦凯恩的小说在边界(boundaries)之间自由流转,尤其是爱尔兰和美国之间"(Hand 51);弗兰纳瑞指出小说集《这个国家的一切别无选择》中年轻人在成人宗派信仰与未成年人认知匮乏"边界之间的跨越"(straddle the border)(Flannery 59);卡西尔指出"身体"是跨越时间边界、"与记忆和生活结合的手段"(Cahill 96);福格蒂分析了《佐利姑娘》与《转吧,这伟大的世界》中的"跨国环境"(transnational environments)(Fogarty 103)对于移民流动性身份的建构作用;加宾斯基、杨金才等论证了麦凯恩超越真实与想象、历史与虚构、社会文本与文学文本之间"边界"所构筑的后现代历史再现艺术;米可夫斯基在分析《歌犬》《光明的这一面》《佐利姑娘》时对比麦凯恩与乔伊斯的伦理观与审美观,指出麦凯恩"跨越边界"的创作倾向:

> 同为命运超越个体性限制的漂泊者;都能以语言的创造力将平庸的现实转化为诗意的素材;借助爱尔兰或其他文化中的神话超越并逃脱历史的禁锢;最重要的是,用空间取代时间,(尽管时间)是传统叙事因果关系和意义的提供者,空间却会提供无限多样的故事。(Mikowski 129)

这句话反映出麦凯恩在以上三部小说中对个体身份、家庭、历史、宗教、国家等传统边界限制的批判与超越:他以无根或无国界的混血儿或流浪者形象挑战家庭谱系的禁锢,以神话故事或当下象征性的生存空间的刻画消弭沉重的爱尔兰历史,以频繁的跨国实践来抵制辖域化的定居生活,以过去与现在时空的频繁并置、自由切换以及多视角、多侧面的叙述手法来打破传统的线性叙事,呈现共时性的多维叙事空间。这种"跨越边界"不仅意味着身份边界、历史边界、空间边界的跨越,也突出文本内部叙事边界的跨越。以上研究说明具体或抽象意义上的"跨越边界"现象不仅普遍存在于麦凯恩的小说中,还与行为主体的情感结构、身份建构、生存状态以及再现的艺术形式有频繁的互动关系。部分学者已将以上现象在人类学阈限概念的范畴内予以解读:默尼汉、加登、王凤云指出跨国时空对杂糅身份的建构作用;弗兰纳瑞明确指出《歌犬》中麦凯恩"阈限性建构叙事"(Flannery 3)的特征以及《光明的这一面》中城市阈限空间对于社会边缘群体建构主体意识、寻求救赎的重要作用。麦凯恩也在采访中

21

自称"国际混血儿",主张书写"跨越各种边界"(Cusatis 22)、"移民迁徙"的流动世界,认同"交融后的混合体",高举个人意愿性归属的能动性,自觉建构流动性的文化身份,以"一种激进的政治行为去质疑政府的官方谎言",书写"介于虚构与真实"之间的历史和无名者的故事(张芸 110–114)。现有研究以及麦凯恩的创作观、历史观说明跨越本质边界、颠覆主流叙事、关注流动身份、研究混杂文化的人类学阈限理论在麦凯恩小说创作中很可能是一种全面渗透和综合体现,其内涵与外延不仅可能勾连起身份、空间、叙事、他者、文学功能等麦凯恩现有分散研究,更有可能为麦凯恩的整体研究提供较为完整的认识框架。鉴于此,本研究将基于人类学家阿诺尔德·范热内普(Arnold Van Gennep)和维克多·特纳(Victor Turner)的阈限理论,全面探讨麦凯恩小说中的迁居、流散现象及其所带来的一系列人与时空互动的影响以及他"挑战现代与传统、迁居国与母国"(Mardorossian 15)、历史与虚构、主流叙事与边缘声音之间二元对立的艺术技巧与社会功效,具体关注过渡仪式、阈限阶段、人的能动性、结构与交融、交融艺术、永久阈限性等概念。

　　阈限阶段是"过渡仪式"[①](rites of passage)中最重要的转变阶段,参与者在该过程中协商各方影响,建构身份,推动状态(state)的改变。"阈限"一词源自拉丁文 limen,即英文 threshold,本义"入口,门槛",后引申为:"(阶段、过程)过渡的;开始的;跨越界限的"(《新牛津英汉双解大词典》1229);也指"有间隙性的或者模棱两可的状态"(拉波特 196)。1909 年,阿诺尔德·范热内普在《过渡仪式》(*Rites of Passage*)中将这一概念引入人类学领域,对小型部落各种仪

[①] 张举文在翻译阿诺尔德·范热内普的作品时将 Rites of Passage 译为"过渡礼仪";黄剑波、柳博赟在译著《仪式过程:结构与反结构》中以及赵玉燕、欧阳敏、徐洪峰在译著《象征之林:恩登布人仪式散论》中都将其译为"通过仪式"。本书将根据具体语境对其进行翻译:在范热内普和特纳的理论范畴内,谈及人类个体年龄、心智的变化时,译为"成长仪式";指涉民族、国家、文化、社会等的转型阶段时,统一译为"过渡仪式"。

式的形式和实践进行考察和分析,总结出"过渡仪式"即"伴随着每一次地点、状况、社会地位,以及年龄的改变而举行的仪式"(94),这些仪式可以帮助个体或群体通过每个文化都存在的生命或者自然的轮回,包括一个三重有序的结构:分离仪式(与社会分离、与原有身份分离)、阈限仪式(居间、过渡阶段)、结合仪式(重获身份、融入社会)。在最重要的阈限仪式中,参与者脱离仪式前的社会结构,失去了过去的身份,也没有实现仪式结束后的身份转变,会感到时空错位、无名无姓、无社会立足之地,"外在于正常的、日常的社会文化分类"(法拉特、奥弗林 218)。他们处于社会结构的缝隙之中,通过一系列伴随着痛苦经验的仪式来重新审视自己以及现行的社会制度。作为这样一种不清晰、不确定、不洁甚至危险的存在,他们被多种多样的象征手段在众多社会之中表现了出来。

  人类学家维克多·特纳在政治、文化、社会转变等更广阔领域进一步扩大了阈限理论的应用范围,他在《仪式过程》(*The Ritual Process*)中明确指出,"阈限的实体既不在这里,也不在那里;他们在法律、习俗、传统和典礼所指定和安排的那些位置之间的地方"(Turner 95),同时强调所有的社会及宗教现象、时间的反结构、艺术中都可以发现"阈限",任何"居间"(in between)的状况或物体都具有"阈限性",核心是"居间"。这种理解将"阈限"泛化到时间、空间、主体三个可以无限延展的维度。时间上,某一瞬间(突发事件)、时间段,甚至整个时代、世纪都可以被理解为具有承前启后的阈限性,尤其强调政权更迭、社会革命、动荡年代等重大历史事件是国家、社会发展的阈限性节点,对于社会结构与交融的动态平衡有积极的推动作用;空间上,门口、边界、边境等都有阈限性;主体上,个体、群体、团体、整个社会甚至人类文明等都会经历阈限性(Thomassen 24)。人类个体的成长仪式不仅反映个人主体意识与身份的转变过程,更可能映射着宗派、民族、国家、时代的"过渡仪式"。因此,将个人置于特定的历史背景、社会环境、生活空间之中,审视其身体空间与外界力量的协商过程,会成为反映其所处社会、国家、时代特征的生动媒介。阈限性的历史时期、重大历史事件催生人的刻骨经验与深邃思想,而人的阈限体验、能动性的发挥不仅凸显人类在面对残酷世界时的存在意义与本体价值,更以最自然原始的力量推动人类社会在交融与结构之间的动态发展。

  阈限概念发展至现代,已不仅仅是一种积极的更新方式,更多是指不确定、痛苦、对虚无存在充满恐惧的时期。范热内普在提出三重有序的过渡仪式时,充分意识到"没有哪种文化会傻到设计一种终结于阈限阶段的仪式顺序。不能回归正常,不能回到人们习以为常的背景结构(至少在结构解体之前)中去,人类个体会疯掉而社会也是病态的。在永久阈限性(permanent liminality)的状态之中,人类生命失去意义。然而,从某种程度上来说,这正是某种具体转型过程正在发生的事情,即向现代性的转型,该转型是社会理论化的核心议题"(Thomassen 216)。现代性是一种人类与传统社会分离后不断超越自我,不断打破边界,不断尝试创新,将异化感与无家感视为常态的永久阈限状态。现代性以激进、革新的形式进入人类历史,却也在常态化、制度化后成为殖民化、工具化、异化现代人的牢笼。目前难以看到具有永久阈限性的现代社会的出路。米歇尔·福柯(Michel Foucault)认为,理性至上的现代世界已经摒除任何超出理性边界的可能性,而"阈限"代表社会结构缝隙中所蕴藏的自由、混乱、无序的一面。面对偶然无序的阈限时空、体制化的理性禁锢,个体经验呈现出易于辨识的、特殊的、问题化的样态,引发现代、后现代作家的普遍关注(同上 29)。

  阈限以"跨越边界"的基本概念为消解"边界"的一系列问题提供广阔的阐释空间。正如苏珊·斯坦福·弗里德曼(Susan Stanford Friedman)所说:

> 边界在承认联系的同时强调分离,就像桥一样。桥表

现了通过的可能性,也标示了分离的事实和必须跨越的距离。个人、性别、群体和国家间的边界在各种身份之间竖起了高墙。这种高墙既是概念性的,也是实际存在的。事实上,如果没有某种想象的或真实的界限,身份简直难以想象。但边界也明确指出了间隙空间,即相互作用、相互联系和相互交流的中间地带。

边界一方面明晰个人、群体、国家身份,另一方面孕育跨越边界的阈限空间,体现了现代主义与后现代主义"制定规则"与"解构规则"之间的辩证思考。阈限概念的核心不仅在于跨越边界这一事实,还在于跨越边界时"相互作用、相互联系和相互交流的中间地带",正是这片"居间"地带为"高墙"两侧的差异性身份提供"联系""通过"的可能性,打破非此即彼、不可兼容的本质主义概念壁垒,提供流动性、开放性、颠覆性的悬置区域,为西方二元对立的思维模式和矛盾纷争提供交流、和解的希望空间。

就个人而言,个体身份是生物性本能与社会理性之间协商的结果。身体空间受宗教、民族、国家意识形态的影响,却在身体欲望、能动性的驱动下具有挣脱本质文化、单一观念压制的可能,以差异性、多样性催生包容多元文化的社会环境。就民族国家而言,现代性追求纯粹与秩序,"边界"不仅成为现代民族国家从地理、政治层面划分主权的准绳,更是对社会成员进行分类和规训的内部标准,有助于形成某种理性设计基础之上的现代性国家。现代文明各种有形、无形的边界确实明确了身份归属,有利于国家高效地组织运转,却也可能带来非此即彼、过度理性的认知模式和价值规范,甚至"让大屠杀变得可以想象"(鲍曼,《现代性与大屠杀》18)。20世纪60年代以来,世界呈现出齐格蒙特·鲍曼(Zygmunt Bauman)意义上的液化、去规则化的趋势,后现代/流动的现代性[1]从根本上揭示边界、规则等概念的人为建构性,消解中心与边缘、主体与客体、高雅与通俗、本质与现象、历史与真实等二元对立范式,突出超越本质主义身份认同、文化认同方式的"居间"调和位置、阈限地带,预示一种"跨越边界"、包容差异、摒除任何人为设置或强加的等级秩序的文化融合的可能性,推动当代文学、文化以及人类学关注他者与差异的研究转向。

在变动不居的今天,阈限概念以其对流动体验、身份建构、社会边缘群体的阐释空间获得人文社会科学研究者的青睐,裹挟着人类学对社会、文化形态特有的审视与洞察,进入文学研究的广阔领域。人的流动必然带来个人或群体所处"地点、状况、社会地位"(范热内普 94)的变化,故而,迁居行为对于迁居者来说可谓范热内普意义上的"过渡仪式"。正如保罗·怀特(Paul White)所说:

---

[1] 泰斯特曾问鲍曼:"流动的现代性是用来代替后现代性,或者和后现代性是一样的,或者和后现代性是平等对待的?",鲍曼答:"是的,你的观察是正确的。"(鲍曼、泰斯特《与鲍曼对话》107)"与现代性和后现代性所标示的断裂性相比,鲍曼更愿意以'流动的现代性'来标示现代性发展的连贯性。鲍曼是现代主义者还是后现代主义者,他自己或许也不清楚,他所能做的只是以自身所处的矛盾的现代性条件为基础,熟练地应用现代性和后现代性这一对孪生工具加以阐述。在这一点上,鲍曼的立场与西方大部分思想家存在差别。通过维护还是解构现代性这一标尺,我们可以把反思现代性的阵营划分为现代主义阵营和后现代主义阵营。前者尽管对现代性进行了尖锐的批判,但他们相信,现代性是'一项未竟事业',人类并没有步入所谓的'后现代社会',哈贝马斯、吉登斯堪称是这一阵营的代表人物。相比之下,以利奥塔、福柯、德里达等人为代表的后现代主义者则明确标示自己的后现代主义立场。"(严翅君等 250)本书在阐释美国社会问题时更倾向于认同鲍曼的立场,现代性后果导致整个现代社会的危机,所谓的后现代性是对现代性的批判和继承,而不是断裂,在社会发展形态上体现为固态现代性(工业资本主义)与流动现代性(垄断资本主义)两种不同的发展阶段,面临的是同样不断恶化的现代危机;而在文学思想上,后现代性体现出现代性反叛传统的精神,"怀疑关于真理、理性、统一性和客观性的经典概念,怀疑关于普遍进步和解放的观念,怀疑单一体系、大叙事或者解释的最终根据"(伊格尔顿,2012: Ⅶ)。在本书中,后现代性与流动的现代性所指相同,而无论现代性还是后现代性都属于永久阈限状态的现代性范畴,主要考察现代性的特质、后果以及在文学思想上的差异。

> 人口流动改变了所有相关因素,不仅包括移民体系的结构状况,还有迁居经验中的地方和人。随着人的流动,出生地、过程和迁居地都受到了影响而发生改变。所有相关的人的生活都发生了改变,不仅包括迁居者本身,还包括那些和迁居者直接联系的人,那些受到迁居活动带来的社会、政治和经济变化影响的人。人类的能动性是决定因素,不局限于人类所居的社会环境。(1)

迁居行为作为一种离开故国、体验转变、试图融入定居国的"过渡仪式",不仅使移民、流散者面临身份断裂、被边缘化、被同化的可能,也深刻影响着母国、定居国的相关人群与社会结构。母国失去了宝贵的劳动力资源,留守者被迫接受血缘至亲的分离甚至永别,而迁居国则面临着如何接纳外来他者的挑战。"迁移途中"跨民族、跨国的空间实践连接母国与迁居国,形成共时性、互联性、并置性的平行关系,从而打破西方文明线性因果逻辑的时间顺序,书写一个过渡的、异质的、杂糅的"迁徙者的传说"(Chambers 24),而这一传说将不断走入世界的中心,改变旧有的思维模式和认知框架。

> 当务之急是发展一种思考框架,使移民在历史进程中成为核心,而非附属品。我们要让谱系学关于血缘、财产和边界的花言巧语缴械投降,代之以一系列横向的社会关系,这种关系强调自我与他者定义的偶然性,以及总是轻微越界的必要性。(Carter 7-8)

二战后,世界格局发生巨大变化,移民、迁居现象日益频繁,深刻影响了人们对于时空、民族、边界、地方的传统认知。曾经处于边缘位置、无足轻重的移民、迁居、流散现象引起全球学者、作家的广泛关注,逐渐进入文化发展和学术研究的中心位置,形成以跨国实践、跨国空间、辖域化与解辖域化、身份与归属等为关注重点的思考框架。"阈限"在空间维度适用于解辖域化民族主义、跨国民族主义文学的解读。

  解辖域化（deterritorialization）最早由德勒兹和加塔利提出，本义为当代资本主义文化中人类主体流动、消散与精神分裂的特质，后指"把物质生产和欲望从社会压抑力量下解放出来的过程，又称为解码（decoding），因为对压抑性社会符码（codes）进行解码，将会使欲望摆脱限制性的心理与空间疆界，走向开放的自由空间。两位学者把解辖域化看作个人和团体摆脱压抑性社会规则之控制、创造新的生活和存在模式的必由之路，并把资本主义看作解辖域化的范例"（王治河等 359）。在资本主义经济全球化发展的时代，民族的解辖域化发展促进劳动力的跨国流动，弱化文化与地方之间的关系，有利于开放性民族心理的滋养。20世纪90年代初，人类学家尼娜·席勒（Nina Schiller）等学者认为移民研究要打破以民族和国家为中心的传统研究范式，从全球视角来审视不同族群和文化的跨国流动现象，并用"跨国民族主义"一词来描述"移民联结母国和移居国的社会关系过程"（Schiller et al 8）。经济全球化深度发展的今天，每个国家都成为世界体系的一部分，跨国实践空前频繁，民族文化跨越地域边界，与本土具体的社会地理时空分离，通过跨国社会空间、跨国文化认同来实现解辖域化的民族主义立场以及再辖域化后的世界主义认同。流散、迁居群体离开母国，开启跨国的"过渡仪式"，经历地理空间位移而生发错位感、迷失感、无家感，在母国文化与目的国文化碰撞的"接触地带"协商自我杂糅的跨国身份，实现母国文化解辖域化后的再辖域化，最终试图融入新的社会结构，完成结合仪式。因此，这个时代的民族文化身份呈现出流动不居、相互影响、可以沟通对话的杂糅特征。阈限以其跨越边界、联结母国与定居国的矛盾性、悬置性为解读迁居人群生活、现代民族国家发展的文学文化现象营造开放性的接触地带、他者空间。

在人类成长、转变、迁居的"过渡仪式"中,人类面对残酷世界的阈限体验是特定阈限时空考察的核心内容。特纳强调阈限性不仅仅用来确认"居间"阶段,更重要的作用在于理解人们对于阈限体验的反应、阈限性如何促进人格的形成,人类的主观能动性如何发挥作用以及人类思想和经验戏剧性碰撞的时刻。身处社会阈限、边缘、底层处的阈限人群,或漂泊于迁居的途中,或遭遇不确定的现代性风险,或异化于工具理性至上的体系,或沉沦于贫困的底层生活,或隔绝于他者化的社会歧见,主动或被动地向内转向,沉浸在无家、麻木、困苦、卑微、创伤的心理空间。卡西·卡鲁斯(Cathy Caruth)认为:"突发或灾难性事件导致令人无法释怀的经历……人们对事件的反应往往是延后的,其表现形式主要是幻觉和其他强行进入大脑的影像反复出现。"(11)创伤事件多是打破日常生活常态、改变人生轨迹的主要诱因,创伤体验便成为"风险社会"之中民众心理空间的常见状态。此外,"都市社会关系的特征是肤浅、淡薄和短暂的"(沃斯706),在个体化、理性化、碎片化、殖民化的现代孤岛之上,人类个体需要发挥主观能动性,复归交往理性,重建共同体,才能疗愈创伤,挣脱困境,寻得继续生活的意义和自我救赎的可能。

能动性是指人类个体在自然和社会中的行动以及参与世界的能力和权力。人的能动性实践生产社会结构,社会结构反过来影响人的意识、习惯、行动、文化,形成新的实践,实践进一步影响社会结构,两者相互作用、相互影响,推动社会发展。存在主义哲学认为"存在先于本质",人不仅形塑自己,也生产世界,肯定了人作为"能量源"创造世界、改变世界的能力。特纳在分析小型部落过渡仪式实践的过程中,发现了蕴藏于不变的社会结构之间、灵活自由、混乱无序却又极具创造力的阈限力量。这种力量多以颠覆社会权威、瓦解现有秩序的"他性"(Otherness)出现,或者靠想象"为生命带来滋味和无止境的前进的可能性"(Riesman 38),或者以反抗的姿态、自我放逐于社会文化环境之外,或者经历过渡仪式重新融入社会结构。这些观点一定程度上肯定了人类个体选择和生活的能动性,而福柯、皮埃尔·布尔迪厄(Pierre Bourdieu)等学者认为人在现代体制的规训之下,主体性丧失殆尽。现代社会中应对阈限性非常事件的社会机构、城市体系已经常态化,人类个体到底还能发挥多大的能动性是当代众多学者和作家关注和探讨的重要话题。面对不确定的阈限时空和体制化的社会系统,聚焦人类的生存空间、个人体验以及个人对既有体制秩序的能动性反抗,反思更有存在主义的现实意义和社会价值。

  人类个体主要通过记忆、想象力、讲故事、人际交往等活动发挥主观能动性。正如阿莱达·阿斯曼(Aleida Assmann)所说:"回忆总是处在当下的命令之下。当前的强烈情感、动机、目的是回忆和遗忘的守护者。它们来决定哪些回忆对于个人在当下的时间点上是可通达的,哪些不能被支配。它们还给回忆涂抹上不同的价值色彩,有时是道德上的厌恶,有时是怀旧的美好,有时加重强调,有时则混为一谈。"(阿斯曼,《回忆空间》302)"被回忆的过去永远掺杂着对身份认同的设计,对当下的阐释,以及对有效性的诉求"(同上85),故而,回忆成为人类主体以当下主观意图建构自我身份、寻求救赎的一种常见方式;而想象力可以赋予"淹没在现实中"的人们一种"超越和归零的力量"(Sartre 273),帮助其设计自身存在的本质,创造自身与现实和世界的关系,以一种积极动态的行为介入现实、憧憬可能的未来;不同形式的讲故事艺术有助于人们处理人与自己、人与家族、人与他人、人与社会的关系:可以是"个人在不断回忆中,讲述关于自己的故事,或者讲给别人听……确认其文化身份"(阿斯曼 110)的途径,或是创伤主体疗愈创伤的诉说方法,或是"把故事当作经验传递给听故事的人"(Benjamin 161)的传播方式,或是"在精英主义历史观缝隙中"描述"底层历史现象"的言说形式(田俊武 82),或是激发芸芸众生同理心想象、推行"讲故事民主"(张芸 107)的叙事艺术。回忆、想象都是个人自我意识中的内在活动,而讲故事策略有可能引进听者的角色,暗示了人际交往的可能和重要性。在尤尔根·

哈贝马斯(Jürgen Habermas)看来,复归交往理性才能拯救被工具理性异化的人、被现代系统殖民化的日常生活。基于同理心、关爱他者、建立关系为核心理念的关怀伦理是指导人际交往的一种伦理法则,起到加强身份认同、缔结共同体、消解社会异化力量的积极作用。

"交融"(Communitas)理念由特纳提出,对于解决现代性社会危机具有一定的启发意义。交融即参与者在阈限阶段所形成的基于普遍人性、跨越社会等级的平等状态,也可称为"开放的社会"或者马丁·布伯(Martin Buber)意义上的"社区"。"交融""在潜在或者理想的状态下能够延伸到人性的边缘处"(Turner, *The Ritual Process* 112),充满了友好的人际关系、自然流露的真诚和温暖的交流。参与者忽略之前的身份差别,经历共同的阈限阶段,暂时组成具有浓厚乌托邦色彩的共同体。"交融"相对于平行式社会结构而凸显"从我到你"的意义,具有自发性、具体性、即时性的特点,表征人类彼此联结与沟通的希望和可能,是被异化、物化、他者化的现代人类对抗理性至上、日益殖民化的现代社会,战胜虚无与苦痛存在的价值之源与情感利器。

"交融"与共同体(community)同源,近似人类理想中的大同世界,强调人类个体对于确定、安全的共同体与社会的依靠。共同体,正如鲍曼在《共同体——在一个不确定的世界中寻找安全》(*Community: Seeking Safety in an Insecure World*)中所言,是"一个温暖而又舒适的场所"(2),居于其中的人们相互了解、相互帮助、快乐而安全,是抵抗"残酷无情的时代"(4)、失去却又"热切希望栖息、希望重新拥有的世界"(同上)。鲍曼明确指出,当今社会是"自为的偶然性时代、自觉的偶然性时代,也是共同体的时代,即渴求共同体的时代、探询共同体的时代、发明共同体的时代、想象共同体的时代"(鲍曼,《现代性与矛盾性》372)。一味追求创新、效率与利益的现代发展模式创造了人类历史上前所未有的物质财富,同时也将现代人无情地抛向"碎片化、突变化和非逻辑化的"风险社会(鲍曼,《生活在碎片之中》309），现代人在挣脱传统、获得自由权利之后，却沉沦于虚无、痛苦的焦虑和孤独之中，"人类社会对共同体的需求已迫在眉睫"（殷企平 71）。那些基于共同情感、经历或利益而短暂缔结的后现代共同体并不能完全填补现代人内心深处的恐惧与不安，而斐迪南·滕尼斯（Ferdinand Tönnies）所提出的血缘共同体、地缘共同体和精神共同体在人类生活的不同层面发挥着不同程度的聚合作用，是人类在不确定的世界寻求安全和归属的可能途径。在宏观层面上，"人类已开始超越民族和国家的界限，逐步走向国际公民社会的未来"（哈贝马斯，《他者的引入》8），缔结人类命运共同体，共同抵御风险社会既是时代所迫，亦是大势所趋。

"交融"充满理想主义、无限潜力的特性集中体现在其虚拟语气（what if）的表现形式上，催生出充满象征、类比、暗喻的艺术手段和宗教形式，形成激发人类生命活力的"交融艺术"。特纳正是从交融的艺术力量层面，提出"先知和艺术家都有着成为阈限人、边缘人，或是'临界人'（edgemen）的倾向。这些人满怀热诚与激情，要努力将那些与'占有地位'和'扮演角色'联系在一起的陈词滥调从他们的生活之中除掉，以此来进到充满活力的、与其他人所构成的关系之中去，无论这种关系是真实存在的还是想象出来的。在他们的作品中，我们可以对人类尚未使用的、不断进化的潜能略见一斑，而这种潜能还没有被外在化，没有在结构之中固定下来"（Turner, *Process* 129）。这些艺术家充满激情地进行创作，挑战主流社会权威把控的话语霸权，深入真实或想象的、与他者互动的关系当中，再现社会阈限、底层、边缘处最原始的生命活力和人际联结所缔造的一切可能。交融起到了颠覆社会结构规范、释放人类本能、憧憬无限可能的作用。身为"阈限人"的作家具有特纳理论体系中恶作剧精灵的使者地位，以跨界交流的姿态消解二元对立话语，从边缘位置促进多元文化融合，在社会功效层面激发阈限人群摆脱社会压制，感召主流群体进行文化反思，从而促进消解中心与边缘、主体与他者的世界主义交融社会的形成。

　　空间叙事、世界小说、复调结构等叙事机制具有颠覆主流话语权威、打破线性叙事常规、呈现多维民主叙事空间的作用,与交融艺术的社会功效相似。自启蒙运动以来,人类不断进步、持续向前发展的思想成为西方历史观的主流认知。20世纪第一次世界大战的爆发很大程度上震碎了人类历史绝对向前发展的幻象,从根本上改变了人类对于自身、社会和世界的看法。空间性的碎片化体验成为人们的核心感受,"空间化的时间是一种拆解时间理性秩序的时间"(史成芳 196),"我们这个时代的日常生活、精神体验、理论范畴和文化语言也倾向于变成空间性而非时间性"(Jameson 16)。"延展性""相对论"的时间概念将时间凝固、扭曲,突出并置、共时、互联的空间化趋势,深刻影响了现代作家再现世界的方式。约瑟夫·弗兰克(Joseph Frank)最早阐发了小说的"空间形式":小说再现"对象的统一性不是存在于时间关系中,而是存在于空间关系中"(弗兰克Ⅱ),"场景的并置……把不同时间发生的事件聚焦在一个空间里,或者用电影蒙太奇手法,在同一时间内通过镜头的来回切换展现不同的行动和情节","形式空间化就场景的持续来说,叙述的时间流至少是被中止了,注意力在有限的时间范围内被固定在诸种联系的交互作用之中。这些联系游离叙述过程之外被并置着;该场景的全部意味都仅仅由各个意义单位之间的反应联系所赋予"(弗兰克3)。弗兰克的空间形式理论引发学界的持续讨论与深入研究,深刻影响了空间理论的发展以及文学形式技巧的革新。

　　随着20世纪90年代跨国主义研究的转向,众多学者、作家大胆尝试建构世界小说的文类特征,正如卡伦·里亚尔(Caren Irr)在整合已有研究后提出,世界小说具有"多线索叙事、广阔空间范围、世界主义道德观、多语言的敏感度、现实主义的复归"(Irr 661)的特征。其中多线索叙事、"共时性"多维故事再现的空间叙事,以及"通过言语形式的社会多样化,通过区分这种情况下异常活跃的个体声音,来汇聚所有主题,以及其中所表现和表达的物体和思想的世界之和"(Bakhtin 263)的"多声部复调结构"共同摒弃了按照事物之间因果关系、线性时间逻辑叙事的常规模式,为众多人物提供了消解主体与他者之间边界、众声喧哗、民主讲故事的叙事空间。正如舍姆·布莱克(Shmeem Black)所说,"同时包括许多身份与视角"的叙事手法"反映出全球时代自我与他人之间概念性划分的缺失",因此,作品中的"当代自我"呈现出"合作或拥挤的特质"(Black 108)。布莱克所指的"拥挤的风格"(crowded styles)形象地概括了多线索、共时性、复调的叙事结构,为后殖民、后现代主义文学再现阈限、边缘、底层的他者人群和全球地方化的城市提供交响乐般的狂欢空间。

  空间批评理论的肇始者亨利·列斐伏尔(Henri Lefebvre)提出的"空间三元辩证法"深刻影响了人们对于空间的认识,"空间是一个具有物质性、精神性和社会性的多重空间,它既是物质的,又是精神的;既是真实的,又是想象的;既是具体的,又是抽象的;既是实在的,又是隐喻的"(谢纳 46),社会空间分为空间实践、空间表征和表征空间。人类通过空间实践生产空间,通过空间表征影响和干预空间的生产,通过表征空间象征、表达生活的空间。社会空间包括物理空间、心理空间,兼顾空间性、历史性、社会性的三重维度。现代城市空间是人类开展空间实践、生产空间、表征日常生活的社会空间,是现代性的标志和产物,是不确定的阈限时空、工具理性至上的社会体制与日渐式微的人类主体相互作用、互动协商的永久阈限性的场域。现代社会的发展伴生个体化、专业化、理性化、世俗化的过程,各类社会组织纷纷解体,统一的仪式性活动已不复存在,寻找意义成为个人的事情(Thomassen 186),"正是潜在的无意义性促使我们不断地渴求'体验'"(同上 189),而长期陷入不断寻求刺激却虚无、恐惧的阈限状态,没有结合仪式的归属之处,人类社会将沦为疯狂而无序的闹剧。只有重建实实在在的生活空间,激活人类身体体验,人类才具有对抗空间表征、脱离困境的革命力量,才能潜在地促使事物发生改变,滋养积极正向的关系。此外,"(城市)可以从语言学的概念,如能指、所指、指涉关系和意义层面解读,因此,城市完全可以理解为一个独特、具有各种价值观念、由符码指涉关系及其意义所形成的系统"(Lefebvre, *Writing on Cities* 114)。迈克·克朗(Mike Crang)强调城市书写"重要的不是城市或都市生活的精确描述,而是都市的符号意义以及都市景观的象征意义"(克朗 50)。故而,城市书写不仅是一种由城市空间构成的能指系统,更是蕴含社会关系、历史文化积淀、超越时空限制的阐释性所指系统。

后现代历史叙事以颠覆大写历史权威、跨越历史与虚构边界的特点作为"交融艺术"的一种再现手段。美国著名批评家和史学家海登·怀特认为历史"是以叙事散文话语为形式的语言结构"(怀特,《元史学》2),与文学"具有相同叙事性的话语模式",情节编排上"带有伦理的、哲学的和意识形态的含义",无法彻底"捕捉过去的问题"(怀特,《后现代历史叙事学》11),无人具有阐释过去的认知权威(同上 67)。"人们可以就真实事件生产想象的话语,而这种真实事件却可能比不上'想象的'事件那样真实。这完全取决于如何看待人类想象力的问题。"(同上 168)拉曼·塞尔登(Raman Selden)也主张,后结构主义语境下的"历史"即"历史叙事",难逃被"叙述"出来的主观性;由于时空的阻隔,人们无法亲历"过去"、直接把握"过去发生的事件本身",因此,当下所谓的历史都是被史学家等记录者主观表述出来的,历史必被文本化(Selden 105)。琳达·哈琴认为:"突破此前人们公认的某些艺术、体裁及艺术本身的界限,是典型后现代主义行为……文学体裁间的界限已经流动不定"(Hutcheon 12),文本内部"要么出现多位难以确定的叙事者,令人疑窦丛生,要么必定具有临时性和局限性,往往损害他们全能全知性"(同上 15)的众声狂欢能够消解"传统上印证作品的历史性与真实性的第三人称过去时的声音"(同上 13)。再者,热奈特认为:"副文本包括标题、目录、副标题、内部标题、序言、题记、后记、献词、题词以及文内注释等"(Genette 3),可以充当制作者在表达语境中故意暴露写作技巧、运作过程的叙事手段。此外,在历史分支之一的传记中对人物的"鲜活身体"(Lee 1)进行视觉化、空间化的想象再现是打破"关于某人的生活历史"(Abrams 22)的线性传记叙事常规的一种艺术手段。可见,小说家可以基于想象力,通过各种叙事策略建构跨越历史与虚构、阐释性话语边界的阈限性叙事空间,形成颠覆历史权威、消解中心话语、滋养多元平等空间的交融艺术。

特纳所言及的挑战"占有地位""扮演角色"的交融艺术,也近乎激进的后现代"他者"批评的范畴。"他者"相对于"自我"而言,指外在于自我的人或事物,他者的出现标志着主体与外在世界的分离,自此,二元对立的认知模式开始长期占据着西方思维逻辑的核心位置。勒奈·笛卡尔(René Descartes)主张"我思故我在",将他者视为可以被理性研究、被客观规律征服的对象;让-保罗·萨特(Jean-Paul Sartre)认为他者的存在对主体建构有重要作用,暗示了主流社会、国家机器操控意识形态、人为他者化一些民族、群体的目的;伊曼努尔·列维纳斯(Emmanuel Levinas)指出他者威胁自我的总体性和自发性,引起被归纳、收编、压制的冲动。

19世纪后期,在马克思主义经济关系论、弗洛伊德性冲动论、阿尔都塞意识形态论、福柯权力规训论、德里达解构主义理论的影响下,主体受到了严重的质疑和解构,他者研究兴起。他者首先被女权主义者用来批判父权制,提出"任何一组概念若不同时树立相对照的他者,就根本不可能成为此者",故而"女人并非生来就是女人,而是变成女人的"(波伏娃 10-12),从而揭示二元对立的性别陷阱以及女人被文化建构成女性的过程,从根本上挑战了男女不平等的社会制度、价值体系的根基。女性不仅需要从心理上根除男尊女卑的意识,更要在地域、阶级、种族的具体语境下寻求个人的平等权利。在殖民史中,东方一直被西方当作女性来审视与定位,形成一套想象出来的刻板知识,萨义德将其总结为"东方学",揭示了西方优越论与东方被他者化的建构过程,正如巴特·穆尔-吉尔伯特(Bart Moore-Gilbert)所说:"东方主义帮助西方建立对东方的霸权,采用的主要方法就是推论东方是低于西方的'他者',并主动强化——当然甚至部分是建构——西方作为一种优越民族的自身形象。"(穆尔-吉尔伯特 44)朱莉娅·克里斯蒂娃(Julia Kristeva)在《我们自己的陌生人》(*Strangers to Ourselves*)中指出,"面对这个我拒绝但又认同的陌生人……我失去了安宁,我感到迷茫,模糊,朦胧"(Kristeva 187),表达了人们对于自身无法接受部分的排斥和他者化过程,构成对人类社会排斥、迫害某些群体的普遍性思考。

一言以蔽之,"他者"主要是指主体与他者二元对立中处于弱势、却更接近人类本能的一方,在后现代文学批评中"暗示了边缘、属下、低级、被压迫、被排挤的状况"(张剑 118),成为社会现实主义文学、后殖民文学、后现代文学与当代人类学的主要研究对象;而特纳的阈限理论为践行人类学关怀他者、"尊重、倾听他者的他性,以他者为镜反思自身"(王晓路 331)的学科宗旨提供了可行路径。"通过阈限,人类学才有可能在概念上关注边缘、改变、反抗、排斥、附属、污染、反常和越轨等现象"(拉波特、奥弗林 217),"阈限人群(liminoidal)拒绝接受社会结构的差别、分类和等级……并总是威胁、污染、削弱这个地球和世界,以及空间上的普遍性和时间上的永恒性,并为这一切提供了另外一个远景。因此,社会结构的守护者总是试图管制阈限人群,如果不能让他们不存在,至少要把他们赶出视线(时间和脑海),尤其不能让他们出现在日常生活当中"(同上 221)。人类学的阈限研究即通过人类学的田野调查法深入被主流社会所忽视、无视的弱势他者人群,以平等、尊重的态度倾听他们的声音,感受他们的生活,收集第一手的真实材料来还原他们的文化于世人面前,使强者有自我反思、自我批判的觉悟,使弱者拥有民主发声的空间、认识并建构自己的意识和身份,最终实现主体间的平等对话与交融。现当代人类学研究已摆脱早期西方中心主义民族志研究的学科范式,转而关注弱势民族、他者化种族群体,契合后现代主义思潮转向后对异质文化的尊重和关注。从一定意义上讲,特纳的交融艺术是一种革命性的艺术手段,其采撷各派文学之长、复兴他者、高举他者、推动主客体的跨界交融。

"阈限"丰富的内涵和外延具有强大的阐释空间,可以对"国际混血儿"麦凯恩的个人成长与作品的人物塑造、时空设置、叙述策略、叙事结构与伦理取位等多方面带来系统、全面的洞察。麦凯恩自我放逐的行走轨迹深刻影响其不同时期小说的取材背景和创作重点:早期的爱尔兰小说聚焦爱尔兰迁居、流散行为所带来的一系列影响,之后的流散历史小说主要聚焦颠覆大写历史权威、再现人类流散体验的叙事策略,而定居纽约后的城市小说则突出美国社会边缘人群的生命体验和对现代性弊端的批判。总体来说,麦凯恩的创作有从爱尔兰"民族"向流散历史,再到纽约城市空间推进的脉络特征,创造性地继承爱尔兰性中"放逐""迁居"的内涵,并不断将其外延拓展至其他民族的流亡者、迁居者以及国际化城市空间中的"心灵放逐者"。他围绕迁居、移民行为,将爱尔兰留守者、流散者以及那些备感异化和无家可归的城市定居者作为考察核心,织就共时性的跨国空间之网、历时性的心理空间之河、结构与交融动态平衡的社会空间之迷思。

本书运用阈限理论,围绕麦凯恩小说中他者群体的生命体验及其再现艺术展开全面研究:故事层面,重点考察麦凯恩通过还原重大社会历史背景,重建实实在在的生活空间来揭示特殊时空对人的影响,尤其观照人类在非常时期、恶劣环境中的阈限体验和能动性来凸显人的存在价值和意义,构成贯穿本研究各章节的内在主线;话语层面,着重分析麦凯恩讲述流散他者、历史他者、社会他者以及人类他者故事的精妙艺术,这些艺术主要体现在他如何通过短篇小说再现浓缩的历史瞬间和个体内爆的情感;如何建构介于真实与想象、历史与虚构之间开放、多元的后现代历史叙事空间;如何通过空间叙事和众声喧哗的复调结构来演绎当今世界互联性、多样性、共时性的时代特点以及工具理性至上的现代社会中日益孤独、异化、绝望的社会他者、人类他者应对社会危机并寻找生命意义和救赎的可行途径。故而，本书旨在分析麦凯恩跨越传统与现代、本土与全球、历史与虚构、主体与他者、中心与边缘的叙事艺术及其再现的边缘故事，从内容和形式上进一步审视其超越一切时空边界、憧憬联结与沟通的世界主义交融愿景。

第一章　跨越传统与现代的爱尔兰

　　麦凯恩的成长经历和写作意图决定了他再现颠覆"质疑各种理想主义、乌托邦形式"(Cleary 134)的爱尔兰阴郁传统的创作特点。意大利学者弗朗哥·莫雷蒂(Franco Moretti)曾说:"特定的故事是特定空间的产物,而由此推出的结论就是,若没有特定的地点、特定的空间,那么某种特定的故事是不可能发生的。"(Moretti 101)在爱尔兰这片"空间太小"的土地上,长久以来上演着"仇恨深重"的关于压迫与反抗、死亡与求生、迷失与放逐的故事,构筑了殖民与反殖民、新教与天主教持续对抗、错综复杂的爱尔兰历史,形成以农耕社会、凯尔特文化、天主教信仰为特点的爱尔兰民族认同传统。麦凯恩生于爱尔兰,深切感知北爱斗争的形势,在爱尔兰传统文学的浸润以及父亲从美国带回的"垮掉派"文学作品的熏陶下,对北爱冲突于未成年人的影响、本质主义宗派观念、爱尔兰悲观主义的叙事传统形成自己独特的见解,写就中篇小说《这个国家的一切别无选择》、短篇小说《木》和《绝食抗议》,以未成年人的身体空间图绘爱尔兰宗派之间跨界交融的可能,对本质主义、悲观主义爱尔兰传统进行颠覆性再现。

　　《黑河钓事》合集中的12个故事展现爱尔兰留守者和迁居者失落、漂泊、救赎的生活瞬间,俨然一幅连接爱尔兰和美洲的跨国实践全景图。学者格里·史密斯(Gerry Smyth)指出:"遑论漫长的历史,至少从19世纪以来,流散和迁居在爱尔兰身份的建构过程中就起着举足轻重的作用。"(Smyth 146)迁居已成为爱尔兰民族根深蒂固的社会心理和集体认同。英国文化理论家雷蒙德·威廉姆斯(Raymond Williams)提出,"情感结构"主要是指文学作品中可以反映的人们共同的价值观和社会心理,是一种在特殊地点和时间之中对生活特质的感受,是一种特殊的思考和生活的方式(汪民安 245)。麦凯恩深谙爱尔兰的流散传统,更振奋于美国"垮掉派"自由、洒脱的流浪精神,于是,他在《黑河钓事》合集中积极开掘爱尔兰迁居、流散传统的正向力量,建构开放、包容的爱尔兰民族的新身份。迁居性、阈限性已不仅是对爱尔兰民族长久以来"流散""迁居"传统的继承,更反映了爱尔兰年轻一代在全球化、现代化的经济浪潮中向往远方的情感结构。麦凯恩的个人经历以及创作不仅反映了这一情感结构,更在爱尔兰性的反思过程中积极建构跨宗派、跨民族、跨国主义的联结与沟通,这一特点尤其体现在长篇小说《歌犬》之中。他以跨国主题、世界小说的形式展现宏大历史背景中爱尔兰人的迁居体验和世界公民身份的认同过程,实现解辖域化爱尔兰性向世界主义主题的转向。加登采访麦凯恩时求证,他选用"爱尔兰所擅长的短篇小说,(旨在)构成对英国长篇小说的后殖民对抗书写"(Garden 287)。麦凯恩选择性接受该观点,认同爱尔兰惯用多声部手法而英国传统长篇小说惯用单一权威叙事,但他更倾向于主张不同的故事需要不同的形式,短篇小说是内爆的宇宙,将所有素材提炼成非常紧实的能量球,呈现新爱尔兰社会、教育、迁居、冲突等各个刻骨铭心的瞬间;而长篇小说是爆炸的宇宙,向周围不同的方向发散碎片(同上)。两人的认知差异深化了本章对于麦凯恩创作主题的理解,麦凯恩的爱尔兰小说并非阿什克洛夫特等(Ashcroft et al)"逆写帝国"的后殖民抵抗式书写,而是聚焦跨宗派、跨文化、跨种族团结的交融书写。未成年人如何在生物性欲求与社会性影响中协调自己的身体空间,迁居行为对迁居者、母国、迁居国有什么样的影响,迁居者有怎样的心理变化和文化身份认同的困惑将成为本章考察爱尔兰本土生活和迁居现象的核心所在。

第一节 超越宗派纷争的爱尔兰：《这个国家的一切别无选择》

爱尔兰土地上的宗派纷争由来已久，根深蒂固。历史上，英格兰历代君王不仅强占爱尔兰土地，强行推广英语取代凯尔特语，而且试图以"王权至尊法""信仰划一法"来同化当地罗马天主教徒的信仰，旨在从物质和精神层面全面控制爱尔兰。16、17世纪以来，随着英格兰迅速崛起、民族中心主义意识大增，爱尔兰民族被排他性地定义为野蛮、糟糕、顽固、落后的异质"他者"。1639年，天主教教会对土地和财产的所有权被剥夺。"信仰划一法"的强制推行引发1641年爱尔兰天主教叛乱以及克伦威尔的血腥镇压。"由此，英国在爱尔兰的武力殖民和文化殖民全面展开。"（李成坚 68）一个多世纪之后，英爱签署《1800年联合法案》，大不列颠王国对爱尔兰王国形成了表面联合、内在压迫的隐性殖民关系。拥有土地的新教徒把控国会，爱尔兰普通百姓多是没有土地、没有财产的天主教徒，经济、政治、文化各方面的不平等使双方矛盾不断激化。1845年至1852年的"大饥荒"成为爱尔兰民族近代史上具有转折意义的重大事件，唤醒了爱尔兰人民的民族意识和革命斗志。1916年复活节起义失败，标志着20世纪初空前辉煌的爱尔兰文艺复兴落幕，社会进入保守、闭塞的文化管制时期，却也拉开了爱尔兰独立运动的序幕。1949年，爱尔兰共和国成立，北方六郡划归英联邦管制，埋下近半个世纪的北爱政治冲突问题。到了当代，爱尔兰民族应该如何面对沉痛的历史，爱尔兰作家应该如何在民族传统与现代化发展之间协商爱尔兰性引起学界关注。以德莫特·博尔杰为代表的学者们认为："在爱尔兰,空间/地方总是逼仄的,总是让人想到那些负面的东西,比如有关爱尔兰的过去、爱尔兰的历史。因此,(当代爱尔兰小说的)未来应该在别处,在除了爱尔兰的任何一个地方……爱尔兰小说的未来可以在德国、在法国、在美国,唯独不在爱尔兰。"(引自 Hand 12)他明确表达新时代的爱尔兰应该回避阴郁而耻辱的历史,以他乡为背景书写爱尔兰故事,但逃避文化之根、历史之源,爱尔兰个体、群体如何实现身份认同?新时代应该如何开展爱尔兰书写?麦凯恩作为爱尔兰新生力量的一员,具有超越传统、宗派、民族本质主义的认知能力和胸怀:一方面,他敢于揭开其他作家避讳的大饥荒、北爱冲突等民族创伤;另一方面,他摒弃保守、压抑的现实主义叙事传统,于合集《这个国家的一切别无选择》中将"具有破坏性的文化冲突"转变为"对差异性的接受","将过去、现在、未来混杂起来,把殖民者文化也带入其中"(Ashcroft, Griffiths and Tiffin 35 – 37),旨在书写爱尔兰跨越宗派、民族、国家边界,建立联结与和解的未来。下面将从未成年人身体所蕴含的希望以及神话故事的救赎作用两方面来论述爱尔兰内部跨界交融的可能。

《这个国家的一切别无选择》合集中的三部小说均以未成年人的身体感知北爱冲突所带来的压力,以个人思想与经验的变化来反映爱尔兰民族内部和解的可能。身体是社会发展的源泉,也是改变社会的能动力量。身体既是自然的又是社会的,既是实践环境又是中介手段,构成联结世界自然秩序与文化制度的结合点,促使"我们与构成我们偶然性的世界交往"(希林 116)。马克思、涂尔干和齐美尔都认为,"我们的身体存在是一种积极主动的生成性现象,并不完全由社会的属性所给定","具身性主体拥有某种意向性能力,能够影响日常生活流;它还拥有一些具备社会创造性的能力,这些能力源于身体的感觉性和运动性,并不总能被个体直接意识到"(同上12)。身体生物性的本能与社会性的理性相互角力,不仅推动个体经历人生的每个阶段,更影响着社会的结构与交融、状态与转变。经历阈限阶段的"未成年人处于从无知到有知、从不成熟到成熟的转变时期,处在人生成长与社会化的过程中,世界观、人生观还未形成,缺乏辨别是非的能力"(谭长志等 2)。他们形成(becoming)中的、流变的、不确定的身体和意识可能质疑、曲解、颠覆根深蒂固的信念、仪式以及父母所在政治团体的期许,从而有可能逃脱本质主义宗派立场的影响,成为跨越政治边界、接纳多元文化的能动力量。这些年轻的"身体"能够跨越成年人固有的政治成见与未成年人匮乏的斗争意识之间的边界,形成"政治和文化争论的场域"和"北爱语境中政治团结可能性的来源"(Flannery 58),成为改变保守凝滞、冲突不断的爱尔兰社会的革命性力量和可能性途径。

《这个国家的一切别无选择》从一个天主教女孩的第一人称视角讲述一个疯狂的、在爱尔兰这个国家"必定"(must)会发生的悲剧故事——因英国士兵造成的事故而丧妻、丧子的父亲射杀被士兵救起的马,更试图扼杀女儿与士兵的爱情。"夏季的洪水来了,我们的驮马困在了水里……这匹驮马是父亲的最爱……她的前腿卡在了岩石中间……父亲发现了她,在大雨的哀嚎中呼唤:凯蒂。"(3)开篇以一系列简洁的动词将整个故事的发生背景以及紧迫救马的状况交代清楚。马在文中以人称代词"她"(she/her)的形式出现,造成父亲呼喊"凯蒂"而前文并未交代凯蒂是谁时可能出现的误解,凯蒂的所指难道是马?尽管下文的内容能够逐步揭示,凯蒂是叙述者"我"——父亲的女儿,这里匠心设计的模糊能指将马与女儿"我"建立联系,暗指"女儿"正如受困的那匹马,可能会终生困在这片充满仇恨的狭小土地上;抑或正如故事的结局,父亲最终在悲痛中射杀了被敌人解救从而玷污的马,而"我"也将很快长大、离开农场,无论是父亲最珍视的马还是我,都将离他而去,这一"别无选择"、不可逃避的未来使父亲的生活呈现宿命般的悲剧性。

凯蒂开放性、颠覆性、建构性的阈限特质主要体现在两个方面:其一,凯蒂 15 岁了,正处在孩子与成人之间的年龄阶段,"我"已经高过父亲,救助马时"像爱一样伸展身体"(6),在雨天"房顶的洞孔下伸出舌头等待水滴落下"(3),展现出儿童纯真烂漫的天性和成人性感撩人的姿态。如果说马儿受到夏季河里青草香味的诱惑而失足,而"我"则是受到青春萌动的性吸引而尝试着跨越身体边界、政治边界。对于拼尽全力救马却无能为力、几近绝望的父女俩来说,路上隐约出现的汽车前灯给他们带来满心的希望,但等他们发现来人并非邻居而是英国士兵时,父女俩的态度形成鲜明对比。凯蒂看到救援的英国士兵脱掉衣服,会情不自禁地比较,"他并不像从城里来农场求爱的那些男孩,也不像脱掉衬衫割草的父亲……他虽瘦但强壮,肋骨像有时在地里干了一整天活儿的马的肋骨"(7)。这种具有男性气质的年轻身体诱发凯蒂的本能欲望战胜政治歧见,促使她对救援行动采取了"去政治化"的处理。而父亲"以最奇怪的表情突然看向我,好像他迷失了,好像他被打了,好像他是河里漂走的帽子,好像他是一棵孤单的大树,绝望地寻求森林"(5)。他一直害怕失去妈妈和菲珂拉,现在害怕失去他最爱的马。面对英国士兵关切的询问,他回答,"没事"(6),但用眼神告诉我,"女儿,放下绳子""让她(马)淹死吧"(同上)。父亲宁愿让最爱的马淹死,也不愿意接受英国士兵的救助,可见积怨之深,个中原因在后面多次提到母亲和弟弟菲珂拉时得以揭示:多年前,一起车祸导致母子丧生,而法院判决英国卡车免责,父亲一直沉浸在悲愤的记忆中。从某种意义上讲,父亲绝不妥协的态度与女儿开放的个性似乎形成爱尔兰历史与未来的某种对照,父亲代表的是爱尔兰天主教徒在历史上长久以来饱受迫害的创伤性集体记忆和仇恨,而无视士兵制服所传达的意识形态蕴含以及父亲敌对立场的凯蒂,正如开着车冲向救援现场、根本没考虑要帮助的是宿敌天主教徒的英国士兵一样,都表征了爱尔兰年轻一代所蕴藏的超越历史、超越政治的希望和未来。

年轻人的欲望身体与父亲的本质主义宗派执念的对抗,形成充满冲突却从根本上起到越界与沟通作用的阈限空间。齐美尔曾指出:"身体的生命内容会为个体提供能量,给他们装备特定的驱力和动机去展开行动,以此和他人在特定的社会形式中产生关联。"(希林33)救援行动提供了不同宗派之间碰撞和交流的机会。英国士兵出于救援现场的情势,将"我"拉上河岸,出于或和父亲和解的姿态,或对"我"的性吸引,或仅仅是人道主义的"关切","把史蒂夫的夹克披到我肩上保暖,但是这时候父亲过来,推开了他。父亲推得狠狠的"(8)。父亲说:"离她远点,你难道没看到她还是个孩子?"(同上)父亲警惕着年轻士兵对女儿身体的任何接触,却无法阻止女儿心心念念潜入水中的史蒂夫的安危,担心史蒂夫和马会像这个国家的一切事物一样"将要死去"(10)。凯蒂邀请救援士兵回家晾干衣服,与史蒂夫暧昧,期盼史蒂夫再次出现,都是对父亲极端敌视态度的挑战和消融。

双重他者身份的凯蒂言说故事、给不同身体特征的士兵起外号的语言表达能力,表征了她颠覆男性权威、挑战殖民者权力的能动性。凯蒂属于斯皮瓦克所言及的"属下他者",是被新教主流社会和男性父权制"双重边缘化"(Moore-Gilbert 118)的天主教徒中的女性他者。按照斯皮瓦克的说法,凯蒂不仅没有话语权,而且没有被代言的可能,未成年的年龄更决定了她在社会结构中处于无地位、无权利的阈限状态。沏茶繁琐仪式的细致刻画,预示她的未来很可能被禁锢在"煮茶"这一关键能指行为所预设的生活模式之中,无论过去、现在还是将来,她都无法逃脱女儿、妻子、母亲的身份定位以及家庭空间的束缚。而与此同时,小说又通过几处匠心设计,对主流成规进行了颠覆式书写,赋予边缘他者以发声的权利和改写命运的可能。小说以凯蒂"我"的第一人称视角展开叙事,聚焦属下他者"我"的思想活动和认知发展。"我"以儿童嬉戏的眼光审视年轻士兵的身体特征:"一个人摘掉头盔……他的头发是冬天冰的颜色。一个留着长草一样的胡子,一个脸颊上有疤、像父亲农场铡刀的底座"(McCann, *Everything* 7),并给他们起了相应的外号,遮蔽了士兵的政治身份和立场,缓解了紧张对立的氛围。同时,起外号不仅是属下他者发声的证明,更在一定意义上挑战了英国强令爱尔兰南部地区改名的殖民历史。幼女自主言说的行为是一种在政治、文化、道德方面具有颠覆作用的力量(Flannery 61),而言说的作用不止于此,其能动性甚至包括邀请士兵回家喝茶这样"以言行事"的激进做法。"邀请"的语言行为包含明确的"交融"意图和力量,却形成听话者——士兵,说话者本人——"我"以及持极端敌对意见的旁观者——"父亲"在思想上、行动上以及情感上的激烈冲突。

> 在现代社会……私人空间尤其以服务于身体,即生儿育女、社会化和服务于劳动力而存在的家庭亲昵行为和情感冲动为特征。因此,在公共空间中,工作的繁文缛节、非个人主义、中性和普遍主义与私人家庭的不拘小节、排他主义和感情的丰富之间形成了鲜明对照。(特纳,《身体与社会》98)

小说高潮处的冲突集中体现在私人空间和公共空间之间界限的僭越。救援时的公共空间虽已萌发暧昧的身体接触,但尚在父亲愤怒的掌控之中,而邀请只有在镇压暴动、安全搜查时才会出现在天主教徒私人空间的英国士兵来家里的厨房喝茶、吃点心、晾干衣服,则打破了惯常的社会结构,殖民者/被殖民者对立的权力关系演化为友好、平等的"交融"关系。除了父亲,大家客气、礼貌地在一起喝茶、擦干,家庭空间出现"自发性、即时性、具体性"(Turner, *Process* 127)的短暂交融,"我的茶让士兵们笑了……每个人都为拯救了一个生命,即使是马的生命而感到高兴"(McCann, *Everything* 11)。英国士兵的到来以及凯蒂与史蒂夫之间羞涩的调情为僵化的生活空间带来了改变和希望。心理学家亚当·菲利普斯(Adam Phillips)曾说:"调情如果可以维持住,将会是一种滋养愿望的方式,一种长时间游戏的方式,延迟会留出空间。"(Phillips xix)可见,调情是一种开放的表演过程,旨在打开、设计一种可能性情节,任何确定的承诺、关系、欲望都处于变化之中,故事的开头并不一定就是结尾,也可能是偶然迸发的惊喜。两个年轻人无视各自政治身份归属、家庭的压力,尽情地表达着对彼此的欲望,憧憬着乌托邦式的可能性。跨宗派的懵懂爱情正是麦凯恩动摇南北水火不容、根深蒂固的仇恨,憧憬和解希望的叙事策略。

短暂"交融"的同时,冲突正在累积爆发。父亲无法忍受凯蒂和士兵们的亲密互动,暴怒,轰走客人,悲恸中甚至射杀了他最心爱的马,明确表达了他不接受和解的决绝态度。而凯蒂仍心存幻想,"站在窗前……等待(史蒂夫回来拿他的夹克)……雨仍在下,一二三,我在想,多么小的天空啊,怎么能盛下这么大的雨"(15)。感慨中充满了对小小的爱尔兰空间容纳太多仇恨的无奈。"三"这个神圣的数字在文中反复出现,史蒂夫冲凯蒂微笑了三次,父亲杀马开了三枪,钟表滴答三次,小说结尾时雨也在一二三地下,似乎在暗示母亲、弟弟死后,精神上、身体上已经背离家庭信仰的女儿正如马儿一样会第三个离去。

如果说《这个国家的一切别无选择》通过身体欲望的释放来书写南北爱尔兰越界和解的可能性,那么《木》则从身体瘫痪的意象、生活的基本需求以及孩子对政治性纪念仪式的狂欢化解读等方面揭示影响北爱冲突的多维因素,从而削弱政治在民众生活中的重要地位。《木》这篇小说源自麦凯恩在北爱旅行时听到的一句话——"甚至连一块木头都有政治性"(Cusatis 111),但是他刻画的主要人物却在各自的经历中并无截然明了的政治立场,完全颠覆了非此即彼的宗派观念与刻板成见,具有亦此亦彼、跨越边界的阈限性:"父亲是一个平和的,而非暴怒的奥兰治党人;母亲是一个发现自我的农妇;儿子处于两人之间,困惑着。"(McCann,"*Everything in This Country Must*, Interview")。父子被塑造为政治立场上的"居间"者,颠覆了

49

传统爱尔兰民族主义文学中本质主义文化认同的人物设置,预示了跨宗派交流、和解的前景。

长老派起源于16世纪不列颠群岛的新教改革,是新教主义传统改革后的一个分支。自诩优秀长老派成员的父亲,却已超越宗派的狭隘观念,基于人性的良知,反对庆祝历史上新教挫败天主教的奥兰治党大游行(Orangemen March),认为"庆祝他人死去(的仪式)很卑鄙"(McCann, *Everything* 23)。在保皇派新教主义与联合派天主教尖锐对抗的爱尔兰社会空间中,作为政治、经济、文化拥有优势的新教教徒,父亲并没有因为宗派之间战争的获胜而沾沾自喜,反而更理智地看待血腥的历史、荒诞的政治斗争以及卑鄙的年度游行庆祝,毕竟1690年保皇派的胜利对应的是天主教教徒的死亡、式微以及长久以来被剥削、被压迫的生存境况,而当下两派人民共同生活,对立意识形态的高举只会激化矛盾,造成更大的伤害。因此,他禁止自己的儿女参加奥兰治党大游行,反驳邻居称赞他为教会做的椅子会让天主教教堂蒙羞的说法,而是主张无论什么木头做的座位,大家都是坐在同一个方向,任何教堂都不会有耻辱存在。作者塑造了充满人性、公正包容的新教徒形象,表达了他对北爱人民跨越宗派边界、实现宗派和解的乌托邦想象。然而,现有评论的吊诡之处在于,有学者认为父亲瘫痪的身体"蕴藏着政治进步和希望的想象性可能"(Flannery 17),这种理解忽略了父亲本人所坚持的和解意愿和积极立场。实际上,设置父亲瘫痪的情节反而会激化宗派矛盾,试想如果父亲没有瘫痪,坚持养家,家里也就不会无以为继,母亲也不用背着父亲制作奥兰治党大游行所需要的四十个旗杆。如果父亲是顽固、恶劣的新教徒,他的瘫痪会表征新教式微,从而缓解与天主教对抗的紧张关系,促进政治和解,而当父亲实际上是联结对立两派、包容开明的阈限人时,瘫痪身体的意象较难成为麦凯恩书写和解希望的合理角度,只会增加北爱政治冲突的复杂性——引入不可逃避的经济因素。

家庭中女性经济地位的提升起到了动摇夫权制度的微妙作用。

昼夜劳作的父亲,身为家庭主妇的母亲,两者经济状况的对比,决定了父亲在家中的绝对权威地位。因此,当孩子问起为什么父亲对大游行那么生气时,母亲从来不会说什么,如果孩子们问问题,她会回复:"问你们爸爸去"(McCann, *Everything* 24);当孩子们进一步问为什么时,她会说:"因为你们的父亲是这么说的。"(同上)在父亲中风瘫痪、丧失工作态身体后,母亲开始负责家中生计。尽管她知道丈夫反对参与游行,但在来人询问她丈夫是否介意她为游行制作旗杆时,她出乎儿子"我"的意料接下了工作,毕竟生活的窘迫不允许她有拒绝的权利。母子从原木上撤下链子的时刻,似乎象征着他们已挣脱过去强势的父权、夫权的枷锁,开始发挥自身的主体能动性,创造新的身份和生活;母亲削杆子的动作也传递了"明显的性暗示","意味着开启女权主义议程的准备期"(McCann, "*Everything in This Country Must*—Interview")。他们的确背叛了父亲,但面对经济困境、生存压力不得不做出妥协,人的生物性需求比社会性需求更根本,也最有决定性。

如果说母亲是迫于生计有意识地背叛父亲,那么与母亲共谋的儿子"我"则多少带有未成年人的天真和困惑,而这种认知上的模糊性、阈限性正是促使爱尔兰政治和解的希望所在。父亲瘫痪后,"我"穿父亲的衬衫、戴父亲的手套、拖运原木,和母亲一起削旗杆,这些活动都表明"我"开始建构成年"男性"身份,担负"男性"的家庭责任;而"我"无视周围的政治氛围,听不进父亲的告诫,对报纸上呈现的奥兰治党大游行满怀好奇与向往之情,则暴露了"我"未成年的幼稚。

> 我最喜欢的是两个戴着圆顶礼帽、穿着黑西装、胸前系着大黑绸带的人。他们骑着白马,举着国王的旗帜……国王穿着精致的衣服,有张善良的脸。我真的很喜欢那张图片,不明白为什么父亲如此生气。(McCann, *Everything* 24)

我在想象哪怕去一次,那会是什么样呢?去看看戴圆顶礼帽、举着旗杆的人走在街道上。很多人欢呼、吹口哨、敲鼓。冰激凌免费发放,随便选。人群踮起脚尖,喊:"我的、我的(天),快看那儿,那些难道不是漂亮的杆子吗,那些杆子难道不可爱吗?"(McCann, *Everything* 33)

奥兰治党大游行的仪式性、表演性对未成年人"我"有很大的吸引力,像是一场精心布置的集体狂欢、节日景观,完全剥离了敌意的政治内涵,似乎变成人人都可参与的、平等的、友爱的"交融"活动,逃离"社会规范所辖制、制度化、抽象化"的社会结构,"即时性"地联结每一个人(Turner, *Process* 127),而"我"有幸制作旗杆,深以为傲。"精致的衣服""善良的脸""漂亮的杆子""难道不可爱吗"等孩子视角的主观感受暗示了照片与观者两方面的问题:一方面,游行照片可能本身构图精美,暗示奥兰治党对于胜利者的美化宣传,庄严、善良的国王形象将慢慢渗透在一代代爱尔兰官方话语的历史呈现中,体现主流媒体对于意识形态的操控性;另一方面,"我真的很喜欢那张图片,不明白为什么父亲如此生气"反映了孩子价值观、世界观缺失的一面以及家庭内部沟通匮乏的问题。父亲对大游行生气,禁止孩子们参加,却不告诉他们为什么,反而会激发孩子们的困惑和好奇心,更滋长了他们要去的欲望和想象。孩子对游行照片的正向解读,无视历史创伤的"喜欢",对父亲的不理解,憧憬并积极参与游行的幻想,不仅暴露孩子无意识的幼稚和天真,也引发读者对于创伤性历史事件的辩证思考:抹除历史记忆、专注当下狂欢确实会带来和解,但一味沉浸在粉饰过去、忘却过去的祥和之中,会不会迷失自我,重蹈覆辙呢?大游行照片所引发的一系列反应深入揭示了作者对于人们是否应该铭记创伤历史的矛盾心理。

与其说是经济的窘迫使"我"陷入背叛父亲、追随母亲的道德困境,不如说是"我"对大游行的幻想和渴望促使"我"愉悦地与母亲结成制作旗杆的秘密同盟。由此,"北爱发生的经济紧迫、政治忠诚以及宗派执念等复杂的矛盾在这个渐趋成熟的年轻人的经历中得到协商"(Flannery 67)。叙述者兼故事中的主人公"我"在北爱错综复杂的社会空间中不断调整先有认知,主动塑造开放、灵活、有担当的男子汉人格,完成了成长仪式。故事最后的高潮部分更为集中地体现了这一点。在奥兰治会社取旗杆的早上,"我"调高收音机的声音,亲密地给父亲刮胡子,机智地屏蔽了父亲获悉屋外状况的一切可能。客观来说,"我"和母亲为大游行制作旗杆的行为以及大游行在公共空间对于保皇派胜利的庆祝活动一定程度上会加深宗派本质主义者之间的矛盾,使北爱政治局势停滞不前,但以"我"为代表的年轻一代狂欢化解读大游行、灵活处理政治分歧的做法则会缓解剑拔弩张的宗派对立,推动和平进程。结尾处"我"的观感更形象集中地强化了主题,"我看着木器厂后面的橡树。它们在风中发疯。树干高大、坚实、丰厚,树枝却像人一样相互殴打"(McCann, *Everything* 37),橡树的意象隐喻人类疯狂互戕行为的荒诞性,反映了"我"的超脱认知和真正成长。

无论处于北爱冲突的核心区域,还是远离北爱的穷乡僻壤,宗派纷争的影响无处不在。如果说《木》再现了一个新教男孩在北爱复杂环境中的成长蜕变,那么《绝食抗议》则是一个天主教男孩在远离北爱的海滨环境中所经历的成长体验。麦凯恩在采访中曾提到,主人公凯文身上"零星"有他的影子。1981年抗议发生时,麦凯恩还是个少年,但并不妨碍"少年可以成为承载所有悲痛、失败与矛盾的恰当容器"(McCann, "*Everything in This Country Must*, Interview")。凯文,13岁,来自北爱德里郡,父亲在他7岁时死于车祸,母亲为酒吧驻场歌手,叔叔是名献身绝食抗议的民主战士。1981年夏,母亲带他从暴力横行的北爱到爱尔兰西南沿海的戈尔韦郡度假。从他获知素未谋面的叔叔加入绝食抗议的那刻起,凯文不断从报纸上、母亲那儿收集关于抗议进展的消息,通过文字想象、模拟绝食抗议、幻想与英国士兵开战等方式不断与叔叔建立认同。"随着叔叔身体的衰败,凯文的身体与情感变得更为强大",两者的身体紧密连接在一起,形成此消彼长的关系。叔叔去世后,凯文最终实现从刚到戈尔韦郡时"天真、愤恨、自我"的男孩蜕变为"充满智慧、善解人意、富有同情心"(Cusatis 114)的男人,完成了成长仪式。

凯文离开德里郡来到戈尔韦郡,开始尝试感受和处理自己"天真、愤恨"而又模糊不清的青春烦恼。最初,凯文讨厌和妈妈沟通、下棋或者有任何肢体接触,在镇上四处游荡,用偷钱、偷烟、欺骗、吐痰、诅咒、破坏投币机等一系列孩子气的行为来发泄对于离开家乡来到戈尔韦郡的不满和愤恨;又通过吸烟、自慰、模拟与英国士兵开战、尝试绝食抗议等成人行为来接近、建构自己的"男人"身份。他穿上父亲的衬衫,与成人积极认同的同时,却又故意将领子弄皱,挑战成人正式的着装规范。两套行为模式形成鲜明的对比,表征凯文介于男孩和男子汉之间的阈限身份以及他想要成长却又拒绝成人世界的矛盾心理。此外,城镇路边盖尔语、英语两种语言的路标使他感觉自己是"两个国家的小孩"(McCann, *Everything* 47)。历史上,对爱尔兰地域重新命名是英格兰最简单粗暴的殖民手段,而爱尔兰并不认同这种强加的空间秩序,坚持在英语路标旁边保留盖尔语的标识,表征其对英格兰统治的反抗以及对本族文化的捍卫。两个路标所构筑的对抗性权力场阈使身处其间的凯文无所适从。"进城的路……没有标识","他靠想象的白线找到平衡"(同上),自己都不清楚到底文什么样的文身等细节都影射了凯文身份建构的探索过程。

北爱混乱的斗争局势使凯文弃绝虔诚的宗教信仰,改为肉身的想象性认同和崇拜。"他认为上帝一定是个狡猾、复杂的混蛋,给人们不同的词汇表达普通的事情。"(同上 66)身边除了血腥的暴力,就是各种"非刑罚化,豁免,隔离,不妥协,政治地位"(同上)等抗议的声音,而卷入混战的普通人甚至不知道民权是什么。在丧失宗教信仰之后,凯文将父亲和叔叔树立为精神成长的榜样。父亲多年前死于车祸,生前是个木匠,曾告诉过凯文"有志者事竟成"(51)。受父亲影响,他开始尝试创造,将蘸了果酱的面包做成棋子,先做"最无所顾忌、复杂多变"(58)的骑士,后做了"女王"、戳她、吃掉她,最后制成全套棋子。当他掌握了下棋规则后,痛快淋漓的下棋成为他发泄愤怒、放松神经的一种方式。无论制作棋子还是下棋都体现了凯文开始掌控事物的能动性,细微中反映其思想和经验趋于成人的转变。

尽管母亲尽力回避北爱话题,凯文却一直打听与绝食抗议相关的消息,甚至感同身受地"想象自己进入叔叔的身体"(71),想象叔叔住在单人监狱里的感官体验,愤怒地诅咒上帝为什么对世间的死亡无动于衷。当母亲开始刻意避让儿子在意的骑士棋子,开始大方地解释抗议所要争取的"政治地位"(60)问题,开始用北爱口音讲话,答应儿子给叔叔写信的请求时,紧张、冰冷的亲子关系开始缓和。母亲可以伸手轻触儿子的脸,而儿子虽然快速躲开,却询问起母亲在酒吧的工作情况,母亲很快应和,以儿子的口气抱怨戈尔韦郡太乏味。两人在微妙的互动中开始站在对方立场思考问题,真诚地关心对方的需求和感受,做到了基于同理心的平等交往,从而彻底改善了亲子关系。

"如果'成长仪式'中有混乱、空洞的阈限阶段,这时就需要某事、某人超越这虚空,将人们带离其中。在人类学上,这个人被叫作仪式的引导者。"(Thomassen 103)在凯文的成长仪式中,立陶宛夫妇扮演了仪式引导者的角色,帮助他学会控制情绪、面对挫折、把握人生。凯文发现当地少年吸毒,自觉远离同龄人的负面影响,成为戈尔韦郡孤单的漫游者。他已经学会了快乐地独处,享受海滩,看到女孩忍不住自慰,听到劝慰其"强大"的建议时,明确意识到自己变声了,"既是男孩又是男人"(McCann, *Everything* 88)。他把海滩上竖起的杆子想象成英军,激烈对战,甚至要"做男人该做的事情"(90),毅然北上参加抗议,被中途遣返。在敲响立陶宛夫妇家门后,他的生命出现了重要转机。老者带他去划皮划艇,有意让他落水两次,改掉其暴躁、说脏话的毛病,带他享受在海上远距离回望小镇美景的阈限时空。如果说大海是德勒兹和加塔利意义上的流动不居、广袤无垠的平滑空间,陆地是充满各种复杂关系、等级分明的层级空间,那么大海与陆地的交接地带则是边界模糊、开放自然的阈限空间,赋予凯文不一样的心胸和视野;加之立陶宛老者有意磨炼他的心性,他的人生观、价值观逐渐成型:学会专注于没有记忆的简单快乐,感受长大后不可避免的痛苦,认同任何事情都不值得去死的观点。凯文不断从老者身上汲取力量,在身体上、情绪上、认知上都变得更为强大,"男孩感觉和老人保持同样的节奏,一种无形的力量将他们联结起来,使他们的胳膊同时划桨,他们成为同一机器的零件,而且他们一起远离其他机器"(127)。他胸前长出了胸毛,尝试了性爱,懂得去安慰神伤的妈妈。最终,在和妈妈一起去游泳的经历中他完成了受洗、成年的仪式,"他的童年突然全部褪去,他像蜕皮一样将童年丢在了海里"(136)。故事结尾,凯文故意毁坏皮划艇,发泄着对英国政府任由叔叔死去的愤怒,回望时发现"立陶宛老人的家亮着灯,前门开着,两位老者站在一起,手挽着手,注视着,老头的眼睛斜视着老妇,老妇的眼睛大而温柔"(143)。两位老人非但没有责怪他的破坏行为,反而能够理解他在北爱环境中所承受的压力,体会他对叔叔死去的悲痛,并用爱、包容以及人生智慧赋予他继续生活的勇气,就像暗夜中房子里点亮的灯,为凯文黑暗、愤怒、躁动的青春带来平和而温暖的希望之光。文中虽未提及老者的身世,但细节暗示他们似乎也经历过类似北爱动乱的苦痛,所以,他们可以感同身受,仁爱地引导凯文。正是这种人与人之间基于同理心的爱和包容以及未成年人成长的无限可能,为小到个人的心理冲突、北爱纷争,大到世界战争带来和解的可能。这种可能(what if)正是麦凯恩不断尝试的希望书写,为爱尔兰民族的未来发展指出另一种方向。

如果说小说集《这个国家的一切别无选择》是以未成年人的身体空间隐喻北爱和解的可能,那么合集《黑河钓事》的最后一篇《凯瑟尔的湖》则是以神话故事隐喻北爱冲突中逝者阈限重生的希望和救赎。这是一种具有魔幻现实主义色彩的看护,"魔幻现实主义尤其活跃于被主流文化边缘化的偏远地区……因此成为后殖民现象"(Cardin 23),作者引入魔幻元素,避免过多指涉现实,通过讲述农民凯瑟尔挖天鹅的神话故事,创造反思北爱冲突问题的契机。开篇"这是一个伤心的周日,某人又得去挖出一只天鹅来"(《黑河钓事》185),不仅暗示冲突中的北爱不缺伤心事,更交代了魔幻现实主义的关键因素——挖天鹅以及某人"又得去挖"的职责。挖天鹅的隐喻取材于爱尔兰神话《李尔的孩子》:海王神李尔在妻子去世后,娶了妻子的妹妹。妹妹狠心将姐姐的四个孩子变成天鹅,施下长达900年的咒语。只有当基督的声音传到水上时,咒语才能解除。当这一天终于来临时,孩子们唱出了悲伤的歌曲:"悲伤啊,我们为李尔心碎,/熬红眼睛全世界找我们,/林间、山间,满心希望地找寻我们的影子/在天上,在地上找寻我们的身形。/找寻从他怀中生生被夺走的孩子,/现在以天鹅的样子游荡,冷冷地漂在水上/水沫四溅的奇怪的海岸。"(Ellis 61)天鹅不仅哀叹自己的命运,更为失去孩子的父亲而悲痛。天鹅在小说里也可以指对北爱冲突中变成天鹅的逝者的哀悼,而从整部小说集来看,还可以指爱尔兰留守父母对于在他乡逝去的儿女们的哀悼之情。神话里的天鹅始终活着,随着魔咒解除变回人形,小说中的逝者也可以变成天鹅重生,而现实却是无数家庭永远地失去了亲人,永不复生。小说通过血腥场景的刻画反映了北爱冲突所造成的后果。

那个在酒吧里被炸死的女孩跟那个倒在撒拉逊装甲车前座上的士兵看上去简直是双胞胎。那个士兵脑袋上炸了个拳头大的窟窿,跟心脏一样大了。而他又跟那个淹死在水沟里、手里捏着阿玛莱特手枪、嘴里还叼着芦苇的加瓦孩子不分伯仲。而后者又和推着宝宝出去散步被榴弹打死的年轻妈妈简直是一母同胞。这妈妈又和那个看到自己女儿被柏油和鸡毛裹起来之后用一根绳子把自己吊死的爸爸如出一辙。这位爸爸又和去年三月相互射杀的三个士兵及两个枪手一模一样……上个星期,就在圣诞节前,那个老人被发现躺在路边,就躺在他蓝色的自行车边上,可是膝盖骨却不见了……(《黑河钓事》194)

死去的女孩、孩子、年轻的妈妈、老者与士兵之间"不分伯仲""如出一辙""一母同胞"表达了不同性别、年龄、阶级、宗派背景的人们都在这一危险时空中遭遇暴力、血腥洗礼的公平性,更传达"本是同根生,相煎何太急"的悲痛心情。一片土地上的兄弟姐妹何以到了兵戎相见、陈尸街头的地步?众多死者之间关系的建立,暗示了作者基于人性、超越宗派边界的世界主义共同体思想与悲悯众生的情怀。这是麦凯恩创作生涯中第一次也是唯一一次直面血淋淋的北爱冲突,通过神话的"诅咒"形式"清晰地描写北爱冲突中对抗的双方……所体现的仇恨和嫉妒"(Cardin 18),并进一步通过圣者——凯瑟尔的设置来实现对于绝望现实的救赎。麦凯恩曾讲过一个36位犹太义士承载世间痛苦的故事,其中一位与上帝失去联系,被遗忘在人间。在这部小说中,凯瑟尔就是被上帝遗忘的那个圣人,被诅咒做挖天鹅这份承担北爱痛苦、拯救逝者的苦差。他惊奇地发现北爱这片土地上的仇恨如此之多,不得不无奈地承认"每个人都有自己特定的诅咒"(《黑河钓事》196),需要周而复始地劳作,从而获得生活的意义和救赎的希望。

总之,小说集《这个国家的一切别无选择》中三个少年或出于性吸引的欲望驱使,或出于经济压力与对节日活动的好奇心,或源于对现实的愤怒和成长的迷茫等原因,形成以各自身体为权力协商的场域,实现对爱尔兰根深蒂固、愈演愈烈的宗派纷争、暴力冲突的颠覆书写,孕育充满和解希望和包容精神的爱尔兰新蓝图;而《凯瑟尔的湖》则通过爱尔兰的神话传说守护北爱冲突中的受害者,通过魔幻现实主义的逝者重生来憧憬爱尔兰民族的涅槃重生和美好前景。

第二节　超越本土禁锢的爱尔兰:《黑河钓事》

"麦凯恩是一个不断迁居的作家,其小说及其他文字是爱尔兰流动身份协商的渠道。"(Flannery 3)麦凯恩四处旅行的经历塑造了他国际混血儿的文化身份、作家身份,更成为其思考、协商、再现新爱尔兰民族身份的素材源泉。汉德在《爱尔兰小说历史》(*A History of the Irish Novel*)中有所言及:

> 他(麦凯恩)意识到当今的后现代世界如何要求人们以新方式生活。严格、真实的边界——国家的、个人的或空间的——不再像过去那样确定,因为人们在许多地方同时生活……爱尔兰人一直生活在问题重重的世界或空间里:爱尔兰内部的物理空间、迁居国外的复杂问题、柏林或波士顿的爱尔兰人等方面的问题;身在柏林、波士顿,文化归属何在的问题。这些问题也困扰着人口锐减的爱尔兰留守者,毕竟爱尔兰空间留存着远走他乡者的痕迹和回声。(Hand 276)

全球化时代,人类的迁居行为空前频繁,迁居已经成为人们在后现代社会中生存的常态。在变动不居的语言、历史、身份碰撞的"接触地带"生存是时代对迁居者、流散者的要求。信息交通技术的发展使同一文化归属的人们可以跨越地域的边界,共时性存在于世界各地,处于普遍联系的网络之中。从地理空间、社会地位的变化角度来看，迁居是个体或群体的"过渡仪式"，迁居者脱离故国的社会结构，经历错位、失落、无所归属的阈限阶段，尝试融入目的国，协商杂糅的文化身份。迁居行为不仅深刻影响迁居者，也对故乡、定居国产生影响。因此，在考察爱尔兰民族的迁居、流散现象时，母国、迁居过程、定居国成为审视迁居者的"过渡仪式"的三个重要维度。合集《黑河钓事》基于麦凯恩的旅行经历，勾勒出20世纪60年代以来爱尔兰社会变迁的全景图，本节将重点考察合集中爱尔兰迁居者的情感结构和身份流变、留守者的看护守望、定居者的迷失苦痛以及人们在想象与关怀的共同体中面对现代化过程出现的各种社会问题的能动性力量。

20世纪，爱尔兰经历经济萧条的七八十年代、凯尔特之虎（Celtic Tiger）奋起的90年代，迅速从农业国转型为现代化国家。根据滕尼斯的观点，礼俗社会在现代化进程中会逐步发展成为法理社会。人们先是以家庭生活、家庭经济缔结最小的社会关系，随着农业、农村生活的发展，以地域为基础的合作模式逐渐成型，宗教信仰和技艺为基础的精神共同体和城镇生活相应地发展起来，以贸易和合约关系为支撑的城市生活随后兴起，人类进入法理社会。工业化、理性操控资本的劳动时代与国家和国家生活同步发展起来（《黑河钓事》175）。在社会形态上，爱尔兰的现代化发展呈现出从礼俗社会（共同体）向法理社会（社会）转变的过程。历史上的爱尔兰一直被英格兰他者化为工业化、文明化的对立面。20世纪初的爱尔兰文艺复兴将爱尔兰性塑造为盖尔语、天主教、农业田园式的传统共同体。直到爱尔兰共和国独立，农牧经济、农业合作模式仍是这个国家经济体系的主导模式。随着改革开放政策的推行，爱尔兰凭借后发优势，并未充分经历工业化过程就进入现代化高速发展的快车道，在遭遇石油危机、经济低迷、人员外流的"不稳定的80年代"（Brown 316）之后，于90年代迎来了凯尔特之虎经济崛起的黄金时期。"经济发展、天主教式微、和平进程,改变了爱尔兰的政治、社会和文化景观。许多关于爱尔兰的想象,比如爱尔兰人是天主教民族主义者还是新教联合主义者的想法都已经明显过时了。"(Savage 12)与此同时,爱尔兰快速现代化的过程中也出现一系列社会问题:礼俗社会衰落、法理社会冷漠、恐惧蔓延、暴力横行、环境恶化等,普通人越来越多地感受到孤独、混乱、不确定、虚无的无家感。正如路易斯·沃斯(Louis Wirth)所说,工业化、城市化过程斩断了人们乡村-民俗社会的血缘纽带、邻里关系,"次要接触代替主要接触,血缘纽带式微,家庭的社会意义变小,邻居消失,社会团结的传统基础遭到破坏"(沃斯 710)。本节将基于"过渡仪式"、阈限、关怀伦理等概念,探讨《黑河钓事》合集中以"水"为核心意象的爱尔兰的迁居性,爱尔兰留守人群与城市定居者的生存境况以及人与人之间相互关怀、直面社会问题等内容,以期勾连短篇小说的众多浓缩瞬间,勾勒转型时期的爱尔兰的新身份。

> 从冰挂瀑布到无名河流,从涓涓小溪到汪洋大海,水在文本间流动,成为一个永不停歇的意象,联结所有的故事。麦凯恩用水的意象来表征 20 世纪晚期爱尔兰的身份和移居性问题。(Cahill & Flannery 9)

水是麦凯恩描绘新爱尔兰移居性和阈限性的核心意象,勾连起合集《黑河钓事》中的多篇故事,具有丰富的"流动性"能指蕴含,具象演绎鲍曼意义上的"现代性的转变以及它对人类生活所有方面的深刻而广泛的反响",主要体现在以下几个方面:迁居人群的生存状态,时间一去不复返却又联结过去、现在、未来的阈限性以及爱尔兰跨越一切有形、无形边界的解辖域化发展趋势,反映爱尔兰民族在传统与现代、民族与世界、本土与全球之间不断协商的发展过程。

水的不同形态是主体建构的象征符号,隐喻人类迁居、停滞等不同的生存状态。在《恩里克的早餐》("Breakfast for Enrique")中,看着同伴的昔日照片,"我"感慨:"他(恩里克)已经有一年没有靠近过任何河流了,也有一个月没能走出这间房间了"(《黑河钓事》34),远离生生不息的河流暗示恩里克困于原地的生活,反映他患病后每况愈下的病情和濒临死亡的无助。《姐妹》中冰挂瀑布的意象表征了妹妹第一次越境惨遭强奸后,在都柏林虽生犹死的创伤状态。《兴冲冲,向前走》("Step We Gaily, on We Go")中拳击手弗莱厄蒂在大萧条时期随爱尔兰移民潮前往美国,志在获得一个重量级的世界冠军,却遭到对手芥末油的陷害,失利的同时也失去了妻子,最后困在新奥尔良的公寓楼里,每天通过偷洗衣房的衣服送给贫苦的邻居这一非法却充满奉献意义的仪式来向幻想中的妻子证明自我存在的价值,建构自己的主体意识。正如"花岗岩不透水"(《黑河钓事》85)所隐喻的状态,他活在妻子还没离开的幻想中,困在社区、困在过去的回忆里,既无法与外界建立有机联系,失去直面当下困境的能力,更没有离开新奥尔良回到有"能吸水的石灰岩、湖水会消失的季节湖、颜色千奇百怪的野花"(同上)的生态爱尔兰故乡的能力。

　　河水与时间都有一去不复返、永不停歇的共性,因此,河流成为麦凯恩小说中表征时间推移、世事变迁的强烈意象。《恩里克的早餐》中恩里克梦到自己"在湍急的河流里竞赛,逆流而上,谁能在原地待的时间最久谁就赢了"(36),"楼下的交通日复一日地流动着,想把我们一起带走,可是他却一直在舞动着双臂击打潮流,想要停住不动,想要待在原地"(40)。这里"河流""交通"具有了时间的特质,人想待在原地、凝固时间、留住青春,时间却无情地舍弃人们奔涌向前,空留身体在时间中销蚀、衰老和逝去。同时,时间也会裹挟着一代代年轻人远离故乡。在《黑河钓事》("Fishing in Sloe-Black River")中,"河水表征时间的必然运动,导致父母与子女的分离"(Cusatis 31)。"一条黑黝黝的小河在威斯米斯小镇缓缓流过"(《黑河钓事》58)象征小镇缓慢流动的时间、居民惆怅失落的心情,预示孩子们随时代潮流远去他乡的必然性。时间在流动,家人各奔东西,空间拓展也呈现了流动性。全球化时代异国他乡的工作机会让年轻人流向各处,好在河流是相通的,流走又流回,暗含了作者更深沉的感情:人应该回望过去,守望故乡,甚至在精神上回归故乡。"向往远方"与"眷恋家乡"是流散者永恒不变的情感结构,为麦凯恩的创作提供不竭动力。

水在自然界循环流动的特性决定其联结过去、救赎当下的作用,赋予人们继续生活的勇气。《沿着河堤走》("Along the Riverwall")中的少年弗格斯遭遇车祸,来到"水流滔滔"(《黑河钓事》158)的利菲河边想要跳河自尽,想起多年前父亲借钱买冰箱还不上债又不想让债主把冰箱收走,于是将冰箱扔进利菲河里的往事。利菲河承载了人类的各种垃圾:"健力士啤酒、驳船上的金色颜料片子、英国炮舰上的黑色弹壳、避孕套……也有无数破旧的自行车"(同上),但它仍缓缓流淌,奔流不息,象征着生活对过去的包容以及时光不可逆转的"渐渐流逝"(Cusatis 50)。父亲攒钱为他买了心仪的自行车,但邮寄来的分装零件让他更加痛苦、失落,于是他坐着轮椅艰难地把零件扔进利菲河,看着溅起的水花,想象着大自然把零件组装成一辆完整的自行车,而他潜入河底骑着它"在一大堆废墟上穿行"(《黑河钓事》167)。这种想象将他带入一种魔幻现实主义的幻境,轮子入水的光影使码头周围各种颜色旋转起来,生发一种"既温柔又安详"(同上)的力量,赋予他顿悟人生的瞬间。"他想起马拉松和运动衫……自己坐着轮椅穿行在都柏林车流中,在跟别人比赛,也许是在送包裹或者信件呢。"(168)此刻,他经历并超越了人生横遭变故的阈限阶段,在河流的大度与韧性中获得了重生的希望和继续生活的勇气。《装满墙纸的篮子》("A Basket Full of Wallpaper")中,当叙述者、故事人物肖恩若干年后在伦敦获悉日本移民奥索伯去世的消息后,他站在泰晤士河下游,将"一张二十英镑的钞票扔进水里,看着它随波慢慢飘走,完全心甘情愿地顺着水流朝大海漂了过去。向死者致敬,也向他们的死亡和消逝致敬"(57)。肖恩过去曾在奥索伯房间偷走二十英镑,以发泄对奥索伯隐瞒其身世的不满和愤恨,但当收到他的死讯,回忆起那年夏天一起贴墙纸的工作经历以及奥索伯在工作结束后慷慨赠予一百英镑鼓励年轻人成长的往事,肖恩除了愧疚、思念,只能以将二十英镑扔进水中连接彼此的方式,建立与过去、与死者的联系,悼念死者的亡灵,救赎当下的灵魂。

水以江河湖海的形式穿梭于大陆版图之间,成为跨越各种地域、政治边界的生动意象,具象演绎麦凯恩创作中爱尔兰性的解辖域化倾向。江河湖海形成地理、政治的天然边界,既阻隔又联结了爱尔兰与英国、美国等地域,不仅指涉迁居者工作、生活的流动性,也表征地理意义、隐喻意义上民族、国家文化身份的流动性与开放性。德莫特·博尔杰评价道:

> (《穿越黑地》)引发得克萨斯景观的想象……当前最明了的是,未来的编辑们寻找爱尔兰书写的新特点时,将不会仅限于利菲河(the Liffey)、利河(the Lee)、拉根河(the Lagan),也会寻到麦凯恩的泰晤士河(the Thames)或达林河(the Darling)或哈德逊河(the Hudson)或卢瓦尔河(the Loire),甚至莱茵河(the Rhine)(Bolger xxvii)

前三条河在爱尔兰境内,其他河流则位于英国、美国、法国等地。博尔杰想表达的意思是,麦凯恩不仅将其在美国得克萨斯州劳改农场当看护员的经历包装成爱尔兰故事《穿越黑地》,又以世界各地为背景讲述爱尔兰故事,表明爱尔兰故事已跳出狭隘的地域限制,解辖域化到更广阔的跨国空间,抵达麦凯恩的"我们的故事无处不在"的全球视野。但博尔杰出于对本民族历史、文化的自卑心理,错误地将跨国书写的根本动机归结为逃避爱尔兰沉重、负面历史传统的影响,暴露其思想认知的局限性。而麦凯恩对爱尔兰始终怀有深深的眷恋,不仅没有刻意回避爱尔兰的苦难历史,还在自己多年的漂泊生涯中不断回望、反思爱尔兰问题的复杂性。解辖域化的民族主义构成他民族观、文化观的底色,在此基础之上,他的认知视野进一步扩大到全人类历史上迁居者、流亡者的错位感受、生存境况,创造性地将爱尔兰性"向异质他者开放"(Flannery 7)。

20世纪七八十年代的爱尔兰面临着血缘共同体解体、地缘共同体衰败、全球时空压缩等种种现代化发展过程中出现的问题。正如鲍曼所说:全球化技术发展导致时空距离的消失,一方面使某些人群"从地域束缚中解放出来";另一方面,"预示着他们再也不可能享用和安于这块他们没有机会弃之而去的土地"(鲍曼,《全球化:人类的后果》17)。全球化时代,发达的欧美国家吸引着爱尔兰年轻人离开狭小的本土空间到远方寻梦,不可避免地导致传统共同体的瓦解以及留守者的失落。《黑河钓事》集中再现了爱尔兰落寞的本地景象和留守者对远方游子的无限眷恋。母亲们"心事重重,叹着气"(《黑河钓事》61),守在河边钓鱼,"不断投下热切的期望"(同上58),象征对远方亲人的召唤;年老、伤病的父亲们踢球时只能勉强抓个画家当左前锋。由于缺乏年轻队员,球队从来没有赢过。"钓鱼"成了他们打发失落,憧憬孩子们回归的唯一寄托。小镇一派"慢慢悠悠""温和""苍白""深绿""明黄""昏昏沉沉""懒洋洋""大街上满是垃圾"(同上)的景象,浓墨重彩中勾勒出只剩下留守人群的小镇缓慢、破败、虚无的社会境况。

被抽空了年轻人的爱尔兰乡镇不仅被切断了血缘联结,失去家的情感内核,更在世俗化、理性化的现代化发展过程中,失去了宗教信仰,陷入人生、世界、价值失去意义的虚无存在之中。正如《歌犬》中的一段描述,留守人群就像塞缪尔·贝克特《等待戈多》(*Waiting for Godot*)、尤金·奥尼尔(Eugene O'Neill)《送冰人来了》(*The Iceman Cometh*)中的人物,"患上空虚症"(鲍曼,《流动的现代性》17)。

> 这些人就跟没有活力的小地毯似的,成天趴在吧台上,盯着布满灰尘的镜子,他们的夹克散发出霉味,裤子口袋里半露出手帕。
>
> 酒吧这伙人很是古怪,怕生活,也怕死,害怕有鬼踮着脚从他们的肾脏里走过。有个家伙留着海象一般的胡子,穿着闪亮的灰裤子,常从末端的酒吧凳子上滑下来,常常坐在地上把健力士酒喝完,嘴唇上方还有一截白色奶油。还有个孤僻成性的家伙,脸长得就像烤箱里刚取出来的面包,从自己的耳朵后头能拿出十便士硬币出来。有个家伙出汗的时候,身上会发出一股醋味。有个人趴在自己史密斯威客酒流淌出的一大摊污渍里睡觉。所有人一咳嗽就异口同声一起咳,他们向自己手心里擤鼻涕,眼神迷糊地看着报纸,喝威士忌喝得筋疲力尽。(《黑河钓事》159-160)

不同于滕尼斯(33)"真实""有机""社会联结"的传统共同体,这个"日常生活维系的小社群"通过"随意的友谊网络"和"消费"形成"后现代共同体"(Delanty 111)。他们既无法顺应时代发展找到适应社会的工作,又不愿意独处于家中,遂长期混迹于社会结构和私人家庭之间的阈限空间——酒吧,在虚无中贪生怕死、醉生梦死,除了编造谣言,彼此之间甚少交流,在每日的聚集中一起逃离现实、虚度时光。虚无气息在现代社会的日常生活、精神世界弥漫开来,成为现代人生存体验的重要感受和逃脱不掉的顽疾,反映了小说对爱尔兰浪漫主义田园式传统生活的祛魅。

《穿越黑地》再现了少年堕落的过程,侧面揭示了爱尔兰社会中家庭、邻里关系解体以及伦理道德沦丧的现代危机。小说中斯蒂芬"一天到晚就知道看电视和玩电脑游戏。他爸爸远在油田工作,妈妈于是靠在邻里做皮肉生意为生"(《黑河钓事》96),寥寥数语勾勒出这个父亲缺席、母亲堕落、孩子沉沦于虚拟世界的问题家庭。妈妈从不做饭,无视儿子最基本的生活需求,更在隔音效果非常差的拖车家里卖淫。儿子忍无可忍,向嫖客哈里斯表达不满,被打;向哈里斯老婆告发,被引诱;被哈里斯发现奸情后,遭到暴打,最终偷枪射杀了他。案件的经过折射出爱尔兰现代化过程中出现的一些社会问题:异地工作于家庭关系的影响;母亲的家庭责任与孩子的关怀、教育问题;女性身体商品化过程与女性伦理道德规范之间的博弈。这些问题反映了鲍曼意义上的"能够相互依靠对方""像是一个家"的"温馨"的传统共同体已一去不复返,"人际关系由以伦理关系为主向以金钱关系为主转变,由熟人社会的规则——相望、相助、面子等,向生人社会的规则——冷漠、相防、少事等转变"(郑杭生 36–39)。人们面对冲突时难以沟通和对话,反而用自由主义的极端暴力形式解决问题,严重激化社会矛盾,引发大范围的社会危机。正如文中预言:

> 不用等着郊狼来,这世上已经有太多杀戮了。十二年前……还几乎没有孩子杀人的案子呢。现在可是一点也不新鲜了。他说现在每天发生这么多的谋杀,你都不知道这世界怎么了。(《黑河钓事》94)

斯蒂芬自小缺乏关爱,沉溺于虚拟的游戏世界找寻自我价值,反映了现代社会中一些未成年人所面临的成长困境。"斯蒂芬从前打过猎,而且他在任天堂游戏机上可是个神枪手。"(98)他在游戏世界中的神枪手身份给予他成就感和掌控力,而在现实生活中,他只是个无力改变任何事情的孩子,对嫖客的仇恨最终使他跨越虚拟世界与现实世界的界限,将神枪手的本领在现实世界痛快淋漓地施展出来。正如鲍德里亚的拟像观点:"媒介在现实中的内爆,也就意味着媒介与现实本身之间的区分被消除了……在电子传媒时代,'真实'因此就是'想象'",沉迷于网络的人们进入真实与想象融合的"超真实"或者说"超现实"之中(严翅君等193)。斯蒂芬跨入他的超真实、超现实世界之中"偷了卡车,睡了人家的女人还把枪伸进人家嘴里、把人家脑浆轰炸了一地"(《黑河钓事》101)。这样一位暴力、血腥的杀人犯却因为怕黑,"我从来没有在那么黑的地方待过"(同上)而在夜幕降临后从林子里出来自首,且拒绝谈及自首原因,最终在选择告诉叙述者"我"时,"眼角整个都红了"(同上)。杀人犯与"怕黑"、眼角发红的孩子形象形成强烈反差,突出被网络扭曲、被周围人虐待而冲动杀人的主体不过是一个从来没有得到过爱、缺乏安全感、害怕黑暗的孩子。小说以共情的再现手法给予误入歧途的孩子联系情境、描述性思考的伦理关怀。工友凯文得知斯蒂芬自首的原因后,把两家老小都带到草地里,大家一起手拉手在黑暗中疯跑,又叫又笑。"我""朝牧草上头望过去,发现天真的很黑,很深邃,无边无际地笼罩着我们。我们笑着,闹着,我忽然间明白了凯文在做什么"(103)。凯文的奔跑仪式旨在让家人战胜对于黑暗的恐惧。孩子们在家人的陪伴下,面对这么黑暗的空间曾经如此开怀大笑大闹过,将来必不至恐惧黑暗或未知的人生。"在形而上层面,《穿越黑地》代表直面未知、直面虚无的舞蹈。"(Cusatis 36)对虚无、黑暗的恐惧甚于暴力杀人的故事暗示现代人本体层面上的茫然无力。

如果说《穿越黑地》是对血缘共同体中关怀伦理缺失的一种控诉,那么《几度癫狂》("Around the Bend and Back Again")则是对爱尔兰学校、天主教堂、孤儿院、精神病院等公立机构中存在的老师、牧师、管理者体罚、虐待、性侵、漠视被监护者等恶劣现象的集中控诉。女孩惨遭父母车祸身亡、住所被银行没收、自己被强行限制于精神病院等一系列重大人生变故,而这只是非人虐待的开始。精神病院里的护士"一整晚只会在厨房里滔滔不绝地说病人的坏话,值班的时候睡大觉"(《黑河钓事》137),或者忙着和其他病人讨论色情杂志,甚至暴力虐待病人,"哼着歌把牙刷塞进她嘴里乱搅一气。给她打的镇静剂都能撂倒一匹马"(127),"照她腮帮子上就扇了几个巴掌"(130)。病人"乔吉就是这样迅速疯掉的,把冰水注进静脉里,能一下让心跳得跟火箭似的","他们肯定不知躲在什么地方不顾死活地给她(乔吉)做各种各样的测试"(133)。疯人院里无人关心女孩对逝去的父母、逝去的家、逝去的时光的无限眷恋,更不会在意女孩的家将被开发成金矿对整个山体环境的破坏,甚至对女孩有好感的少年清洁员"我"也有那么一瞬间只关心金矿可能给自己带来的高收入工作,而不是女孩鲜活的生命和社会公义问题。

除了血缘共同体、机构共同体中冷漠关系的存在,《一个硬币有几面》("From Many, One")刻画了本应最亲密的夫妻之间交流、关怀缺失的境况,构成对现代社会人际隔膜、身份流变的反讽叙事。麦凯恩主要运用了言语反讽和情景反讽两种叙事策略。言语反讽即"叙述者表面上说了一种意思,而实际上却是指另外一种意思"(杨钧 65);情景反讽是指"情节的发展或与小说人物的预想背道而驰,或者干脆连读者的如意算盘也完全被打破"(同上)。作为实验助手的"我""很喜欢"妻子劳拉"涂得花花绿绿""让人眼花缭乱"的硬币(《黑河钓事》121)。"我"眼中的妻子"一直就喜欢画画""家境挺好的,爸爸是休斯敦的银行投资人"(123),"一直就很漂亮"(124)。这些"一直"保持的妻子印象本应预设体面而幸福的婚姻生活,却在酒吧服务员透露花哨硬币为玫瑰俱乐部的舞女所做时,出现意想不到的高潮和反转。"看起来真是年轻漂亮"的妻子(125)问候晚归的丈夫"你看上去累坏了,亲爱的"是以"亲爱的"称谓自己的丈夫,而亲爱的伴侣结婚三年就已忘记结婚纪念日,即便纪念日在情人节前后;丈夫每天忙于工作,疏于对妻子的关心和照料,即便研究人体基因的奥秘却无论如何都看不清、猜不透出身上流阶层、与自己朝夕相处的美丽妻子在业余时间做舞女的另一重身份。丈夫在酒吧的感慨"有时能看到一些陌生人。不过重要的是,你对别人也不了解"(124)将反讽意味推至极致,那么,他本应最为熟悉的身边人呢? 他又了解多少? 劳拉当舞女来打发时光,是对麻木婚姻的一种反抗,亦是对自我存在赋予多重意义的能动性体现。小说通过对劳拉隐蔽身份的惊艳点拨,反映了当今社会个体身份的多重维度以及个人主义在家庭内部的蔓延。

　　在独处的人群中,亲人、朋友、伴侣之间的相互守望、关怀显得尤为重要。这种两三人在平等、友好的互动交往中组成的基于血缘、地缘、精神上的共同体,是人类个体超越虚无与苦痛、确认存在意义、获得希望与救赎的关键。《姐妹》("Sisters")中姐妹两人分别选择了爱尔兰民族本质主义保守生活与四处漂泊的液态流散生活两种截然不同的生活方式,却在缔结血浓于水的血缘共同体时实现了彼此的重生。开篇以妹妹"我"的第一人称展开叙述,以鲜明的颜色和形象对比隐喻姐妹的性情,姐姐是"羊胡子草的绿油油"(《黑河钓事》1),穿修女标准的褐色袜子,"不时爆发强烈的厌食症……总是手里拿着圣经……跟个殉道者似的"(3),表征爱尔兰禁欲、克制的天主教文化和亲近自然的田园传统;而"我的则是地下水的黑黝黝"(1),穿具有情欲色彩的明黄色的袜子,"烦透了家乡那种谁都跟你熟得很的点头招呼"(5),准备"逃到地球另一边的旧金山""寻找生命的含义"(5),预示了妹妹在空间拓展方面的野心和能力,表征爱尔兰向往远方的年轻一代的情感结构。妹妹与男友迈克尔第一次越境时在美国遭遇警察的强暴,造成身体上、精神上的致命创伤,以至于被遣送回国后像魁北克冰冻的瀑布、湖泊一样冻结了自己的感情,一个人麻木地生活。期间,她见证了都柏林"天边的脚手架越来越多",变成"国际化大都市"(12),也目睹了一系列罪恶、肮脏的社会顽疾,"躲在里森大街某个门洞里的瘾君子也学会了在直肠里藏可卡因……运河上五颜六色的垃圾异常刺目"(《黑河钓事》4)。现代化发展造成的生态污染以及人的堕落映衬了妹妹死寂而敏感的心理空间。获悉父亲去世、姐姐病重后,妹妹决定第二次越境去美国照顾姐姐,"后备箱里又黑又冷,又挤又闷。我膝盖紧紧地顶着我的胸,我都快喘不过气来了"(4)。妹妹在后备箱里的姿势宛如婴儿在母亲的子宫里,子宫是典型的危险、黑暗却孕育生命的阈限空间,预示妹妹的重生。而带她入境的前男友迈克尔则扮演了仪式引导者的角色:他"一直想当一只墨西哥人所谓的'郊狼'……他的祖先认为郊狼就是蛮荒之初唤醒日出的刍狗"(《黑河钓事》4)。正是他在"我"第一次到美国时,陪"我"四处游荡、寻找生活的意义,也正是他协助"我"第二次越境,赋予"我"重生的机会。当来到病重、失去意识的姐姐面前,妹妹想起"一块泥炭"(23),想要用故乡的泥土唤醒姐姐,"酸楚"(24)中感慨,"我只想找个中间的立场"(同上),却如此困难。这种"中间立场"可理解为"居间"的状态,在闭塞的故乡和貌似自由的美国之间找到自己安身立命的位置,试图平衡保罗·吉尔罗伊(Paul Gilroy)的"根与茎"(roots and routes)(Gilroy 122 - 133)之间的关系。妹妹从小到大第一次坐在床边凝视姐姐的眼睛,用"面包"喂姐姐,"俯身亲她的脸"(26),这些具有象征意味的举动是姐妹之间第一次亲密的身体接触和心灵交流。妹妹最终决定留下来照顾姐姐,缔结最亲密的血缘共同体。而妹妹与迈克尔之间,虽然意识到"在那里和这里之间隔着一片海洋,中间海浪滔滔",但"我看着他,回想起这几天来的经历。那些逝去已久的情感现在又鲜活起来"(28),两人复合,组成追寻生命意义的精神共同体。妹妹憧憬着等姐姐病好了,和迈克尔一起去爬魁北克的冰冻瀑布,纪念困在原地、不曾真正生活过的死寂岁月。妹妹与姐姐、迈克尔建立共同体,标志着她在友爱、温暖的人际交融中复苏冰冻的情感,与过去达成和解,完成阈限重生的成长仪式。

人类有"以个人的、有意义的、有益的方式与他人相联系"(Collins 36)的需求和利他倾向,形成关怀伦理的前提、共同体交融的基础。关怀伦理以共情、关爱他者、建立关系为核心理念,以"对他人的关切和反应"为行为准则,考察生活世界中的爱、友谊和血缘关系,建立起防御理性社会之弊端的共同体交融机制。不同于正义伦理,关怀伦理能够触及人的生命本身问题,能够解决人际关系中的内在矛盾冲突,能够真正推动人类成员平等、友好、温暖的和谐共存。

具体来说,"关爱是一个人对另一个人需要的满足,其中关爱者和被关爱者之间面对面的互动是整个关系的决定性要素,而且就其本质特征而言,此处的需要不可能为需要者自己满足"。《恩里克的早餐》中有段人际关怀需求的精辟描述:"水真是个奇妙的东西。它的分子高速地相互撞击,传递着能量,既能发热也能吸热。要是我们人也可以这样就好了"(《黑河钓事》38),传达主人公对人与人之间相互取暖、相互关怀的渴望。他也正是这么做的:在旧金山艰难生活,一边从事清理鱼内脏的工作、辛苦赚钱,一边照顾重病的男性同伴,展现男性之间犹如女性看护一般的关怀。地缘共同体同样能给他人带来关切,熟食店的老板贝蒂知道"我"和恩里克经济拮据,免费送了万宝路香烟,"哪怕一点点善意也会给人慷慨的希望"(35)。如果说钓鱼是麦凯恩隐喻希望的常用表达,那么"掏空他们塞给我的所有鱼"(40)则意味着掏空梦想、掏空生活、直面绝望人生,而人与人之间的相互关怀、温暖交融会成为对抗绝望的力量源泉,"未来不再仅仅依赖血缘,而且依赖交际的社会规则和人与人之间的相互陪伴。这种关注本身也是对自由人文主义的反转,不再把个体作为衡量一切的标准,不再把个体视为现代世界里意义和价值的中心"(Hand, *History* 286),汉德对麦加亨作品中"社群""友谊"的评价同样适用于此,各种非血缘共同体的缔结能够使个体化后的现代人摆脱孤独无助的生存困境。结尾处海星被撕成两半后合二为一的重生神话,进一步突出对两人超越现实的琐碎和疾患、在魔幻层面实现阈限重生的期许。《装满墙纸的篮子》里定居爱尔兰的日本移民奥索伯忍受着"趴在酒吧柜台上为他发明新的无耻罪名"的"老一辈"(《黑河钓事》42),沉默不语、勤恳工作,为许多爱尔兰本地孩子提供待遇优厚的兼职工作、资助他们上学。这种来自遥远国家的神秘他者的关怀,不仅帮到一些由于移民大量涌入、生活艰辛的本地家庭,也滋养了孩子们对于他者身份的无限想象,激发他们长大后漂泊远方的志向。

《打岔儿》("A Word in Edgewise")以戏剧独白的形式展现艾琳

与好友莫伊拉一生的友谊和关爱。小说以"瞧你"开篇,通篇都是"我""我们""你"之间的交流,叙述对象"你"既可特指莫伊拉,也可理解为读者,或者引申为爱尔兰,故而,艾琳的关怀行为可以理解为对好姐妹的看护,也可推而广之,解读为对读者、对爱尔兰同胞的看护,营造出家人般温暖、亲密的交融关系。艾琳娓娓道来她们年轻时的风流韵事、各自长大后的生活、琐碎的化妆细节,直到最后,整个化妆过程才显现出乎意料的意义。这并不是日常的生活场景,而是艾琳拜莫伊拉生前所托,为死后的她做仪容整理工作。絮絮叨叨的言说将两人共同成长、彼此见证、相爱相杀的一世友谊做了总结性的回顾。正如滕尼斯所说,友谊中"记忆发挥着产生感激和忠诚的作用,在相互信赖和信任中,必然会特别真实地表现出这种关系",当"持久的接近和经常的接触中","相互提携和肯定"相比于"相互妨碍和否定""占优势"的话,"就可以把一种关系说成真正的共同体的关系"(56)。艾琳对挚友的美好回忆以及对其临终需求的尽心回应演绎出真正的友谊共同体,为冷漠的现代社会添加一抹温暖的色彩。

《几度癫狂》《穿越黑地》和《丢失的孩子》("The Stolen Child")塑造了几个特殊机构看护者的正面形象,代表人类彼此之间施与关怀、超越社会结构禁锢的交融希望。从关怀伦理学角度审视,他们都遵从了关怀伦理所强调的具体情境和尊重差异化他者的原则,对爱尔兰社会存在的虐待现象进行了反叙事。"认识和接受他人的他者性(Otherness)是关怀关系重要的一个方面。"(Bowden 29)福柯在《疯癫与文明》(*Madness and Civilization*)中指出对疯人进行隔绝"划出一道界限,安放下一块基石。它选择了唯一的方案:放逐。在古典社会的具体空间里保留了一个中立区,一个中止了现实城市生活的空白地"(福柯63)。疯人院是人类社会放逐异类、他者之地,其存在凸显了主流社会的规训力量以及对差异性群体人性、尊严的压制,看守所、福利院也具有相似的性质。在这种反乌托邦空间中,能够进入他者情境、与他者建立关系的看护者不仅会对他者施与真正的关怀,也可能成为问题孩子顺利通过成长仪式的引导者。《几度癫狂》中精神病院清洁员"我"出于懵懂的爱情和怜悯,关怀和帮助父母双亡、无家可归的疯丫头奥菲莉亚。"我"最初被奥菲莉亚年轻的身体、最蓝的眼睛吸引,不时帮她买糖浆,偷偷跑出疯人院去看她原来的家,深信她在当时的情境中并没有疯。尽管不成熟的"我"摇摆于到矿上干体面的工作与对奥菲莉亚的性吸引之间,"我"还是帮助她到施工现场搞了一场惊天动地的破坏,眼睁睁地看着她在自家小屋里自焚,表达了"我"对奥菲莉亚的深切同情以及对她家小屋所代表的爱尔兰本土生态的守护。《穿越黑地》刻画了一位耐心、真诚的看护者——辅导少年犯的大学生社工弗林盖蒂。他的眼睛"蓝得跟冬天的天空一样纯净"(《黑河钓事》89);他能够感同身受孩子们的处境,"让那些孩子们说出该说的话来"(同上);每次他都会与沉默的斯蒂芬平等、耐心地沟通几个小时,远远超过每周25分钟的要求;他并不强迫斯蒂芬配合,经常和他在空地上像朋友一样聊天、分享香烟,逐渐取得他的信任,获悉其"事无巨细"(95)的成长经历及犯罪过程。这种平等沟通的"共同语言"正是人们在"堕落、抑郁、压力、自杀、暴力泛滥"的现代社会"交流困苦、无礼与不被认可"等经验时所缺失的语言(Delanty 52),小说凸显这种语言的作用,旨在说明建构以交流、沟通为联结纽带的共同体是人们重拾价值理性、避免频繁犯罪、和谐共处的可行途径。

《丢失的孩子》讲述爱尔兰社工帕德里克帮助盲童安娜成长的故事。这里的孩子都是"社会上的贱民,被剥夺权利的、视若无睹的人"(《黑河钓事》105),帕德里克用知识、智慧、耐心帮助他们,成为他们成长仪式中的引导者。其中,被父母抛弃的黑人女孩安娜引起了帕德里克更多的关注,她"喝过消毒剂,用鞋带上过吊,往辅导员的梳子上拉过大便……"(107)他反复研究安娜的档案,观察她的行为,教她日常生活规范,但收效甚微,却意外发现安娜对与她同名的爱尔兰女神的故事格外入迷。女神的来历、法力启发她不断发问,认真聆听故事,甚至按照自己想象的样子绘制女神图,这一举动不仅仅显示了安娜的绘画天赋,更说明她自我主体意识的觉醒,正如"自我是在与另一个完整的对象的认同过程中构成,而这个对象是一种想象的投射:人通过发现世界中某一可以认同的客体,来支撑一个虚构的统一的自我感"(王先霈、王又平 547),安娜通过想象不断充实女神安娜在爱尔兰神话中的映像和意义,并在现实中逐步向这一客体靠拢、认同,最终实现主客体交融,形成明晰的自我身份。这是一种将爱尔兰民族神话应用于心理干预的有效尝试。尽管帕德里克希望安娜攻读艺术类大学,反感她嫁给越战伤残老兵威尔,但他仍接受了安娜的请求,以父亲的身份引领她步入婚礼殿堂。威尔作安娜的眼睛,安娜作威尔的脚,这对新人温馨默契的配合感动了帕德里克,最终,他对安娜职业化的期许升华为个人内心对新人的诚挚祝福(Flannery 34)。

《黑河钓事》合集堪称具有"预见性"的"实验场"(同上 36),预示了麦凯恩之后创作的大部分主题、人物、场景、意象甚至细节,奠定了麦凯恩的创作主旨和审美基调。这 12 部小说已经涵盖了他所关注的全部主题——移居、错位、孤独、北爱冲突、跨国实践、边缘人群、现代危机等,之后的作品在历史叙事、美国城市空间、体制化社会批判等方面进行了拓展,但始终不曾偏离流动地理空间、复杂社会空间中人类生存状况和心理变化的中心议题,而这正是阈限概念的核心所在:"居间"状态中的"变化"与"体验",用以观照全球化时代不同群体的迁居性与阈限性,审视跨越阶级、种族、宗派、民族、国家等边界的阈限地带和文化交融。在人物塑造方面,《兴冲冲,向前走》的弗莱厄蒂与《歌犬》中的父亲都是被妻子抛弃的老男人,以偷衣服、钓鱼等象征行为补救过错、缅怀过去、救赎自我;城市贫困社区涂鸦的描绘在《丢失的小孩》《光明的这一面》和《转吧,这伟大的世界》中不仅多次出现,还发挥了重要的主题作用;《姐妹》中妹妹跨越国界的热望在《歌犬》父子身上再现,儿子与年轻时的父亲一样不安于脚下沉闷的土地,注定漂泊四方;姐姐救助无家可归者的修女形象在《转吧,这伟大的世界》中修士科里根、短篇小说《恩典》受虐修女的身上复现,他们都身处永久阈限状态,以上帝的名义誓为弱者服务终生;被污染的河流在《姐妹》《歌犬》《打岔儿》《沿着河堤走》中反复出现;具有象征意义的"面包""钓鱼""河流""歌犬"等在多个文本中形成互文,比如《姐妹》中将宇宙呼唤出来的土狼在《歌犬》《转吧,这伟大的世界》中都有响应,隐喻个体在过去对现在的影响中重获意义。总之,合集《黑河钓事》联结了爱尔兰本土叙事和现代、后现代美国叙事,拓展了空间的再现维度,呈现一个发展与失落、无家与归家、孤独与看护、冲突与救赎的爱尔兰新形象,更为麦凯恩之后的创作搭建了阈限性的互文空间。

第三节 爱尔兰混血儿的成长:《歌犬》

不论是在国内、派系方面,还是全球、国际层面,爱尔兰身份都面临着被重新定义、被重新评估的问题。爱尔兰身份必然会被重新协商,可能通过小岛政治或宗教的转变迅速实现,也可能为全球经济增长所推动。(Savage 18)

爱尔兰经历了不稳定的 20 世纪 80 年代以后,迎来"凯尔特之虎"经济崛起的 90 年代。大量移民的涌入、多元文化的碰撞、全球经济的深度参与、和平进程的成功推进,使爱尔兰身份面临更为复杂的协商过程。爱尔兰政府奉行开明的政治、文化政策,在宪法第二条明确表达爱尔兰民族珍视那些移居海外但同本土居民拥有相同传统和文化身份的爱尔兰流散群体。只要同根同源,无论几代移民,无论身居何处,爱尔兰政府都承认其爱尔兰身份。可以看出,爱尔兰民族秉承一种文化与地方分离的解辖域化的民族身份认同,印证了"成为爱尔兰人会被认为是全球化现象"(Tucker 19)的观点,同时也反映出爱尔兰流散研究中的一个悖论:认同爱尔兰流散群体将会强化基于血缘、文化的本质主义民族观,而爱尔兰文化的全球化发展却会打破这种生物、文化谱系的民族边界,主张与其他国家、民族文化相互交流、碰撞、杂糅,迎合全球的现代观众。随着文化全球化以及商业资本在传播行业的渗透,国际媒体所呈现的爱尔兰形象多是其他国家观众共同想象的模式化印象,爱尔兰地方文化甚至丧失了自我编码、建构意义的能力。如何真实再现当代的爱尔兰? 作为新爱尔兰杰出作家代表之一的麦凯恩,兼具文化内部视角与文化外部的批判距离,能够在爱尔兰传统文化与文化全球化发展的中间地带,思考和展现更加真实的爱尔兰。

本节将分析他的第一部长篇小说《歌犬》,该小说不仅在叙事层面采用世界小说文体,开启介于真实与想象、民族与世界、过去与现在之间的叙事空间,更在故事层面再现爱尔兰混血儿的成长仪式及其世界公民身份的认同过程,反映全球化时代解辖域化的爱尔兰性向世界主义认同转向的趋势,为读者呈现一个真实、开放、具有世界主义特质的爱尔兰新形象。

20世纪中后期以来,各个民族、国家跨越地理、政治边界,解辖域化到资本主义经济全球化体系之中,催生了跨国转向、世界主义复兴的研究热潮,引发文学领域对跨国文学、世界小说的深入探讨。2004年,斯坦福大学雪莉·费希尔·费什金(Shelley Fisher Fishkin)教授在美国研究大会的主席发言《文化交叉之路:美国研究的跨国民族主义转向》("Crossroads of Cultures: The Transnational Turn in American Studies")中指出,随着每个国家都成为世界体系的一部分,商品交换、资本流动、文化传播已无国界可言,时代趋势要求学者们打破传统的二元对立,用边界地带、交叉路口、阈限地带取代国家的概念,超越国家、民族的界限,以全球化与跨国民族主义的视野开展美国研究。J.希利斯·米勒(J. Hillis Miller)曾说:"世界文学的时代已经来临。世界文学是当今全球化的伴生物。"(米勒 8)各国学者重提歌德的"世界文学"概念,宣告"世界小说、全球小说、星球小说"时代的到来。2010年,保罗·杰(Paul Jay)在《全球事务:文学研究的跨国民族主义转向》(*Global Matters: The Transnational Turn in Literary Studies*)中探讨了经济全球化、文化全球化对文学创作的影响,详细论证了跨国转向"使民族主义范式复杂化""使我们关注真实与想象边界之间阈限空间的文化生产形式"(Jay 18)。尽管学界尚未形成关于世界小说这一文类的明确界定,一些学者的尝试性构想却不无启发。利塔·巴纳德(Rita Barnard)在民族文学研究范式的基础上尝试建构了全球小说的研究范式:广阔的时空体,"强大的叙述优势","潜在的全球读者"(Barnard 211)。卡伦·里亚尔提出了21世纪流散小说向世界小说文类转向的论断,指出21世纪的美国小说向地缘政治迈进,具有全球视野和社会批判性(Irr 660–679)。汤婷婷(Maxine Hong Kingston)提出美国小说向全球化小说转向的理论设想并付诸实践。石黑一雄(Kazuo Ishiguro)立志书写史诗般的世界小说。萨尔曼·拉什迪(Salman Rushdie)的文学评论集《想象中的故国》(*Imaginary Homelands: Essays and Criticism, 1981—1991*)被称为"世界小说的宣言书"。在文集中,他反对地域上的人为障碍,反对文化宗教的偏狭心理和唯我独尊,更在作品创作中践行他的政治主张,"赞颂弘扬混血杂交、不纯粹、混合形式,以及由于人类、文化、观念、政治、音乐歌曲的重新组合而衍发的演变""正是这种东拼西凑,才使新事物进入这个新世界,这就是大规模移民给予世界的美"(任一鸣、瞿世镜 4)。根据这些作家的创作实践以及利塔·巴纳德、韦拉什尼·库潘(Vilashini Coopan)、迈克尔·摩西(Michael Moses)等学者们的尝试性总结,世界小说呈现出以下特征:"多线索叙事、广阔空间范围、世界主义道德观、多语言的敏感度、现实主义的复归。"(Irr 661)基于以上研究,笔者认为世界小说大抵具有多重文化传统背景(创作背景一定要广阔,跨国界、跨民族、跨文化),探讨有关人类共同体验的主题(普世主义),秉承文化杂糅的精神(忌文化本质主义、民族主义),进行不同文化、不同民族间(尊重多样性、差异性)的对话和反思(Feng 173)。

《歌犬》以世界小说的形式演绎了爱尔兰民族解辖域化到世界范围的倾向。小说主要讲述主人公康纳离家寻母五年后,回到爱尔兰小住七日,与父亲和解的故事。通篇以第一人称视角、现在时时态展开叙事,通过现实主义手法刻画父亲年老后的日常生活以及"我"与父亲之间关系的微妙变化,构成第一层叙事空间。七章由"创世纪"般的七天内容所构成,其间不断插入"我"基于照片对于父亲一生的想象性讲述以及"我"重访父母故人故地的回忆,构成故事的第二层叙事空间。三条叙事线索贯穿其中,分别是:康纳从美国回到爱尔兰的七天;康纳父亲在爱尔兰出生、长大、离家,辗转于二战的欧洲战场,在墨西哥遇到妻子胡安妮塔,后移居旧金山、怀俄明、纽约,最后回到爱尔兰,儿子康纳出生;第三条为裸照出版事件发生后,母亲离家出走,康纳踏上寻母之旅。两层叙事空间、三条叙事线索相互纠缠,打断传统叙事的线性逻辑,呈现空间叙事特征,形成"追忆似水年华"般流动发散、亦真亦幻的阈限性叙事空间。此外,小说具有"广阔的时空体",不仅空间跨度大,以爱尔兰、西班牙、墨西哥、美国等多国文化为背景,时间也绵延半个多世纪。再者,小说塑造了出身不明的迈克尔和爱尔兰墨西哥混血儿康纳两个人物,没有抬高或贬低任何一种文化,并通过父子俩的成长仪式和母亲流散经历中的几段跨种族友谊来突出"世界主义道德观",实现个人叙事与宏大民族叙事的完美结合,共同反映爱尔兰转型时期渐趋世界主义认同的转变。

小说主要以混血儿康纳作为叙事主体和意识中心,对本质主义民族观、文化观展开颠覆性书写。爱尔兰墨西哥的双重血统给康纳带来文化认同的困惑。他自幼很难融入同龄人的足球队,像母亲一样疏离于当地爱尔兰社区;而在伦敦的工地上,他被叫作"爱尔兰佬",有着黑色的"可疑肤色""颧骨处""一片雀斑"(《歌犬》40)。

错位的体验、含混的身份使康纳退缩到完全"自我"的世界,"内心有个童稚的声音在问:'你他妈究竟是谁?'"(《歌犬》40)。正如小说引言:"于是我们划着船,继续向前,逆流而上,船毫不停歇地倒退,迈向过去"(卷首),康纳通过旅行和回忆,追溯家族文化之根,探寻人生不断涌现的疑问:"我是谁?""我从哪里来?""我要到哪里去?"对父亲的仇恨使他排斥爱尔兰身份,只能"去妈妈的国家,找到她,让她为我再一次存在"(同上),然而,墨西哥也未必就是归属之地。康纳发现墨西哥"小镇已经面目全非"(59)、完全听不懂周遭的语言,难以与这片土地建立任何联系。混血儿如果不能接受自己的多重血统、建构亦此亦彼而不是非此即彼的杂糅身份,注定会在单一文化的排他性认同中迷茫而痛苦,小说以小见大地暗示当代爱尔兰社会接纳多元文化认同的必要性。

康纳"追忆往事的眼光"与"经历事件时的眼光"的差异反映了他对于母亲裸照态度的转变和认知上的成长。有学者认为:"在第一人称回忆叙事作品中通常有两个视角,一个是承担叙述功能的'我'对往事的追忆,二是作为回忆对象的'我'以当时的认知、行为方式对当时情景的如实呈现。"(申丹、王丽亚 106)前者以"追忆往事的眼光"展示,后者以"正在经历事件时的眼光"出现,两个视角交替出现,使读者看到"回忆往事之我"与"过去之我"在认知方式、价值判断等方面的变化。《歌犬》充分运用这两种视角所具有的叙事张力来讲述康纳成长的故事。第一次看到母亲的裸照时,"我""发自肺腑地感到恶心","无法了解她为什么让爸拍这些照片"(《歌犬》55)。但在重构父母故事时,"我"慢慢了解到,拍裸照是他们之间相互吸引、相互关注、相互慰藉、表达爱意的互动方式。父亲迈克尔来到奇瓦瓦沙漠时,母亲就开始在他的镜头前搔首弄姿,"其意非为拍照,而是要给他看"(36);婚后仍"飘逸自如地进入他的镜头里……从未有抗拒不从的意味"(55);到纽约后,父亲未能成为职业摄影师,落寞地干着重体力活,给母亲照相成为平息父亲情绪、寻求成就感的一种方式,是父亲对难以忍受的爱尔兰移民底层生活的一种反抗,是理想主义在庸常中闪亮的一种方式。

> 丈夫只有在拍照的时候,心情才能平静下来。这些照片并不淫秽,一点也不。它们让他感到满足。妈付出这样的代价,算是很小的了,这也是对她的一种关注。他还爱着她。他还在把她的身子当成一座圣殿,只不过这圣殿,已经像是尖尖的宣礼塔了。(137)

康纳逐渐开始理解父母有悖道德风化、充满色情意味的行为,而且做了全面的想象和辩护。从当初"经历事件时"的恶心,到当下"追忆往事时"的善解人意、宽容豁达的变化,表明他的心智已经成熟,他已能够从他人的角度思考问题并理解差异,接纳父母之间表达爱的方式。

父母故事空间是介于想象与真实的阈限性叙事空间,是康纳想象父母经历、探寻自我身份、实现成长的心理阈限空间。父母的故事是以第一人称视角侵入第三人称全知视角的非自然叙事展开的。在简·阿尔贝(Jan Alber)看来,非自然叙事"就是相对于统治物理世界的已知原则、普遍接受的逻辑原则(如非冲突性原则)或者之于人类知识与能力的标准限度而言,所不可能的再现场景与事件"(Alber 25)。"我"出生之前的场景,如父亲出生、父母相遇结婚等相关事件都不可能为儿子亲眼所见,而"我"却像传记作家一样,详细、准确地讲述"一九一八年夏天……生下了我的父亲"(《歌犬》5)、"我家老头子成了本地一景"(9)、"我的父亲在四处抓拍"(同上)等情境,带来强烈的陌生化效果。这种视角越界在"我能想象到30年代的父亲,四处游荡"(8)、"这些照片成了父亲对于朋友最为鲜活的记忆"(22)、"小镇已经面目全非,已非爸妈跟我讲的模样"(59)、"妈……给我讲述一九五六年美国之行的点点滴滴"(74)、"她记得这么真切,说明这细节一定在她脑子里定住了"(75)等这些叙述中得到合理化的解释。父母对于过去的讲述、照片的视觉呈现以及康纳故地重游的收获勾勒出父母生活的大致轮廓,而小说中父母的所思所想、生动连贯的讲述则是康纳按照线性时间顺序想象、编织出来的虚构情节。这也就印证了母亲闺蜜茜茜所揭露的记忆的真相:"我想记忆的四分之三属于想象""其余的都是撒谎"(110)。记忆的可靠性遭到了解构,更不要说根据记忆的讲述。任何形式的叙事亦然,包括貌似客观、实则充满阐释空间的照片。正如阿斯曼所说,照片"不仅作为回忆的类似物而起作用,它还成了回忆最重要的媒介,因为它们被看作一个已经不存在了的过去的最可靠的证据,被看作一个过去的瞬间继续存在的印象。照片保存了这个过去时刻中的现实的一个痕迹,当下则通过临界和接触与这种现实相联系"(阿斯曼,《回忆空间》248),所以,照片虽是捕捉过去生活瞬间的视觉表意载体,是一种真实可靠的留存记忆的方式,可谓"带有记忆的镜子"(Ruchatz 366),但照片中"离奇而熟悉的阈限景观"(Flannery 55)"却是不说话的"(阿斯曼,《回忆空间》248),只能片面反映过去的现实。正如麦凯恩在谈到历史的真实性问题时所举的一个例子,美国国务卿在论述发动伊拉克战争的正当性时,拿出一张海上货轮的照片,宣称船里装满了大规模杀伤性武器,而船里到底装有什么,却是不可视、"不说话"的。脱离具体历史语境对照片进行解读难免会受到采用者当下意志、目的、利益的影响。故而,康纳基于老照片重构父母故事的过程不过是他追根溯源、探求家庭悲剧之谜、梳理自我意识、建构当下身份的成长仪式,正如康诺所说:"对过去的每一次再现都是将现在历史化的行为,如此才使得每个人能以不同方式栖居当下,属于现在。"(引自 Harte 10)

　　康纳的父亲迈克尔天生具有阈限性,是挣脱家庭、宗教、国家禁锢的漂泊者。他出生"在一个俯瞰着大西洋的山崖顶"(《歌犬》5)。这一介于大海与陆地的阈限地带暗示他不断跨越国界、四处游荡的人生面向。母亲是疯女人,父亲在一战中阵亡,迈克尔从一出生就经历生离死别、无名无姓、遭人抛弃、濒死的阈限体验,后被两位新教教士领养,起名"戈登·皮特"。但在宗派对立的爱尔兰小岛,他因名字的新教蕴含挨了揍,毅然于 11 岁自行改名为迈克尔·里昂斯。这个"名字在爱尔兰更司空见惯,更有可能是他父亲的名字"(《歌犬》6)。迈克尔的出身预示他无根无源的游牧性身份,他的改名行为表达他建构自己谱系身份的能动性和灵活性,一定程度上解构了爱尔兰保守、传统的本质主义民族观和文化观。两位教士溺亡后,他选择离开爱尔兰,彻底成为无父无母、无所归依的漂泊者。

迈克尔离开爱尔兰的动机成功颠覆了常规性的爱尔兰流散模式。在罗宾·科恩(Robin Cohen)看来,流散者分为受害流散者、贸易流散者、文化流散者、帝国流散者和劳工流散者(《歌犬》8)。"从流散伯爵事件(Flight of Earls①)、大饥荒、经济萧条的 20 世纪 50 年代到 80 年代,移民经常被表征为非自愿的流亡者:一个家破人亡、令人心碎的传说,一个流逝了最宝贵资源——她的人民——的国家"(Cullingford 68)。历史上爱尔兰人多是迫于英国的殖民压迫、频仍的饥荒而背井离乡的受害流散者;知识分子群体则是出于逃避政府严苛的政治审查制度而自我流放的文化流散者;到了当代,爱尔兰青年多数是为了更好的工作机会、更优渥便捷的城市生活而选择远渡重洋、寻求梦想。迈克尔恰恰不属于以上任何一种流散类型,仅仅因为对梅奥闭塞空间的"乏味",而非"政治原因"、经济原因离开爱尔兰,反映出新移民自愿、自由选择流动生活的情感结构和迁居模式。去远方、用"照片"捕捉世界是他不断参与跨国实践的内在动力和重要目标。就像通过越界行为确立和保持边界的"新时代的旅行者"(New Age Travellers)(Hetherington 20),迈克尔从西班牙游荡到墨西

---

① 流散伯爵事件是指休·奥尼尔(Hugh O'Neil)、蒂龙伯爵(Earl of Tyrone)、雷德·休·奥唐内尔(Red Hugh O'Donnell)等伯爵由于金赛之役和阿尔斯特九年战争失败,被迫离开爱尔兰,前往欧洲大陆的流散事件。

哥、美国、爱尔兰,"一路走一路拍照"(《歌犬》30),照片成为迈克尔寻求自身价值、记录旅途生活的重要载体,但他对于艺术的偏执、对于镜头另一边现实生活的漠视最终导致他妻离子散的悲剧,反映了缺乏生命关怀、人性温度的艺术追求的危险性。

　　康纳怀着对父亲的愤恨、对母亲的怀念以及自身的困惑进入爱尔兰、墨西哥、纽约社区等老照片中的阈限空间,通过询问母亲是否快乐来探求父母到底是否相爱过,思考为什么家庭积怨最后会演化成悲剧,叩问他的家到底在何方。康纳探寻这些问题的过程即他在以照片为载体的记忆中主观建构确定性的过程。正如学者所说,"多维历史、个人叙事揭露了理解过去事件的主观性"(Gabinski 54),而另一方面,叙述者兼主人公康纳明知回忆的虚构性,仍坚持相信他人讲述的记忆与谎言来建构自己的身份,反映出人类个体在不确定的现代社会急于寻求确定性来感受存在的现代性悖论,展现"一种人类的终极错位——急于从任何社会语境中抽身,却又无限绝望地寻求归属"(Gabinski 55)。回忆、历史无不受人类主体当下视角的浸染,却是个体建构主体意识、明确自我身份、战胜困境与虚无的必不可少的载体和途径,是麦凯恩创作复杂、丰满的人物性格和心理空间的重要维度。康纳四处漂泊,最终在怀俄明找到"家"的感觉。怀俄明是母亲当年初到美国养病,执意留下来陪伴茜茜的地方,康纳选择在此安定下来。

> 空间感在这里很是不同。在怀俄明的时候,我可以下车,一走几里,一个人影都看不到,就只能看到几头牲口,在慢慢啃草,偶尔会有一匹马出现,打破山的沉寂。这样的土地向你渗透进来,你会爱上它,它开始在你的血液里起伏。可是在这里,这土地,这空间,都是封闭的。我不再感觉它是自己的了——就好比我跟老头子在一起的时候一样,我只是在他周围飘着,无法真正接触到他。(《歌犬》88)

康纳很难在封闭、保守、数十年不变的爱尔兰故乡找到归属感,而开阔、真实、亲近自然的怀俄明空间给予他积极认同的感觉。在韦斯利·科特(Wesley A. Kort)看来,"家"(at-homeness)或者说是"适应"(accommodating)是一种积极的空间关系,不管是对于自己的家、邻居、祖国还是对于整个地球来说,人们都需要一种"家"的感觉(Kort 196)。里昂父子"越定居、越受限、越不快乐"(Wall 83),两人遵循河流法则,喜欢"根茎式"的生活方式,就像德勒兹和加塔利在《千高原》中所说的,从历史、制度、法规等操控的区划分明、辖域化的层级空间向"无组织、无等级"平滑空间逃逸的状态。怀俄明正是康纳逃离爱尔兰封闭空间,感觉"适应",可以像根茎一样自由舒展的家园空间。做出这样选择的康纳代表着热爱游牧式生活方式和流动性文化身份归属的新一代爱尔兰年轻人,就像克朗所说:"我们不应该总是怀念过去的社区,而应该承认随着社区这个社会有机组成部分的瓦解,我们得到了新的自由、新的机遇和兴奋点,它们是逃脱封闭社会里产生的幽闭症的机会,并使获得新的机遇和新的经历成为可能。"(克朗 151)此外,伊莉莎和库奇母子之间温暖的交融关系、他们与大自然之间真诚的看护关系以及伊莉莎讲述的宇宙诞生的传说进一步滋养、催化自闭的康纳对开放、舒适的"家"的向往,不断提醒他血缘共同体对于身份建构的作用,从而激发他以积极的姿态设想和理解父母过去的生活。"过去是一个充满能量和想象的地方。我们可以把记忆蒸馏。"(《歌犬》67)与不愿面对的过去和解,从过去汲取认识自我的能量,康纳最终寻得根本的确定性,获得真正的成长,建构了充沛丰盈的跨国流散身份。

五年后康纳返乡更换签证,为其提供了与父亲和解、接受自己爱尔兰血统、完成成长仪式的契机。正如詹姆斯·布朗(James Brown)所言:"论及主题,(《歌犬》)是一部与父亲和解的成长小说。"(Brown 47)康纳明确知道,"河有河的王法""注定是要往前赶的"(《歌犬》24),所以回来的感觉还不错。意识到父亲身体已大不如前,康纳主动做饭、清理厨房、买东西,但很快无法忍受麻木不仁又肮脏不堪的父亲以及爱尔兰闭塞、破败的环境。在路过两位教士祖母的墓地、下海游泳时,他意外得到人生的洗礼与顿悟:

> 别这么半死不活了……我想我听见了两个女子和我一起在笑……罗耀拉,在那浪花间,告诉我说,不要对他这么过高的要求吧,他都快死了。我说,不会,他不会的,只是愤怒的葡萄。然后,想着这一切的荒诞,我不由歇斯底里地大笑起来,接着游泳,向着群星说哈利路亚,接着咆哮、接着癫狂,扑腾着自己的双臂,在那暗夜里我狂吼出各样的蠢话,想着他,我的父亲,不过是个好争吵的老浑蛋,过去这样,将来也永远会这样。(自言自语)哪一天老浑蛋真走了,我还会想他呢。不过对此我也表示怀疑。(《歌犬》120)

父亲无法料理他的痔疮(愤怒的葡萄),瘦削如芦苇,不禁让康纳幻想到两位教士祖母善意的劝导,对行将就木的父亲多些关怀和同情。康纳从最初愤恨、厌恶、疏离父亲,开始不断靠近他,甚至到第六天要给他洗澡。洗澡这一近距离接触的亲密行为标志着父子关系的重要转折。在这融洽的场景中,康纳终于问出了他最关心的问题:为什么出版那些照片,母亲到底去了哪里。父亲却装起了糊涂,模棱两可地回答:"人都会犯错误""日子还得照样过""有些伤永远也好不了"(204)。父亲就像那只不会再踏回过去半步、只会换个地方歌唱的歌犬,选择了逃避过去的错误,但还是忍不住流泪,猜想母亲可能投河了,流露出对她的怀念,"我对她的想念任何人都无法想象的到"(208)。父亲用心呵护母亲生前的裙子,专注做飞蝇钩来吸引河里的大马哈鱼,每天在河边徘徊都是表面沉闷、孤独、僵死生活所遮蔽的对母亲的思念。他日复一日的钓鱼行为终于显露出深情的象征意蕴,那是他对溺亡的妻子表达忏悔和爱意的仪式。学者阿维夏伊·

玛格利特（Avishai Margalit）指出，懊悔是悔罪的一部分，虽然改变不了过去，但"它能够改变我们对过去的解释"（Margalit 189）。康纳深入了解父亲后，惊觉父亲已不再是那个顽灵不化、不近人情的迫害者。小说最后一幕，父亲快乐地高喊康纳看钓上来的、梦寐以求的大马哈鱼，尽管"我转过去，什么也没看到，什么也没有，就连一丝涟漪都没有"（《歌犬》210），但康纳已经决定认同父亲的幻想，"那条鱼在空中扭动，光亮的鱼肚闪出一道光……"（210-211），并且期许"让这快乐坚持到晚上吧"（211）。此刻，康纳已经学会站在父亲的立场思考、看待周遭事物，同理心想象最终促成父子和解。康纳已经接受过去，选择建构一种更为开放、包容的杂糅身份，既认可爱尔兰文化之根又拥抱墨西哥文化传统，且选择定居美国怀俄明的"家"，成为新时代"同时嵌入多个社会"的全球"移民"（transmigrant）（Schiller 48），吾心安处即吾家。

　　小说不仅展现了父子俩建构流动身份的过程，更通过母亲胡安妮塔的几段跨种族友谊及其渴望归家却最终迷失的命运进一步探讨全球化时代世界公民社会形成的必备条件。从积极方面说，胡安妮塔天生具有跨种族交往的能力。在奇瓦瓦沙漠遇到迈克尔时，为了让父母接受他，胡安妮塔编造他是墨西哥战争中爱尔兰将领亲戚的谎言，并通过主动到镜头前担任模特、调情等方式促成了自己的跨国婚姻。两人的成功结合，反映了身份的人为建构性以及胡安妮塔在跨种族交往过程中的主动性。在旧金山，生病的胡安妮塔遇到"垮掉派"诗人茜茜，不仅与她缔结一段深刻的"跨种族"友谊，更受其影响重塑独立果敢的主体性，病愈后毅然拒绝迈克尔继续前行的要求，留在怀俄明照顾失恋的茜茜。在纽约时，她努力工作，在精神上支持丈夫，直到流产后跟从丈夫回到爱尔兰，才惊觉自己成为当地各种八卦的谈资和被凝视的对象，"她给人的感觉和他们新买的浴缸一样：闪亮，惹眼，但是格格不入。她是黑皮肤，小镇广场上的醉汉都叫她Senorita（西班牙语，小姐）"（《歌犬》145）。不同于开放的纽约、悦纳流动身份的迈克尔,爱尔兰本土社群对于胡安妮塔的反应突出了她在国家、种族、文化上的他性,强化她的错位感、疏离感和无家可归感。因此,她天天通过修墙来象征性地划定安全边界、保护自己,或者给儿子讲过去的故事来打发孤立于社群之外、母子共处的时间。即便在如此孤立无援的情况下,她仍会寻找跨种族交往的可能,去欧列瑞太太的酒吧与其共度好时光,两人的友谊一直维持到她离开的最后时刻。酒吧里"怕生活、也怕死"(160)的人们不断编织谣言,居然编出"或许她只是老头子搞摄影的模特吧,或许还裸体给他拍呢"(同上),但不久就被证实是谣言。胡安妮塔一心想回到故乡墨西哥,迈克尔却拿钱建了暗室,并且未征求她的同意,出版了她的裸照。至此,囿于经济地位、性别权力博弈的胡安妮塔丧失最后的尊严和希望。她用来表达爱与支持的裸照成了迈克尔证明自己"也曾伟大过"的"纪念碑""墓志铭"(168),她的隐私部位"迷失在画册廉价的封面封底之间"(169)。面对羞辱和议论,与欧列瑞太太的跨种族友谊也不足以挽回她烧掉相册和暗室、毅然离开的决心。一直在跨种族交往、跨国婚姻中发挥着主观能动性,或求爱,或表达爱,或慰藉的胡安妮塔最终在充满"敌意""消极"(Kort 19)的爱尔兰封闭空间中,在丈夫背叛的情况下,出走于暗夜中。小说推崇胡安妮塔在全球化时代跨文化交往的能力,同时也揭示了保守、排外、本质主义的社会氛围是导致外来移民无法融入当地生活、精神异化、无家可归的根源所在。世界公民社会的形成需要外在环境、内在认同等多方面的积极推动。正如德国社会学家乌尔里希·贝克(Ulrich Beck)所言:

"世界性"忽略了"或此或彼"(the age of either/or)原则,体现的是"既-又"思维和"彼此彼此"(the age of and)原则。这是一个古老的"混合""杂烩""图景""流动"等概念,与全球化话语的新分支比起来也更有条理。这样,世界主义生成了一种非排他性对立的逻辑,使得两个世界的

第一章　跨越传统与现代的爱尔兰

"拥护者"既相互平等,又相互区别。(贝克、格兰德 18)

世界公民社会的形成"关键在于全球与地方,民族与国际的二元对立被扬弃"(贝克、格兰德 16),摒弃非此即彼的排他性逻辑,宽容他者,尊重差异,从全人类整体利益出发,以超越本质主义的开放性视野,建构"四海为家、不忘故乡"的文化归属。小说中父子俩流动身份的建构过程以及胡安妮塔跨种族、跨文化交往能力的展现,反映了他们对于世界公民身份的积极认同,突出小说将解辖域化的爱尔兰性升华到世界主义普世层面,践行跨越边界、承认他性、尊重差异的世界主义道德观的转向。总之,《歌犬》通过多线索叙事、广阔时空体、现实主义的叙事手法,再现爱尔兰流散者跨国、跨文化的生命体验和流动身份的建构过程,从内容和形式上形成世界主义的跨界交融艺术。

《歌犬》集中体现了麦凯恩由解辖域化的爱尔兰性向世界主义主题创作转向的趋势,志在开拓"一种新的思维绘图法、一种新的欲望景观……我们的思维图绘不一定必须限定在 26 个郡或 32 个郡"(Heaney 1)。谢默斯·希尼在《写作的边界》中勾勒爱尔兰文学传统时,提到北爱诗人和剧作家弗雷德里克·路易斯·麦克尼斯(Frederick Louis MacNeice)主张"容忍差异,并具有在爱尔兰性、英国性、欧洲性、星球性、生物性,不管什么性,所有这些多种价值可能性内变形的能力"。这契合了后殖民"间性"(in-between)理论(戴从容 116),也暗合麦凯恩摒弃本质主义保守立场,建构杂糅、流动、开放的世界主义爱尔兰身份的主张。正如社会学家杰拉德·德兰迪(Garard Delanty)所言:"随着世界主义的发展,国家公民身份内在地发生了转变,即向世界主义的方向转变。"(Delanty 18)霍米·巴巴也曾指出:

当代史的结果会出现一大批处于文化"之间"的人,以

89

及由跨区域和跨文化联系创造出的、不是根源于同一种文化的、"非家常"生活方式的"第三空间"。创造力和生命力可能就发生在不同文化空间的并置、变化和联系之中,以及相对立的文化景观的相互覆盖之中。(Bhabha 37)

《歌犬》以及麦凯恩之后创作的《舞者》《佐利姑娘》《飞越大西洋》《转吧,这伟大的世界》等都用心刻画了处于不同文化之间的各民族移民、流散者的"第三空间":他们以自愿、非自愿的跨国实践为起点,游走在大洲、大洋、国家、社会、种族、阶级的边界之间,在文化之根和他者文化的"接触地带"进行对话、协商,滋养丰盈开放的阈限空间和充满生命活力的国际混血儿。纵观麦凯恩的长篇小说,广阔的时空体、多线索叙事、世界主义道德观、现实主义的责任意识是其不同时期创作的共同特点,这些特点体现了麦凯恩对跨国、跨文化主题的关注及其跨界交融的世界主义情怀。

麦凯恩再现的爱尔兰呈现出跨越宗派边界、跨越民族国家边界、跨越传统与现代边界的非本质主义认同和交融的特点,与民族主义文学传统中的爱尔兰性迥然不同。19 世纪末、20 世纪初,关于爱尔兰性的探讨衍生出不同的派别,派别之间"时而紧张激烈,时而意气相投,爱尔兰作家都寄希望于在这种非一统的范式下创作,不会仅仅以自身沿承或指定的爱尔兰性作为唯一的参考坐标"(Vance 9),形成以凯尔特文化、田园牧歌为主要特征的爱尔兰文艺复兴运动,创造了多元化界定爱尔兰身份的可能,构筑了爱尔兰想象的共同体。"一代代的爱尔兰作家在不同时期创作了大量的爱尔兰经典文学作品,这些作品都折射出农耕社会、凯尔特文化传统和天主教会等重要的民族认同要素,如威廉·巴特勒·叶芝的《胡里痕的凯瑟琳》(*Cathleen Ni Houlihan*)以及谢默斯·希尼的诗集《一位自然主义者之死》(*Death of a Naturalist*)都以爱尔兰农村为背景,以爱尔兰历史和民族运动为内容,展现爱尔兰的民族传统。"(吴庆军 102)民族独立运动日渐激烈,以"知识或民族、国家或运动的意识形态"(霍布斯鲍姆、兰格 16)为主导的民族主义传统文学应运而生,激进的民族主义者通过英雄主义的政治理想号召民众去流血、去抗争。爱尔兰共和国独立后,政教合一的高压统治、持续不断的内战使爱尔兰民不聊生,爱尔兰文学流露出揭示历史创伤、反映现实困境的自然主义、现实主义的悲观色彩,延续至今。正如乔·克利里(Joe Cleary)在《可恶的财富:现代爱尔兰的资本和文化》(*Outrageous Fortune: Capital and Culture in Modern Ireland*)中所指出的,现代爱尔兰小说具有浓郁的自然主义倾向,约翰·麦克亨(John McGhern)、埃德娜·奥布赖恩(Edna O'Brien)、布赖恩·摩尔(Brian Moore)等作家都对 20 世纪 80 年代之前保守、压抑、混乱的爱尔兰社会展开了辛辣的批判,但他们专注于书写"现实的不堪""始终对任何形式的理想主义和乌托邦主义心存疑虑"(Cleary 134)。在众多作家、思想派别中,奥凯西和乔伊斯批判文艺复兴塑造的爱尔兰性过于浪漫化和神秘化。历史修正主义者指出,"荒诞历史神话的鸦片"使民众"活在过去的催眠术中,对未来怯懦,对老旧传统过于执着,对新方式、新思维普遍畏惧"(Whelan 186),主张在传统与现代、宗派与世俗、乡村与城市、神话与现实之间寻求折中的道路,并指出爱尔兰问题的根源不在于英国的殖民统治,而在于宗教、民族本质主义者的偏执和狭隘。这种超越浪漫主义、极端民族主义、悲观主义的审慎态度在乔伊斯、贝克特以及"户外日剧社"等艺术家那里得到进一步发展。乔伊斯、贝克特奋力挣脱家庭、教会、民族主义的羁绊,踏上自我流放之旅,在保持一定批判距离的回视中,揭示瘫痪的都市生活和民众精神。布赖恩·弗雷尔(Brian Friel)、谢默斯·迪恩(Seamus Deane)、汤姆·保林(Tom Paulin)、谢默斯·希尼等艺术家于 1980 年成立了"户外日剧社",通过《翻译》(*Translation*)、《创造历史》(*Making History*)等戏剧消解二元的对抗模式,滋养多元开放的爱尔兰文化,寻求跨界交流、和解的可能。在繁荣的诗歌运动中,希尼不断思考爱尔兰民族认同问题,意识到文化身份的人为建构性,主张寻求"我们认为的对立事物之间的平衡点"(Tillinghast 6)。凯尔特之虎崛起、北爱和解达成之后,全球化、现代化似乎抚平了爱尔兰的历史创伤,爱尔兰焕发出自信、多元、开放的民族特质,约翰·班维尔(John Banville)、德莫特·博尔杰等作家"开始以边境为界限,以国家为坐标,重新绘制当代爱尔兰的文学地图,以彰显乡土主义与世界主义之间的张力"(王晓晨103)。置身于爱尔兰文学传统与当代发展的时空坐标之中,麦凯恩摒弃了本质主义的民族文化认同和悲观主义的创作倾向,充分吸收爱尔兰文学的精华:重视文字音律之美、巧用神话传说、铭记反映现实问题的社会担当,并像乔伊斯一样自我放逐,以外位视角审视故乡,发挥跨越宗派边界、跨越民族国家边界的文学想象,试图书写联结与沟通不同宗派、不同文化的交融愿景。虽然《凯瑟尔的湖》呈现了北爱冲突的血腥场面,但并未过多渲染,只是为了激发读者对逝者人道主义的悲悯和反思。《这个国家的一切别无选择》也无意于再现北爱冲突本身,更多的是描绘冲突之中的民众所感知的压力和成长。之后创作的历史小说《跨越大西洋》虽然通过道格拉斯到访爱尔兰揭示了大饥荒时期英国殖民者的伪善和罪恶,但更多的是强调爱尔兰问题的复杂性以及如何在错综复杂的利益之网中寻求平衡,核心主题在于以跨国民族主义的历史实践印证人类超越宗派、民族、国家本质主义狭隘观念,实现跨界交融的世界主义理想的可能性。从这个意义上讲,麦凯恩的爱尔兰小说并非"逆写帝国"的后殖民抵抗书写,而是聚焦全球化时代"接触地带"(Pratt 6)的跨界交融书写。

如果说合集《这个国家的一切别无选择》通过未成年人的认知和身体欲望谱写了超越宗派纷争的爱尔兰和解前景,合集《黑河钓事》再现了在故乡与他乡之间流动的爱尔兰民族的新身份,那么《歌犬》就是爱尔兰土地上嚎叫出来的一首四海为家的世界主义之歌。麦凯恩"居间"的文化立场具有明显的阈限性,在爱尔兰文化与他者文化之间跨界交融,既关注吉尔罗伊的"根"(root)文化,也关注迁移、流散"路途"(route)中的跨国体验与"跨种族团结"(trans-ethnic solidarity)(Anthias 575)。虽然他自始至终没有忘记他的文化之"根",在创作的不同时期不断回望,在世界多元文化的碰撞中思考、审视爱尔兰文化,逐步深化对于故乡传统与身份的理解和反思,但他有志于做爱尔兰的"第一批""国际作家",书写"跨越各种边界的""国际小说"(Cusatis 22),预示其超越本土空间的禁锢,解辖域化到世界其他流散民族、流亡文化的倾向。

第二章　跨越历史与虚构的流散历史

　　流放、错位、磨难的经历作为人类承受生活变故时的阈限体验是沟通所有苦难民族、流散人群的纽带，也是官方历史记载重大历史事件时所忽视的部分。麦凯恩"要为历史受害者服务"，而不是"为创造历史的人服务"，表明了他颠覆大写历史叙事，赋予无声者生命活力的社会责任意识。他扎根爱尔兰流散文化之根，游历美国、日本、俄罗斯等国，以爱尔兰民族问题为参照，审视其他民族的流散群体与边缘文化，积极尝试跨文化交流，旨在于更大的社会文化语境中获得对全人类迁居、流散行为与文化的观察和反思，并通过建构历史与虚构、真实与想象之间的阈限性历史叙事空间来赋予人类历史上苦难最深重的流散民族（《佐利姑娘》中的吉普赛民族）、流散艺术家（《舞者》中的鲁道夫）、最卑微的流亡者（《飞越大西洋》中的女性流亡者）等历史边缘人群、无名氏发声的权利，形成颠覆西方意志、官方历史、主流话语的交融艺术。

　　在特纳阈限理论的观照下，麦凯恩的历史小说《舞者》《佐利姑娘》《飞越大西洋》形成挑战宏大历史叙事、建构他者民主发声空间、反思重大历史事件的交融艺术。麦凯恩在采访中曾说，历史是官方叙事的产物，"介于虚构与真实之间的，是个具有可塑性的地带，里面包罗着许多真相和谎言""小说家和诗人通过想象，检视的是远更深入的关于人的真相"（张芸 110）。麦凯恩充分意识到客观还原过去历史事件的无能为力与通过想象力主观建构过去的真实性问题之间的叙事张力,主张通过理查德·詹金斯(Richard Jenkins)提出的"引入激进他者,激发新的想象"(5)的方式创造性地建构他者民主发声的阈限空间,在历史与虚构、真实与想象、谎言与真相之间把玩历史再现的艺术技巧,来对抗僵化、正统的史学观念和史学研究方法,反映麦凯恩对于历史可知的不可知性与不可知的可知性的辩证思考。

第一节 颠覆历史的"舞者"再现

《舞者》(*Dancer* 2014)以俄罗斯芭蕾舞巨星鲁道夫·纽瑞耶夫(Rudolf Nureyev,1938—1993)的生平故事为蓝本,呈现一首广阔历史图景中众声喧哗、瑰丽破碎的叛逆之歌。小说通过正文本和副文本的并置、各种文类话语的拼贴、小人物故事的狂欢、舞蹈瞬间的空间化再现,将鲁道夫置于跨越历史与虚构、真实与想象、中心与边缘的阈限性叙事空间,从而消解官方权威、传记常规和历史定论,体现作者亦真亦幻的历史再现艺术及其对于人类战争的批判和反思。

正如学者杨金才所说:"《舞者》是麦凯恩进行历史书写的实验场"(《新世纪美国小说的主题特征》10),自《舞者》起,他开始探索质询官方权威、跨越历史与想象的叙事艺术。《舞者》构思于一则令人动容的都柏林故事:一个7岁的小男孩生平第一次看电视,瞬间爱上正在跳舞的鲁道夫·纽瑞耶夫,闪现艺术对于被虐小男孩的短暂救赎。麦凯恩感动于舞蹈巨星纽瑞耶夫同时代的这则不为人知、但真实存在的小故事,却也深知这样微不足道的偶然事件注定不会出现在纽瑞耶夫官方的历史记载中。因此,麦凯恩萌生了将无名、无声的小人物置于宏大历史之中的创作冲动,以迥异于历史学家的独特视角切入历史时空,质询历史的真实性,展现历史的多维性。

第二章 跨越历史与虚构的流散历史

> 我不愿将我的历史感,当然还有政治感留给六点新闻的发言人……有一个点,一个正当的切入点可以让作家进入(历史),创造另外一套逻辑,或另外一个角度,或另外一个问题。为什么不呢?必须有一个点让我们作家进入人们所谓的"历史"。没有必要为历史立法,当然可以从比较奇怪、比较黑暗、比较安静的角度目击历史。(《舞者》4)

麦凯恩不相信官方媒体带有强烈政治导向和意识形态色彩的新闻报道,主张小说家应另辟蹊径,以不同的逻辑、角度、问题意识来审视历史。正如他在采访中所说:"为了弄明白已经被历史学家、评论家和记者打扫干净的房屋,作家需要看到黑暗的角落"(McCann & Hemon),他讲述的正是官方历史中鲜为人知的小故事。他认为事实能够以很多方式被利用和开掘,而他想创造一种真实的质地,并质询讲故事(讲述历史)的理念:谁拥有故事(历史)?谁有权利讲故事(历史)?谁或什么东西能为成为事实的东西立法?(同上)正如约翰·伯格(John Berger)所说:"一个故事永远不会被讲述得好像只有一个版本一样"(Cusatis 20),同样的故事(历史)由不同利益群体来讲述,必定会呈现出不同的样貌和结论,官方历史多是服务于统治者、既得利益者意志的统一版本,民间则会涌现迥然不同的众多版本。随着后现代性的兴起,越来越多的小说家、诗人、剧作家、记者等开始"怀疑关于真理、理性、统一性和客观性的经典概念……怀疑单一体系、大叙事或者解释的最终根据"(伊格尔顿 Ⅶ),纷纷投身于历史无名角落,挖掘普通人所讲述的历史故事来补充、丰富官方历史,再现一个多样、开放、丰盈的历史时空。

《舞者》开篇题记、导言以及结尾致谢等副文本直接交代了作品的虚构本质以及作者的编撰过程。热奈特认为:"副文本包括标题、目录、副标题、内部标题、序言、题记、后记、献词、题词以及文内注释等。"(Genette 3)题记为"本书系虚构作品。除若干知名人物使用的是其真实姓名,书中名字、人物和描绘的事件都源自作者的想象",直接点明本书为作者靠想象力建构起来的有关若干真人的阈限性叙事空间,真人姓名给人真实的感觉,而其他人物与情节可能是虚构的,历史不过是那些关于过去的虚构性故事的汇集(Lennon 154),处在不断被占有、编撰的动态更新过程中,而想象力赋予作者超越历史的自由空间,"为生命带来滋味和无止境的前进的可能性"(Riesman 38)。导言取自威廉·麦克斯韦尔的《再见,明天见》:

> 当我们,或至少我,自信地提到一段回忆时——指一个瞬间、一幕情景、一项经过定影液处理而免遭遗忘的事实——其实是在讲故事,它不断在脑海中重现,每每随着诉说而变样。人生包含了太多相互冲突的情感利益,令人无法全盘接受,说书人的工作也许就是将事情重新排列组合,使它们符合最后的结局。无论如何,只要一开口谈起过去,我们便是在说谎。

导言强调了回忆的多样性、主观性和不确定性。正如阿斯曼所说:"回忆是一个人所拥有的最不可靠的东西之一。此时此刻的情绪和动机是回忆和遗忘的看守者。它们决定了哪些回忆在当下对一个人来说是可以通达的,哪些是不能使用的。"(阿斯曼,《回忆空间》64)故而,在脑中"定影液般"重现的回忆,总是"对阐释敞开大门"(阿斯曼,《回忆的真实性》154),是记忆和想象不断重叠、变形、模糊界限的结果,是根据个人当下意愿重新组织材料、讲述故事的行为。也就是说,在浩瀚的过往经历所组成的记忆宝库中,锁定回忆的对象也如同传记书写一样,复现什么、遗忘什么、聚焦什么、把什么当背景(Al-Saji 219),本质上也是浸染了个人主观意愿的一系列选择。而从根本上说,叙事本质上就是主观的、不可靠的,更遑论需要以叙事形式整合的记忆。小说结尾致谢部分进一步突出了作者的编撰过程。

第二章 跨越历史与虚构的流散历史

  在这本小说中,有许多名字和地点做了改变,既是为保护在世人的隐私,也是为塑造多个虚构的人物命运。我时而将两个或两个以上的历史人物浓缩成一个角色,或将一个人物的性格特征分散在两个或两个以上的角色里。有部分与知名人物相关的事件是真实的,其他则是虚构的。为了行文的清楚明晰,我没有像俄语里常见的那样总是用爱称和昵称来代替名字。(《舞者》339)

结尾致谢部分再次澄清作者具体以何种方式以及在何种程度上编辑材料、发挥想象,暴露了作者的焦虑和自我意识,也为历史书写可能出现的失误和不完整性免去责任。总之,小说的题记、导言以及结尾致谢都反映其介于虚构与真实之间的阈限性,契合哈琴的历史编撰元小说的特征,既体现明显的自涉性,又裹挟着部分真人真事(哈琴5)。哈琴反对虚构与非虚构小说、文学与历史、想象与真实性之间的截然划分,主张通过历史编撰元小说来揭示历史再现的虚构性与叙述性以及再现过程所隐藏的意识形态化的操控机制,从而表达作者对于历史事件的看法。《舞者》通过副文本自揭虚构性,表明麦凯恩颠覆历史权威、暴露历史与传记编撰过程的后现代历史叙事观。

  《舞者》的标题似乎暗示该书是讲述一名舞者故事的人物传记,但它却颠覆传记人物为中心、线性叙事的常规。传记是关于某人的生活历史,即对某一特定人物较为全面的记录(Abrams 22)。《舞者》虽以传记编年体体例来组织各部分的内容,如第一部分"一、苏联 1941—1956　二、列宁格勒 乌法 1956—1961　三、伦敦 1961　四、乌法 列宁格勒 1961—1964"等,但每一部分、每一小节聚焦的对象、叙事的主体并非鲁迪本人,而是影响到他或被他影响过的身边人,尤其是他的家人。如第一节集中再现苏德战争,第三节交代为鲁迪做鞋的手工鞋匠的生活,第四节述说鲁迪家人在苏联的生活。鲁迪显然被剥夺了传记范式里中心人物的地位。此外,主体叙述也并非单

一、权威的第三人称常规模式,而是人声鼎沸、众生狂欢的多声叙事,类似于巴赫金的"多声部复调结构",即"小说通过言语形式的社会多样化,通过区分这种情况下异常活跃的个体声音,来汇聚所有主题,以及其中所表现和表达的物体和思想的世界之和"(巴赫金 263)。"大写历史理想的(唯一)声音"最终转变成"各种各样的,甚至冲突的声音",即彼得·伯克言及的"多声性"(heteroglossia)(Burke 6)。也正如麦凯恩在采访中所说:"开始创作之前我并没有想过要创作交响乐",可后来"我想要小提琴在某一时刻进来,另一时刻想要钢琴进来……在写作时我听了很多伟大的俄罗斯作曲家的作品。结果,所有这些音乐融合成了我的雄心壮志。我想要每一种乐器都能在一个篇章里一起奏响"(Dunn)。迥异于小说后记致谢中提到的黛安·索尔韦(Diane Solway)的《纽瑞耶夫》(*Nureyev: His Life*)和朱莉·卡瓦纳(Julie Kavanagh)的《纽瑞耶夫的一生》(*Nureyev: The Life*)"太无所不知、太确凿无误、读起来太平顺"(Lee 1)的传统传记,《舞者》以"众声狂欢"的叙事策略成功营造出颠覆性、不确定性、支离破碎的修辞效果。

《舞者》通过众多小历史拼贴出支离破碎、悬而未决的历史人物形象,颠覆了历史、传记必有定论的文类常规。福柯主张用杂乱、拼凑的"小写历史"断面,颠覆传统遵循因果逻辑的线性历史,发出不同于主流话语的嘈杂之声,洞悉历史背后的权力机制和意识形态作用(胡颖峰 52-53)。《舞者》呈现的鲁道夫时隐时现、若即若离,成为其生命过客嘈杂反馈的模糊的历史景观,直到小说结束,读者也不确定,他到底是个什么样的人?他最后的命运如何?《舞者》中各类小人物如战时志愿者、鲁迪的舞蹈启蒙老师一家、姐姐塔玛拉、鞋匠、管家、舞伴、好友维克多……从传记背景中纷纷走向前台,各自开辟出一块民主讲故事的叙事空间。受不同意识形态、认知水平、亲疏关系的影响,小历史的主体们呈现出不同的鲁迪印象:父亲眼中的鲁迪是个固执、叛逆的孩子;舞蹈启蒙老师安娜眼中的鲁迪是"为舞蹈而生的"天才(《舞者》45);下放乌法的安娜夫妇相信,鲁迪就是一道闯入阴影中的光,"让我们以前所有灰暗的日子都变成值得的"(44);在家人眼中,鲁迪是为了舞蹈背弃祖国的罪人;在鞋匠看来,鲁迪平易近人、慷慨热情;对于尤利娅来说,鲁迪燃烧了她的生命,让她有勇气去选择自己想要的生活;在同性恋文化圈,他是精力旺盛的纵欲者;对于谄媚他的富豪们,他是一个张狂、任性的疯子;在挚友维克多看来,鲁迪的舞蹈、纵欲是为了排解无家可归的孤独……而西方媒体呈现的鲁迪则是暴戾、堕落与"全球最美男子"的悖论性媒体景观。他始终处在众人凝视的中心,形成后现代消费社会中多数人对于少数人凝视的"全景敞视舞台"的景观效应。媒体操控下的完美鲁迪和妖魔化鲁迪都是远离鲁迪身边普通人真实感受的刻板印象,只有整合所有小历史的片段才可能还原一个多维饱满、几近真实的历史人物,从而打破传记、历史叙事单一刻板的人物形象与一锤定音的命运结局。文本化的鲁迪就像他频繁跨越各国边界一样,不断逃脱各种成见的界定,最终落脚在"他的不可知性"这一点上。弗兰纳瑞甚至认为《舞者》的重点不在于纽瑞耶夫,而在于"利用纽瑞耶夫的存在来重新想象20世纪后半叶,来质询艺术的本质、讲故事艺术的本质"(Flannery 140)。卡西尔也表达同样的观点:麦凯恩"将各种人物观察鲁迪的视角并置,与鲁迪自己的内心独白、日记节选拼贴在一起,提供一种千变万化的性格意象,最终却仍然是模糊的、无稳定定义的轮廓"(Cahill 142)。从这个意义上来讲,"《舞者》并非关于鲁迪的书,而是关于故事的书,其他人讲故事,偶然展示了一个人的生命历程"(Lennon)。这种意在模糊历史人物形象、揭露历史(讲故事)本质的叙事策略除去了官方历史为鲁道夫盖棺论定的陈词滥调,形成与历史小人物、无名氏建立关系,挖掘历史潜在多重维度的交融艺术。

传记会跨越各种文类的边界,尝试各种体裁话语的杂糅,因此,传记在某种意义上可谓多样性话语、各类材料狂欢的阈限空间,最终呈现出读者乐于接受的编撰结果。《舞者》将传记、日记、私人便签、收音机广播、信件、国家公示文书、杂志报道、面对面对话、电话交谈等各种碎片化、差异性文本直接拼贴在一起呈现在读者面前,一方面还原纽瑞耶夫所在历史时空的众多真实瞬间,证明了历史的多维化和真实性;另一方面暗示作者收集、整合文本资料的过程以及这些资料间的互文特征。正如致谢中所说:"在为这本书所做的调查研究中,我有幸阅读了大量文献,虚构的、非虚构的、新闻报道、诗歌以及网络资源……"(《舞者》339)基于各种历史资料编撰而成的《舞者》也将丰富现有材料,形成开放性的互文空间,跻身勾连过去记录与未来书写的阈限时空。此外,这些资料的选用、排列也大有深意。正如海登·怀特所说:"对过去的再现无一例外地都有着具体的意识形态内涵"(White 69),鲁迪姐姐塔玛拉谴责鲁迪叛逃西方的日记、乌法国家安全委员会关于纽瑞耶夫叛国的通告以及《时代》《新闻周刊》等西方报刊对纽瑞耶夫的盛赞都反映了国家意识形态对个人认知的影响以及对于历史表述和历史集体记忆的操控。这就是麦凯恩所讽喻的"大写事实的时代"(the era of "The Fact")(Lennon 160)。所谓事实,不过是语言、文本、权力相互制衡下约定俗成的话语,而多样性、差异性话语杂糅所形成的阈限空间具有质疑官方事实、挑战单一历史权威的颠覆力量。

  《舞者》中最与众不同的颠覆力量在于文字渲染出来的、光芒四射的身体。官方传记、历史叙事一般不会将历史人物的身体,尤其是身体的感知、形态和感染力作为叙事的中心,而《舞者》通过凝结时间、将舞蹈瞬间空间化的方式细致再现了鲁迪跳舞时的身体魅力,契合赫敏·李(Hermione Lee)所主张的"亲眼看到鲜活的身体"(Lee 1)的当代传记叙事风格。传统芭蕾对身体有力量、结构和程式的要求,而在鲁迪学舞伊始,安娜就发现他虽没有经过专业训练,却"深谙其中的技巧"(《舞者》45),并很快达到了既遵守又超越程式的"居间"境界。在跳跃动作的学习中,安娜要求他"不在乎比别人跳得高,但要在空中停留得更久"(46),跳跃的精髓即克服向下的重力作用,在空间中通过身体的把控使时间静止,达到一种近乎永恒的境界。从这个意义上讲,舞蹈是对重力法则、物理法则的超越,是对西方文明程式的挑战。德里达认为,舞蹈的每一个动作都在不断改变其舞蹈设计的范式,故而,舞蹈代表一种无序、拆除或解构,"最天真的舞蹈……会逃脱监视;舞蹈改变地点,尤其是改变许多地点。舞毕,地点已难以再被认出"(Derrida 94),他甚至尝试性地暗示"舞蹈是一种空间的转化或变形;这种转化趋向于延伸出边界并把边界重新划定在舞蹈的范围内"(同上 105)。换句话说,这种类型的思想打开并扭曲既有边界,创造一种修正的潜力。德勒兹认为,舞蹈是不断变形的运动。德勒兹和加塔利的"生成过程"(becoming)以动态变化的视角审视舞蹈程式和时空关系以及舞蹈随着时间的推进,不断解构上一个动作、前一刻空间的表征作用。同理,舞蹈也具有特纳意义上的持续变化的阈限性,充满了时空转换和无限延展的潜力。小说中对鲁迪舞蹈极致境界的描述印证了舞蹈的阈限性特征:

> 再也没有身体没有思维没有意识,这一定是其他人所谓的臻神入化之境,仿佛各处的门都已敞开,通往其他所有敞开的门别无一切,只有永远敞开的门,**没有门铰没有门框没有侧柱没有边缘没有阴影**,这是我的灵魂在飞升不受重量之限不受时间之限,时钟的弹簧断裂他将永远定格在这一刻。(《舞者》197)

这段省略许多标点符号的文字,尤其是黑体部分近似乔伊斯无标点、只有文字流动的意识流小说。标点可谓根据意群划分文字的符号性边界,引文中部分句子的标点消失后,文字被释放到更大范围边界之间的阈限空间,自由流动。内容上,身体、门具有有形的边界;思维、意识则有无形的边界,然而,一切边界都在"敞开"的状态中完全消失,空留超越时间、空间的永恒之境。这段文字从内容和形式上传神地表达了鲁迪全情投入的舞蹈给观众带来的超越世俗、超越时空、超越一切已知、创造无限可能的自由延展的神圣空间和摄人心魄的震撼。鲁迪舞蹈所散发的"危险的魅力与活力"(《舞者》44)、"某种狂热原始的野性"(54)、"火一般的热情"(72)、"最勾人心魄的美"(143)在小说的各个角落回荡,以刻骨铭心的方式影响着周围:给予安娜夫妇灰暗的生活以元气和希望;给母亲、姐姐带来生命的惊叹;点燃尤利娅对性的渴望和毅然离婚重新生活的勇气。他的舞蹈就像小说开头"巴黎,一九六一"演出盛况所呈现的,令所有观众都为之疯狂,他的身体已成为一种狂欢化的表征符号,生产着对抗集权国家和父权专制的解放性空间,暗示了改变生存空间、为生存空间重新编码的可能,提供了"革命性重建空间体制话语和空间实践新模式的替代方案"(Shields 168)。最终,鲁迪不仅通过舞蹈这种"身体书写"的方式,改写了父亲为他设计的既定命运,形塑了自我"舞者"的身份,更逃脱了集权专制国家的暴力监控,过上了专注于舞蹈的自由生活,而且也影响了以尤利娅为代表的其他人的生命轨迹。舞蹈成为鲁迪的"身体"与其"生存时空""和解","悬置混乱内心"的途径(Mianowski 40)。重力、根、家乃生命不可承受之重,舞蹈暂时逃脱了重力的禁锢,因而成为舞者的家园。只有日臻完美的舞蹈瞬间才可以让鲁迪暂时"遗忘"家乡,有所归属。

除了鲁迪的身体,小说多处再现战争场景下的残缺身体来表达对于战争、霸权、暴力的反思和批判。开篇聚焦二战苏德战场上冰天雪地里的士兵身体,"他们见过其他士兵冻坏的脚趾蓦地从脚上掉下来""当他们摸到露在外面的金属时,手上的肉被撕扯下来"(《舞者》3)。战争的残酷环境使人退化到动物状态,吃马肉、在衣服里排泄、扒下冻死战友的衣服,甚至把尸体排列在地上铺路。现代国家机器有组织地规训国民,培养效忠民族主义事业的战争工具,使其丧失最基本的认知、判断甚至道德和人性。"服从性的自我可以轻易地被利用——现在正被利用——来为无穷无尽的(并且毫无希望的)社团之间的消耗战和边界冲突以及对持不同政见者无情的镇压这些残酷、愚昧的野蛮行为服务。"(鲍曼,《生活在碎片之中》324)"他们闻悉谁是叛徒、逃兵、懦夫,奉命把他们击毙……有些人干脆用枪指着头,说了再见"(《舞者》5),把敌人"送往苏联内务人民委员部,那儿的人会在他牙齿上钻孔,或把他绑在雪中的木桩上,或直接让他饿死在居留营中"(6)。敌人被暴虐对待,集权统治下的战友也命如草芥。胜利后的士兵不知道要被运往哪里,"火车明明经过他们的家乡却不停站,有脚的人企图踹开木板,结果因不服从命令而被守卫击毙,随后夜里,有一户人家手持蜡烛,深一脚浅一脚地走过雪地,他们听说儿子不光彩地死在离家仅几公里的地方,尸体被弃于铁轨旁,已经结冰"(8)。即便活着回来的士兵,很多人的身体也已残缺不全,麻木地在暖房中任由护士清洗,倒出去的血水令周围寸草不生。在这广阔的历史画卷中,在这一系列扭曲的身体意象中,六七岁的鲁迪出场了,他为伤员们跳舞,灵活健康的幼小身体反衬饱受战争蹂躏的残躯,表达了小说对荒诞的人类战争的批判和对普通人命运的悲悯。

总之,《舞者》将关于鲁道夫的各种小历史、碎片化资料、舞蹈瞬间的印象以及他的身份和命运置于开放、多元的阈限空间,向读者呈现一个模糊、杂糅、多面而生动的"舞者"。尽管麦凯恩努力不去采访纽瑞耶夫的亲朋好友,他这部交响乐般的故事却受到俄罗斯历史学家的盛赞,评价其小说"抓住了俄罗斯的精神"[①]。卡瓦纳在晚近出版的《纽瑞耶夫传记》中将《舞者》列入参考书目(Kavanagh 753),纽瑞耶夫研究的必看书目也将其收录其中。《舞者》成功展示了麦凯恩既颠覆历史又传神逼真的历史交融艺术!

[①] www.identitytheory.com/colum-mccann/

第二节 阈限时空中的多重他者"佐利姑娘"

《佐利姑娘》(*Zoli*, 2013) 是麦凯恩对流散主题探讨最充分的小说之一, 被称为"关于流放思想的巅峰"(Hayes)之作。该小说以吉普赛女诗人帕普莎(Papusza, 1910—1987)的真人真事为蓝本, 在横跨 20 世纪整个欧洲的广延时空中, 讲述佐利儿时与祖父逃离纳粹魔爪、唱歌、上学、不断成长, 革命成功后被封为无产阶级诗人, 情势急转直下时惨遭多重背叛, 顶着终身污名四处流亡, 最终结婚生子, 重新发声的人生故事。小说一经发表, 广受好评。彼得·凯里(Peter Carey)评价道: "如果一个作家的最高天职是想象成为'他者'会如何, 那科伦·麦凯恩就是我们当中的巨人——无畏, 心怀宽广, 时时刻刻都是诗人。"(《佐利姑娘》封底)佐利作为欧洲长久以来的种族他者——吉普赛民族中又惨遭终身放逐的女性, 成为麦凯恩深切关注、感同身受的人类学他者的终极表征。

麦凯恩创作《佐利姑娘》时坚持社会现实主义的调查态度以及为污名者正名的创作意图, 使该小说近乎特纳所言及的除去与"占有地位""扮演角色"(Turner, *Process* 129)相关话语的交融艺术。"我一直在寻找一本可以让我的流散理念达到巅峰的书。"(Hayes)伊莎贝尔·丰塞卡(Isabel Fonseca)的《站着埋我:吉普赛人和他们的旅行》(*Bury Me Standing: The Gypsies and Their Journey*)为麦凯恩提供了这个契机。震惊于帕普莎的悲惨命运及其终身流亡不为世人所知的历史境遇, 麦凯恩决定全面开掘帕普莎的故事。一方面, 他像人类学家或社会学家一样, "深入他们的社群生活、观察他们的群体行为"(Freilich 1), 并未遇到世人常说的偷盗、抢劫和殴打等恶性事

第二章 跨越历史与虚构的流散历史

件,从而褪去了成见,决定为长期遭受迫害、误解的罗姆人①发声。他希望通过文字的力量唤起罗姆作家讲述他们自己故事的意愿。另一方面,麦凯恩投入将近四年的时间到纽约公共图书馆查阅所有与吉普赛民族相关的资料,惊讶地发现吉普赛民族无识字传统,长期以来缺乏自己民族内部的文字记录,搜集到的资料大都是主流文化在意识形态左右下通过"东方化"想象书写的陈词滥调、文化成见和刻板印象。而吉普赛民族的真实境遇更为悲惨,18、19 世纪他们在欧洲沦为奴隶,二战期间几十万人遭到纳粹大屠杀,妇女长期被秘密绝育,直到现在很多欧洲国家仍对吉普赛人实行严格的边境审查和隔离政策。这个民族的苦难历史激起麦凯恩强烈的冒险精神和同理心想象。正如盖尔·考德威尔(Gail Caldwell)在《波士顿环球报》发表的对该小说的评价,"爱尔兰作家科伦·麦凯恩同时拥有探险家的精神和内向者慈悲的洞察",蕴含"甜蜜的不协调"(Caldwell,"Gypsy Serenade")。这个评价较为中肯,探险精神主要体现在麦凯恩亲历吉普赛营帐的勇气,以及他尝试引起主流社会对至今仍被他者化、边缘化、污名化的吉普赛民族关注的魄力。更难能可贵的是,他能用心体会受迫害民族的处境、感受和无力抗争的命运。正是这种大胆选材、实地取证、穷尽文献、进入他者的严谨创作态度赋予这部小说真实而摄人心魄的感受力和艺术成就。

麦凯恩通过导言、多重叙述声音、改写帕普莎命运等方式在历史与虚构之间进行了越界、颠覆、平衡与创新的阈限性历史拟写实验。小说以三则引言开篇:第一则是阿尔及利亚作家塔哈尔·贾乌特的"沉默,你死。说话,你也死。那么说出来再死吧"(《佐利姑娘》卷首)。这句话揭示出被迫害、被殖民、被他者化的民族难以逃脱的悖论性命运,说与不说都要死,因此,无论是否能被听到,历史的沉默者不如抓住发声这一最基本也最奢侈的民主权利,勇敢发声,然后坦然

---

① 吉普赛人自称罗姆人。

迎接必死的命运。这不仅是塔哈尔抨击伊斯兰本质主义者被暗杀命运的写照，更是小说主人公佐利境况的预言，身为吉普赛女性，沉默与否，都难逃被代言、被利用的命运，不如勇敢发声。第二则源自英国作家约翰·伯格的《而我们的面孔，我的心，如照片之瞬息》："但是在这个世纪，当无限的只是恶和冷漠，我们担不起多余的疑问；相反，我们需要用任何确定性所触及之物来自我保护。我知道你们记得……"（卷首）20世纪是人类历史上前所未有的高速发展却又无限混乱的时代。资本主义经济的发展瓦解了传统社会的组织形式和价值体系，人类被抛到绝对理性、个体化、虚无化的现代荒原，面对难以想象的世界大战、人性之恶，人类亟需某种精神层面的确定性和归属感来面对凌乱的生活，这一点恰如第一条一样荒诞，何以在不确定的世界寻求确定的存在？"我知道你们记得"揭露了这种人类寻求的无奈，也许记忆、怀旧才是现代人重获确定性的可行方案。第三则来自温德尔·贝里的《诗集》："天黑之前归来是离去的艺术。""离家""归家"是麦凯恩创作永远绕不开的主题。麦凯恩经常将日常生活比作旅行，用黑暗表征"困境"，天黑之前归来预示离家游子最好能避开人生的困境，即便身处不幸，也能心怀希望、心系归来。归来是游子千帆过尽后最好的归宿。正如小说中被终身放逐的佐利不得不在黑暗之中跋涉，在善良的隐忍、绝望的坚持中，最后寻得快乐、光明的心灵家园。三则引言以丰富的互文阐释空间暗示了这部小说为历史沉默者发声、批判现代国家体制、憧憬归家三个方面的主题。

　　小说的多重叙述声音颠覆了历史、传记单一的叙事权威。小说共有七章：三章关于佐利，其中两章是佐利写给女儿的书信，形成介于口语表达与书面文字之间的阈限性叙事空间，亦是佐利通过对女儿讲述她颠沛流离的前半生、重建自我身份的心理阈限空间。在学者朴玉看来，这种"'心理传记'源于对其经历的回顾和反思，颇似阿斯曼所言及的'自传性记忆'，即个人在不断回忆中，讲述关于自己的故事，或者讲给别人听，并在这种讲述中不断形成关于个人身份和

第二章　跨越历史与虚构的流散历史

集体身份的反思和审视,确定其文化身份"(42)。有关佐利经历的回忆性叙事是从吉普赛民族内部发出的个人的、真实的声音,解构了西方主流社会对吉普赛民族僭越性的偏见性再现。另外一章以第三人称全知视角叙述佐利被终身放逐的经过以及她频繁的跨国实践、跨国体验和最后的涅槃重生。第一章、第五章和最后一章刻画2003年罗姆人的生存境况,不断把其他章节的回忆性叙事拉回到当下,形成今昔对比的并置空间。还有一章,以佐利的恋人斯旺的第一人称叙事声音回忆过去,详细交代了他对佐利的感情、背叛以及后果。他为自己的发声辩护道:

  我们中一部分人还没有说出他们的经历,或者拒绝讲述,接着我们成了他们:我们蜷缩在记忆深处,直到再也无法承受那硬壳或惊动——也许我如此而终,也许,我要说出来,赶在遗忘之前,趁它还没有像其余的一切那样变了面目。(52)

斯旺从佐利的故事背景中走向前台,成为叙事中心,挑战自传传主第一人称叙事以及传记第三人称全知视角的常规叙事模式,起到不同当事人从不同视角多维再现同一历史事件的作用,反映历史、记忆不过是不同主体以各自感受为核心建构的主观性的时空片段,只有及时地讲述出来,历史才会呈现出立体、多维、丰富的纹理。

  此外,麦凯恩通过改写人物命运、挑战传主既定命运轨迹的方式,给予冷酷的历史事实以替代性的文学想象和救赎力量。麦凯恩曾说,历史学家、文化批评家、政治家、记者已经把历史的神奇之屋打扫干净,而作家只要能找到遗留的一粒微尘并把它高举为人性美好、珍贵的东西,就算是一个好作家("There Goes Colum McCann")。麦凯恩始终坚守"文学"要"有激发和振作生命的一面,文学有其使命和功用,功用之一即揭示人类的苦难,但仅仅揭示并不够,还必须让人获得某种形式的甘乐。少了这部分,我们会陷入严重的困境"(张芸 113)。根据伊莎贝尔·丰塞卡的史实记载,帕普莎独自生活了 34 年,最终死于精神病院。在这部小说中,麦凯恩并未严格按照历史事实将佐利描绘成一道绝望的景观,而是改写了结局:佐利结婚生子,安度晚年,甚至在罗姆人大会上准备放声歌唱。小说最终赋予佐利一个勇敢言说者的姿态,让被历史裹挟、淹没的受害者大声唱出她的遭遇、她的文化。这个高度理想主义的结局难免受到一些学者的诟病,批评其改写后的内容很大程度上削弱了作品的悲剧力量和社会批判力度。正如评论家艾瑞卡所说,《佐利姑娘》"既是令人感动的成功之作,又是备受诟病的失望败笔",在她看来,"它让我们如此接近同理心,最终却将我们抛向幸福的结局,如同啃食没有肉的骨头,这似乎是一种罪恶"(Debeljak 169)。批评不无道理,完全脱离现实的理想主义难免空洞、肤浅,彻底断绝理想的现实主义难免绝望,麦凯恩需要在理想主义与现实主义之间寻求一种平衡。

  由于其阈限性的族群特征,吉普赛民族在历史上、在现代文明体制中屡遭厄运。吉普赛民族在欧洲游牧了几个世纪,以繁星为屋顶、以大地为席的原始主义自然环境和游牧方式滋养了吉普赛民族流动性、阈限性的文化身份。其日常生活不仅是一种地理空间的拓展,更是一种文化空间的不断越界,容易受到定居民族、主权国家的排斥。当"所有社会族群"都"害怕外族人并寻找替罪羊"(Flannery 114)时,这种阈限性的民族必然难逃被他者化、被利用、被屠杀的命运。鲍曼认为大屠杀与现代性追求秩序、纯粹文化密切相关:现代性的先进技术和高效的官僚制度、"无民族的民族"的杂糅性、现代伦理规范对道德责任的淡化,都使人类社会大规模他者化甚至屠杀异质文化群体成为可能。吉普赛民族与犹太民族具有相同的境遇和命运。二战期间,赫林卡大规模抓捕、屠杀吉普赛人,不断颁布限制吉普赛人活动的律令,"只允许我们一天中在城市和村镇逗留两个小时"(《佐利姑娘》33),"我们要为每样乐器申请许可证"(35)。这些规

第二章　跨越历史与虚构的流散历史

定不但限定了吉普赛人的自由,还切断他们演奏乐器挣钱谋生的途径,从根本上切断了他们口头传承文化的可能。在孔卡的母亲惨遭赫林卡拔下长指甲、串成链子戴在脖子上的伤害之后,外公和其他族人终于团结起来,唱起国际歌,积极地投身俄国共产党的革命事业。战争结束后,俄国人解放了吉普赛人,历史进入标榜人人平等、相互尊重的"交融"阶段。特纳认为在阈限阶段,参与者基于普遍的人性和平等,而不是社会等级制度,形成友好、真诚、温暖的"交融"社会,但也强调这种世界主义的理想状态具有自发性、即时性与具体性的特点,暂时的交融如果没有经济基础的支持会再度演化成集权统治,社会结构中的权力关系也会发生相应变化。所以,新社会以"吉普赛血统的公民,我们同舟共济吧"等各种口号营造的大同理想只是政权自证优越性的宣传手段,不过是暂时的乌托邦幻景。社会结构中各方力量之间有一个动态平衡的过程,严重失衡会引发革命,相对平衡会带来短暂交融,人类历史即在交融与结构的交替更迭中螺旋式发展。这也就解释了为何吉普赛民族在二战中会和俄国联合对抗法西斯暴政,在革命胜利后会暂时获得平等的权利和尊严,在新国家日益集权时期却难逃再次被他者化和同化的命运,印证了特纳的观点,"无论个人还是群体,社会生活都是一种辩证的过程,这个过程包括不断更迭的高潮、低谷的经验,交融与结构,同质性与差异化,平等与不平等"(Turner, Comments 97)。

佐利的一生可谓其建构多重文化身份并不断被他者化的过程。在流动的地理空间中,她的个人身份不断变化,从吉普赛女人、无产阶级诗人到终身污秽的放逐者、替罪羊,充分体现身份的多样性、即时性、复杂性以及各种社会空间对身份的建构作用。经历家人被赫林卡驱赶沉入湖底的创伤后,佐利与祖父一路逃亡,被迫沉默,刻骨铭心地感受到二战期间自己族人被当作野兽追捕、发泄仇恨的他性。在另一支吉普赛队伍里她不断做着剪头发、识字、去上学等与传统格格不入的事情。她很喜欢上学但同学以折磨她、取笑她为乐,老师要求她每天洗完澡再来学校,这些人时刻提醒佐利与其他人的"差异";营地长者同样不满她接受外族人的正规教育,甚至动手打了祖父,外号"大麦刀"的女人也掌掴、嘲笑佐利。"大麦刀"和老师都是"共同体的纯洁性的看护者"(鲍曼,《生活在碎片之中》324),都在强调自己族群的"同一性"(sameness),排斥"差异性"(difference),而佐利从小就叛逆、开放、灵活,"将个人意志最大化,将既定身份最小化"(Hollinger xvii)。她通过平日的观察,结合生活经验,发挥个人能动性,积极协调矛盾:将同学投来的鸟蛋,送给营地女人们涂指甲,"大麦刀"立刻转变了对她上学的态度;学唱传统的罗姆歌曲,并把对赫林卡的控诉编成歌词唱出来。营地长者基于"这样可以了解外面的动态……有一天我们会用这个为我们服务"(《佐利姑娘》31)的目的,默许佐利上学,从而物化、工具化了佐利。佐利成为介于罗姆文化与外族文化之间的"阈限人",先是被赫林卡定义为种族他者,被追杀、被测量身体特征,又在本民族内部被定义为文化他者和女性他者。读书写字使佐利成为罗姆文化的异类,而想要一直读书写字,她不得不牺牲自己的婚姻,14岁时听从外公的安排,嫁给了年迈的竖琴师彼得,因为"只有彼得可以让我继续握笔,因为难得有谁会让老婆写字"(同上 42)。在罗姆文化的社会组织、家庭生活中,男性长者拥有绝对权力,女性地位低下。即便没有读写能力的牵绊,女孩"嫁给谁,无非是为了长者满意"(40);夫妻之间也是不平等的,佐利好友孔卡不断遭受丈夫家暴,"孔卡添了新伤,从眼角一直划到颈背,还掉了一颗上牙……我吃惊她哪来的勇气这么过日子"(86)。种族他者、文化他者、女性他者构筑了佐利多重他者的身份,从积极方面看,她将成为促进不同文化交流的使者,成为从吉普赛民族内部用文字记录本民族文化的阈限人;而从消极方面看,一旦社会发生变革,她将被各方排斥,成为浸染他者文化的不洁之人。

革命成功后,佐利作为东方他者的代表,成为权力博弈、文化同化政策的牺牲品。俄国人先是浪漫化吉普赛人的生活方式,要求

"给我们讲讲森林"(46)。之后,左翼诗人、《信条》杂志主编斯恩特兰斯基激进地要将她打造成有文化的无产阶级诗人,"想象一下,要是我们能把他们扶持起来。有文化的无产阶级。人们读吉普赛文学……机会来了,我们可以扭转现状,吸收他们。我们将是最先重视他们的人……"(65)正如学者所说:"由于他者的绝对他异性和外在性,任何对其进行定位和定义的企图都是在对他者的内在他异性进行驯化或'殖民化'"(张剑 120),斯恩特兰斯基的改造计划不过是收编、同化吉普赛文化的殖民工程。他让助手斯旺用现代录音设备录下佐利的歌,整理成诗,经过长者的同意予以出版。佐利被封为社会制度优越性的政治代表,被印上海报,成为被众人凝视的他者,在公共空间大肆宣传、定义、评判,"画的,而不是照片,稍稍理想化了,弱视换成了职业妇女的炯炯凝视,穿的是束腰灰外衣。吉普赛血统的公民,我们同舟共济吧……她是捷克斯洛伐克的新女性,从边缘被推出来……"(76)提高知名度确实带来了短暂的"交融","许可证更好拿了,宪兵们不再追着他们要证件……瓦什科……走进加尔顿酒店,就为听行李工叫他同志……"(同上)佐利被带到文化礼堂为政府官员和吉普赛人表演诗歌朗诵,营造玛丽·普拉特(Mary Pratt)意义上的"接触地带"(contact zone)。"接触地带"本意是指"殖民遭遇的空间","在这一空间中,来自不同地域与历史的人们彼此接触,并建立持续的关系,这些关系通常都包含着压迫、种族不平等以及难以应付的冲突"(Pratt 6);而后殖民语境将此概念扩大,强调遭遇中的互动关系而非等级关系,认为互动促进文化杂糅,有利于多元文化社会的形成。在文化礼堂这一"接触地带",佐利处于两种文化之间的阈限空间,平衡着双方微妙的权力关系。官员和本地人到场时,吉普赛人觉着外族人来捧场是件"得意的事情"(《佐利姑娘》75),主动让座。其中两个细节值得玩味,一是"似乎官员们接到命令,需要露个脸儿,来表示对接纳吉普赛人政策的支持"(同上),那么,主流文化是否真诚欣赏、真心接受吉普赛文化就成了问题;二是,佐利不习惯拔高嗓子、朗诵整理成诗的歌词,"陡然间这首新出壳的抒情诗歪歪扭扭起来,而她怎么也扳不回正轨"(《佐利姑娘》75)。失落中,她抽烟、发抖、想回家。之后,她用四天时间跑遍定居区"为他们唱、而不是朗诵,这正是他们要的"(同上)。显然,佐利的歌唱已被斯恩特兰斯基改造得面目全非,不仅佐利有文化错位的焦虑感,吉普赛人也无法完全接受。佐利以诗人的身份频繁出现在民族剧院、文化部、文学讨论会、研究院、印刷厂,吉普赛人感到前所未有的尊重与自豪,但国家旋即出台法令,"所有的音乐家都得有许可证,申请者必须会填表"(64)。佐利所在的吉普赛部落靠音乐为生,没有读写能力。虽然经过协商,佐利帮大家填了表,在族群中树立了威信,但可以看出当权力机构施加的律令会瞬息之间改变俄国人和吉普赛人之间的关系,"在他们眼里吉普赛人是整个机械的零件之一"(95)。而吉普赛内部也出现了分化,一些吉普赛长者开始抱怨佐利太外族化。几次孤立事件以及1956年匈牙利事件发生之后,整个国家的情势急转直下,"新一轮审讯在捷克斯洛伐克横扫而过……人独揽的权力越大,就越是学着藐视赋予他们权力的过程……这个国家变了,处处酸腐气,已陷入颓势"(90)。吉普赛民族又被打入文化他者的边缘境地。报纸上说,吉普赛人"应该与原始主义的困顿一刀两断"(83),为了吉普赛人的利益,《74号法规》被强制推行,流浪的吉普赛人被强制安顿在定居点。斯特兰斯基被迫害致死,斯旺学会了明哲保身,佐利被政府用作推行定居政策的工具,"她证明了政策有理有据"(101)。尽管佐利努力说服官员们不要试图改变吉普赛人的生活方式,央求斯旺别再出版她的诗集,但是,正如学者在论述大屠杀得以发生的条件时所说,"现代性文化观念和社会组织安排让逃避和游离道德责任成为可能"(许小委90),官员们、斯旺与国家律令同谋,背叛了佐利,使她成为吉普赛人遭受暴力毁烧篷车、强制定居政策的替罪羊。最终,她因出卖罗姆事务的罪名被判"终身污秽"(《佐利姑娘》108)。玛丽·道格拉斯(Mary

Douglas)曾说:"对于那些不能明确地归入传统标准或传统类别的事物,或是处于'不同类别的界限'的中间地带的事物,几乎世界上所有的地方都会将其视为'有污染性'和'有危险性'。"(Douglas 109)横跨两种文化的佐利在审判后陷入不洁、危险、不复存在的永久阈限状态。对于吉普赛民族来说,她"脱离普通的认知等级分类……既不在这儿,也不在那儿……在他们世俗的结构语境中,他们在一定意义上对于这个世界已经死去了"(Turner, "Variations" 37)。

"流亡被当作一种仪式"(Van Gennep 196),审判后佐利的流亡经历成为她褪去过去印记、建构世界公民身份的"成长仪式"。正如特纳所说:"如果阈限性被认为是从正常社会模式中抽出的一段时空,那么这段时空将被看作对其所在文化的核心价值和原理进行审视的一个阶段"(Turner, Process 167),佐利被流放的阈限经历是她不断反思社会体制问题、觉醒自我意识的成长过程。路上,她一度产生幻觉,"我怎么会跨过一具尸体?……尸体俯卧在路面上,摊开四肢,黑乎乎的"(《佐利姑娘》112),那尸体隐喻过去的佐利,旧"我"死去,新"我"有待重生,"生命危机的阈限成为救赎的道路"(Turner, Structure 201)。她烧毁斯旺的印刷厂,谴责自己把声音卖给了权力。流亡中,大自然、陌生人的善意激励她在困境中前行:给她食物的农夫母子、带她过隧道的一些司机让她体会到世界上的善良和温暖。跨越俄国和匈牙利边境时,"她暗自吃惊,怎么如此轻松就从一地穿越到另一地""忽然想到,人们像夸大仇恨一样夸大边境的威力,因为若不如此,这两样东西便荡然无存了"(156)。跨国实践使她对边界的人为建构性有了全新的认识,暗示跨国、跨文化交流并非人类设想的那么困难,正是民族本质主义思想、现代国家之间的各种法令、政府之间的军事管控在不断强化人们心中无形的边界。然而,边境也是一种"接触地带",充满了不同国家、民族文化碰撞、杂糅的可能,预示一种新的社会文化样态。佐利在意大利边境遇到一个根本不会盘问她身份的男人恩里克,佐利问他:"怎么不围绕我是吉普赛人问点啥?"他回复:"怎么没有围绕我不是吉普赛人提问呢?"佐利感慨:"这可能是我听到的最美妙的回答了"(《佐利姑娘》212),从此安定下来。这个抛弃上层生活、具有吉普赛灵魂的恩里克正是麦凯恩所推崇的"别处的公民",他生活在多国交界处,不言来历,做着为山区送药送物资的平凡工作。这些局外人不拘囿于民族认同、文化成见,"四海为家,并不忘乡,因为他们的家在别处……"(Cusatis 199)两人心灵契合的平静生活使佐利逐渐能够勇敢地面对过去,通过回忆、写信的方式梳理自己的一生。正如阿斯曼所说:"一个生平是由客观上能够矫正的生活数据组成,而一个生活历程却是以被阐释的回忆为基础的,这些回忆合在一起成为一个可回忆和可讲述的形象。这样的塑造我们称之为意义:它是活生生的身份认同的脊梁。"(阿斯曼,《回忆空间》293)小说中佐利以第一人称叙事的两章即她42年后首次执笔写给女儿的书信,她终于有勇气回顾自己的遭遇,通过"创伤记忆"来"重塑身份"的"意义"(Bhopal & Myers 6)。

　　小说第一章、第五章、最后一章以2003年记者深入吉普赛营地采访并参加巴黎罗姆学术会议为主要内容。即使到了21世纪,吉普赛营地仍然破败、贫穷、混乱而危险。"一片腐败的风景渐渐复现:河湾处,一只只水桶底朝天,杂草丛里有一辆散架的童车,汽油桶裂出一条枯了的铁锈舌,一具冰箱的残骸躺在刺灌木中。"(《佐利姑娘》1)"脚底下尽是碎木头、盛粥罐。糖棒子和玻璃碎片。一只动物的尸骨烂在泥里。他瞥见屋顶挂着吊床,婴儿睡在上面,四周苍蝇乱飞。"(3)艾米丽·奥利(Emily Orley)曾指出,所有景观都具有阈限性,联结过去与现在,承载着记忆与情感(Orley 37)。以上三章所呈现的破败景观,旨在强调现在是过去影响下的现在,是过去与现在融合的阈限景观,从而凸显吉普赛民族从过去到现在都未曾改变的政治地位、生存状态,甚至暗示未来也不会有根本性的改观。更可怕的是,生活其间的吉普赛人如今仍动辄"卷走"记者的钱、相机、汽车

116

零件,挟持并敲诈他,而记者面对吉普赛男人的漠视,会奇怪"他们怎么不询问? 也许他们把他当成了警察、社会服务人员、假释审查官或者其他什么政府公派的蠢货"(3),甚至不时揣测,"二三十岁的男青年不多——可能在监狱"(164)。在采访过程中,"他们纷纷提起刁钻的市长,腐败的官员,津贴和救济金……还有禁止他们进酒馆的事……他们知道记者就想听这些。他寻思着,吉普赛人也掌握了访谈剪辑……那些烂熟的词一股脑儿倒出来——种族主义,种族融合,学校教育,罗姆人权,种族歧视……"(7)可以看出,西方文化对吉普赛人的刻板印象仍在小说中不断重复与强化——偷盗、不洁、撒谎,"吉普赛骗子滚回家"(169),这些印象甚至已经内化到吉普赛民族文化之中,他们已经习惯各类社会工作者的调查,深谙记者采访的套路和想听到的内容,"社会思潮总是热衷于复述权力持有者讲述的或仅仅想象的故事(或者更确切说,是让权力持有者单调的喧嚷变成有趣的故事和道德传说)"(鲍曼,《生活在碎片之中》322)。正如伊恩·汉考克(Ian Hancock)所说:

> 在生活中并没见过吉普赛人的人们却能够相当详细地描述他们认知中吉普赛人的样子和生活方式。他们脑中的意象,有点负面、有点浪漫却完全不准确,是对西方传统中已经体制化的罗马身份回应的结果,(这种不准确的意象)甚至成为吉普赛人文化传统的一部分。(Hancock 197)

西方社会对吉普赛民族的认知基于对文化他者的东方主义想象,"完全不准确"却根深蒂固、流传甚广,而吉普赛民族内部他者自我的异己性也在不断扩大,一定程度上与西方他者化策略形成共谋,负面地塑造了自己的民族文化,这种情况至今尤甚。尽管麦凯恩深知少数民族被他者化的策略、后果和不一样的现实,小说的叙述者却仍在强化西方认知中的吉普赛人形象,甚至不惜以自然主义的笔墨细致刻画,如何解释作者在采访中为吉普赛人正名而叙述者仍在丑化吉普赛人的悖论呢?或许麦凯恩在创作的过程中不自觉地受到西方认知模式的影响,或许他希望通过叙述者放大"东方化想象",引发读者对吉普赛人真实生存境况的关注,抑或是作者客观揭露了吉普赛民族过去以及当下的问题,既没有夸大,也没有粉饰,采访内容并不能全面反映麦凯恩对吉普赛民族的态度。小说以2003年佐利受邀参加女儿在巴黎筹办的罗姆文化学术会议结束,探讨了吉普赛民族在当今世界的尴尬地位。佐利一心向往的自由之都巴黎,在新世纪仍然盛行各种歧视、驱逐吉普赛人的社会风气:酒店拒绝接待吉普赛人,会务方在修改会议名称、起诉无果的情况下,多付费用才得以让吉普赛学者入住。学术大会上,关于大屠杀、罗姆记忆和想象的报告引起学者的极大关注和讨论热情,佐利女儿作为筹办者和主持人甚至骄傲地想:"我们注定处于边缘的日子要结束了!"(《佐利姑娘》249)而在现实世界里,巴黎郊区的吉普赛贫民仍生活在水深火热之中。只有佐利能看透,表面上让吉普赛人自由发声的学术活动不过是国家意识形态操控下的表演,不过是无力改变现实境况、无法根本解决问题的形而上的空洞游戏。尽管意识到这一点,她还是在小说结尾处,选择和着乐手的弹奏,唱出自己民族的声音,对引言部分"沉默,你死。说话,你也死。那么说出来再死吧"做出最好的诠释,永不放弃自己民主发声的权利。历经42年的蜕变,佐利已磨炼出自信、独立的文化斗士的强大内心。

《佐利姑娘》通过导言、多重叙述声音、改写历史人物命运的叙事手法,开掘历史尘封下的流亡艺术家的坎坷一生,不仅阐释了特殊时代各方力量对人类边缘群体的生存境况与身份建构的深刻影响,个体在社会空间中的局限性与能动性,社会结构与交融相互作用、螺旋发展的历史规律,更突出了麦凯恩对于人类共同流散经历的关注以及对于他者群体民主发声权利和社会正义、责任的吁求,形成为历史人物正名、代流散民族发声的交融艺术!

第三节 《飞越大西洋》中的阈限性历史事件

《飞越大西洋》是麦凯恩 2013 年的作品,鉴于其"宏大的历史背景(横跨两个大陆、三个世纪)"、历史与虚构故事穿插并置、"公共事件和私人感情"(爱玛·多诺霍评论)相互纠缠的叙事特点,以及作者在引言中明确表达小说旨在探讨多维历史、无名者发声的问题,故将其纳入跨越历史与虚构边界的第二章来讨论。爱尔兰历史小说普遍具有"讽古"或"立足边缘回视爱尔兰重大历史事件"的特点(Patten 263),麦凯恩的这部历史小说在看似精确还原飞越大西洋、道格拉斯到访爱尔兰、北爱和平进程三大事件的过程中表达了他对爱尔兰历史上具有重要转折意义的阈限性历史事件的思考,又以女性流亡者的边缘视角勾连以上三大事件,丰富历史人物的"多重纹理",形成深度反思大写历史、凸显小写历史、高举跨越时空的世界主义联结的交融艺术。本节将集中剖析该小说再现阈限性历史事件和虚构女性流亡史的创作意图。

《飞越大西洋》(简称《飞越》)建构了介于真实与虚构、历史与想象、过去与现在的阈限性叙事空间。小说由作者引言、2012 年汉娜的生活、三大历史事件构成的第一部分、四代女性流亡史形成的第二部分、2011 年汉娜生活的第三部分以及致谢构成。引言为爱德华多·加莱雅诺的"历史不是哑巴。无论他们如何占有、破坏、篡改,人类历史拒绝缄口。纵使不闻不问,置之不理,过去的时光仍持续在今日的时光内部滴答作响"(《飞越》1)。正如阿斯曼所说:

> 在时间上离我们越来越远的过去,并不能全部归入职业历史学家的照管之下,它会以争执不已的要求和义务的形式出现,继续对当下施加压力。单数的历史这一抽象的

综合命题如今受到许多不同的和部分相互矛盾的记忆的挑战,这些记忆都想要行使获得社会认可的权力。没有人能够否认,这些携带着自身体验和要求的记忆已经成为当今文化中一个充满活力的部分。(《回忆空间》7)

历史之流中某一时间点的多维、共时空间中会有不计其数的事件在发生,会有无数当事人在同时经历。大写历史不过是官方、胜者、强者从自身利益出发选择性整理、修改出来的一种"真相",这种真相无法摆脱众多历史见证者的悠悠之口,过去势不可挡地影响当下,形成过去与现在跨界交融的阈限时空。引言预示了小说要处理的主题:多元历史及其对当下生活的影响。致谢以"历史里没有真正的无名氏,在故事中更是没有"(《飞越》286)开头,突出人人都参与了历史进程、人人都有讲故事的民主权利,而正史中不存在的无名氏的故事可能更接近真实,可能会填补过去与大写历史之间的空白。该小说即旨在探讨"何谓真实"的问题,试图弥合"历史与想象之间的鸿沟,无名氏与政治人物或权贵之间的鸿沟"(张芸 109)。

小说的第一部分共三章,近乎真实地还原了爱尔兰与美洲之间的三大历史事件:1919 年两名飞行员驾机横渡大西洋;1845—1846 年黑人道格拉斯到爱尔兰为黑奴解放运动演讲募捐;1998 年美国参议员米歇尔往返大西洋、积极推进北爱和平进程,最终促成《友好星期五协议》的签订。埃德蒙·戈登(Edmund Gordon)在《伦敦书评》中说到这本书的"前半部分"只是"北美和爱尔兰之间历史旅行的精选集",充满了"英雄式的咆哮和哀伤的惊叹""像普通的好莱坞纪录片一样处理其主题"。该评价引发思考:为什么麦凯恩要事无巨细地精确还原这三大历史事件呢?甚至拿着书稿找米歇尔核实他当年的着装细节?细读全篇,匠心方现。极为真实的历史事件里暗含着第一遍阅读时难以分辨出来的虚构人物和情节,需要在后续阅读中不断推理、甄别出来,而这些蛛丝马迹将在第二部分织就一部完整的女性流亡史。读毕,读者会后知后觉地发现貌似完全真实的第一部分不过是亦真亦幻的阈限性叙事空间。此外,三大事件分别指代爱尔兰历史上的独立战争、大饥荒、北爱和平进程这三件具有重大转折意义的阈限性历史事件,为第二部分虚构的爱尔兰流亡家族四代女性的故事搭建起时代背景的框架坐标,有种在宏大历史中挖掘小人物细腻生活的现实感,契合特纳将个人阈限体验置于具体、实在的阈限时空加以考察的逻辑理路。第一部分时间分布凌乱:1919→1845→1998,以后现代的游戏态度打断传统的历史线性叙事,而第二部分通过某个细小的历史瞬间插入三大历史事件,构成历史与虚构相互交织、浑然一体的叙事效果。最重要的是,小说旨在通过跨越大西洋的三大真实历史事件、血脉相承的家族故事来具象演绎人类社会"联结与沟通"的世界主义主题,而历史上真实存在的跨国实践和跨国友谊正是世界主义愿景得以实现的现实佐证。故而,戈登的批评未免失之偏颇。评论家莫林·科里根(Molin Corrigan)在美国国家公共电台广播"新书速递"中的评价似乎更为中肯,"《转吧,这伟大的世界》以高空行走摄人心魄,《飞越大西洋》延续了标新立异、艺高胆大的风格,将读者带到惊险刺激的飞越大西洋的旅程之中"。麦凯恩又一次在无限广阔的历史时空中将爱尔兰的流散主题、人类最顽强的生命活力淬炼成充满诗意和希望的动人故事。

  1919年飞越大西洋的人类壮举不仅标志着两位士兵的阈限重生,更在象征意义上通过爱尔兰和美洲的地理连接预示人类超越时空边界、建立世界主义联结与沟通的可能性,具象演绎了"跨越边界"的阈限概念和交融主题。第一次世界大战后,"欧洲变成一座堆满尸骨的熔炉"(《飞越》3),"世界变小"(7),经历一战创伤的大英帝国成员阿尔科克和布朗"需要从头再来。抹消记忆,创造一个崭新的时刻,原始,富有活力,摒除战争……"(5)于是,两人决定将驾驶改装过的维克斯·维梅轰炸机飞越大西洋作为实现阈限重生的"过渡仪式"。记者艾米丽评价:"这是人类征服战争的一次胜利,是耐力击败记忆力的凯歌。"(20)艾米丽的女儿洛蒂认为:"飞行的意义,即是挣脱自我。这个飞翔的理由,足矣。"(27)飞机成功降落时,机头扎"在土里的样子好像某座新世界的史前支石墓"(32),而布朗扔掉拐杖,忍着"灼痛"(《飞越》32)落地,成为"一座活生生的支石墓"(33)。支石墓成为挥别战争阴霾、迎接新生活的象征符号。虽然爱尔兰这片土地饱受战争摧残,"有一场战争正在进行中,他明白。可在爱尔兰,总有这样那样的战争在进行中,不是吗?永远不清楚该相信谁或什么"(同上)。当他"举起那一小袋信,敬礼""拿掉了飞机里的战争因子"(同上)时,英国士兵、做弥撒的人们顶着蒙蒙细雨都来了。即便是好战的爱尔兰民族,在布朗举起信件的一刹那,无论士兵还是平民都顿悟了"联结与沟通"的含义。以上诸多细节暗示了飞越大西洋的时代背景:第一次世界大战爆发,日不落帝国的霸业出现拐点,1916年的复活节起义开启英国和爱尔兰的分离进程,"爱尔兰独立战争"全面爆发。阿尔科克和布朗着陆的时间正是爱尔兰独立战争时期,自此,爱尔兰努力挣脱与英国长久以来的不平等关系,不再是表面上与英国联合、实际上饱受英国剥削的殖民地。1922年爱尔兰自由邦诞生,1949年英国官方承认爱尔兰独立。故而,飞越大西洋对于个人而言标志着阿尔科克和布朗的阈限重生,对于民族而言预示着爱尔兰独立发展的前景,对于世界而言标志着跨国实践能力的巨大提升以及全人类将被卷入时空压缩、紧密联系的全球化时代,在象征意义上表征人类建立联结与沟通的世界主义交融愿景。

  1949年爱尔兰共和国独立,而英格兰与爱尔兰之间的矛盾并未根除,演化为尖锐的北爱政治冲突问题。历史上,英格兰在爱尔兰实行新教统治的殖民政策,1922年进一步对爱尔兰"分而治之",将北方六郡纳入帝国版图,从而埋下旷日持久的宗派纷争。保皇派新教徒和联合派天主教徒的对抗、爱尔兰共和军发动的恐怖袭击,使北爱冲突成为冷战时期国际上最活跃的暴力活动。"武力冲突所导致的

第二章 跨越历史与虚构的流散历史

最终结局是暴力和反暴力的恶性循环"(萨克 56),部分爱尔兰激进分子对英国的暴力攻击和英国人当初对爱尔兰人的殖民统治一样,都在人为地强化宗派、民族、国家之间的边界,爱尔兰成为不同派别固守各自边界的致命区域,跨越边界几乎不可能。正如爱尔兰戏剧《翻译》中梅尔所说:"噢,上帝啊,跨过那条壕沟差点让我摔死。"(Friel 2508)北爱冲突不可避免地严重拖累了英国及爱尔兰共和国的经济发展和人民生活,平民伤亡加重了这个民族的苦难与人员流失。如何解决北爱冲突成为两个国家以及国际有识之士忧心思索的问题。改变本质主义认知、主张多元文化杂糅的"跨越"理念是麦凯恩、"户外日戏剧"等艺术家们积极设想的解决北爱冲突的理想方案。麦凯恩不仅再现跨越宗派、民族边界的爱尔兰新身份,之后更是将其拓展到跨越阶级、种族、社会空间等各种边界的世界主义交融主题,将"跨越边界"的精神在世界范围发扬光大。

《飞越大西洋》第一部分第 2 节聚焦爱尔兰大饥荒这一萌发爱尔兰民族主义斗争的诱因事件,直面爱尔兰历史上的集体创伤。美国废奴领袖德里克·道格拉斯到爱尔兰寻求对美国废奴运动的支持,得以亲见热心、慷慨的上层社会为他寻求自由、民权的演讲鼓掌、出钱,却无视发生在身边的爱尔兰大饥荒。街道上衣衫褴褛、瘦骨嶙峋的穷人成群结队地讨钱、刨地、吃树皮,饱受饥荒和瘟疫之苦,这个"寒冷、灰沉沉的国家……到处民不聊生"(《飞越》48),"连鸟儿似乎也从树里发出凄厉的惨叫"(64)。从都柏林到科克市的路上,道格拉斯震惊于爱尔兰乡村无序、贫穷、死亡的景象,虽有刺痛、不安和反思,"为什么爱尔兰人被剥夺了说他们自己语言的权力?为穷人说话的人在哪里?"(63)却在一位走投无路的母亲恳求他们救助垂死的婴儿时,沉默、无为。最终,一切正义、自由的口号仅停留在废奴运动的宣讲上,道格拉斯没有向爱尔兰既得利益者抗议,没有替爱尔兰的穷苦民众发声。爱尔兰底层民众虽是自由民,却在遭遇饥荒时没有最基本的生存权,对自己的土地和土地上种出的粮食没有所有权,在公共社会空间没有发声的权利,可以说是平等联合名义下实实在在的奴隶。英国历史学家希尔曾说:"与被当作奴隶贩卖的黑人一样,爱尔兰是保证大不列颠取得世界霸权的那个体制的最大受害者。"(布罗代尔 426)"爱尔兰人就是欧洲的黑人。"(Doyle 9)传统意义上的"黑色大西洋"(Black Atlantic)和"绿色大西洋"(Green Atlantic)具有相似特征:黑人被殖民者从非洲运往美洲,爱尔兰人因饥荒、残酷的殖民政策流亡美洲,他们都遭受濒死的流亡经历,都是无声、无权的受害者,而道格拉斯倡导的基于人性的自由、正义、平等的废奴运动却将爱尔兰贫民排除出去,暴露了英雄式历史人物的局限性。正如麦凯恩所说:"大多数事物具有多重纹理,模棱两可"(张芸 116),而他重写历史正是为了凸显道格拉斯身上的多面性、矛盾性、模糊性,从而还原一个真实而复杂的历史人物,颠覆大写历史的单一维度。

同时,这段历史再现也揭示了爱尔兰苦难历史的成因以及英格兰逃避不掉的历史责任。利益一贯是英国立国、外交之本。历史上将黑人贩卖到美洲大陆当奴隶的始作俑者是英国;美国独立战争后打着人权的旗号,支持道格拉斯废奴运动的也是英国;大饥荒时期无视爱尔兰底层人民死活、将物资向外输出的联合执政者还是英国。英国"贵族"听道格拉斯演讲、募捐、义卖、汇钱,不断操演着人权卫士的道德身份,却公开指责"爱尔兰天天闹饥荒。这是一个喜欢受伤的国家。爱尔兰人把炭火堆到自己头上。他们没能力灭火。他们依赖于别人,始终如此。他们没有自力更生的观念。他们着了火,然后把空的水桶往自己身上倾倒。历来都是这样"(《飞越》63),"对于饥荒,他们无能为力"(68),而事实却是"沿河排满了"运送各种食物的"驳船"(76),"地里有足够养活爱尔兰三四倍人口的粮食……这些粮食正漂洋过海被运往印度、中国、西印度群岛"(77)。尚有同情心的特权阶层成员伊莎贝尔帮助女仆莉莉远走美国,努力找寻行将夭折的孩子,却囿于所谓的"法律、海关和所有权……商业联盟"

(《飞越》77)等原因,并不准备动用家里堆满仓库的食物。道格拉斯认为这是特权阶级的伤痛,最终两人"眼睁睁地看着,保持沉默"(76),什么也没做。也许资本主义经济发展的规律和法律束缚了他们救助难民的行动,但英爱富裕阶层呼求真理正义、却对贫民施以小惠或坐视不管的做法是他们推卸根本责任、维护既得利益的道德伪装。小说将这些自相矛盾的思维和做法并置,形成对英国统治者及其殖民政策的辛辣讽刺。

小说对奥康纳尔的讽刺以及道格拉斯道德困境的分析揭示了英格兰与爱尔兰之间错综复杂的关系,从民族文化之根上剖析爱尔兰身份的杂糅性、阈限性。"最忠诚的爱尔兰之子""伟大的解放者"(36)奥康奈尔高喊"取消联合是爱尔兰的权力,是上帝的旨意;无论我们转向何方,英格兰已把我们民族变成奴隶;使用武力不是我们的目的!"(55)演讲过程中听众诘问:"那么英格兰呢?他不谴责英格兰吗?难道英格兰不就是奴隶主吗?这儿没有雇佣式的奴隶制度吗?没有经济压迫的锁链吗?还有每个爱尔兰人乐于踏上的以逃离英格兰暴政的地下铁道网呢?"(57)警察很快使诘问的人安静下来,但这个诘问尖锐地揭露英格兰罪孽深重的历史渊薮,暴露了奥康纳尔和道格拉斯有些沽名钓誉、避重就轻的政治态度。激越的演讲确实能够唤醒受苦民众的觉悟,但强调不用暴力手段解决当前紧迫的问题,体现了民族斗士左右逢源的矛盾立场,所说的话不过是"漂在水上的垃圾"(56)罢了。另外,道格拉斯的困惑将爱尔兰历史身份的复杂性呈现出来,"政治依旧令他困惑:谁是爱尔兰人,谁是英国人,谁是天主教徒,谁是新教徒,谁拥有土地,谁的孩子泪汪汪地站着,饥肠辘辘,谁的房子烧成了平地,谁的领土属于谁,又是为什么?简单的区分法是,英国人是新教徒,爱尔兰人是天主教徒。一方是统治者,另一方臣服在脚下"(77)。但他无法给韦布、伊莎贝尔进行定位,也无法为了绝对的正义,背叛金主,牺牲废奴事业。其间,奥康奈尔与道格拉斯提到"听闻南部的奴隶主中有许多爱尔兰人"(58)使这一区分变得更为复杂,成为许多学者针对能否在后殖民视野内讨论爱尔兰问题的争议所在。爱尔兰既是英国家门口的殖民地,也在历史上参与了日不落帝国的全球殖民扩张事业,兼具殖民受害者和与英国共谋的殖民者身份。故而,道格拉斯搁置了复杂的爱尔兰问题,主张普世意义的正义事业要在利益之网中寻求平衡,维护自己种族同胞的利益为先。经过"心力交瘁"(《飞越》77)的思考后,他"领悟到,合宜的智慧,其本质是接纳矛盾。对事物复杂性的认识,注定要由对简化的需求来平衡"(同上)。斩断维系美国奴隶制的海外支持是道格拉斯爱尔兰之行最简化的需求,他隐忍地做到了。接纳矛盾、于复杂事物中寻求"平衡"的智慧与摒弃本质主义认知、寻求跨界的交融之道有相通之处,不仅是道格拉斯的处世哲学,也是北爱和平进程得以推进的黄金法则,更是麦凯恩不断构想和演绎的核心主题,正如他在《转吧,这伟大的世界》中所呈现的跨越时空边界、促进文化融合、臻于极致平衡的走钢丝意象及其表征的主题蕴含。

《飞越大西洋》第一部分第3节通过美国参议员乔治·米歇尔作为第三方在北爱和平进程中所做的努力,来演绎如何平衡矛盾重重的政治纷争,实现真正的跨越与交融。米歇尔的情感归宿和政治立场具有明显的阈限性,"他曾听说过一个说法,当一个人知道自己想葬在哪里时也就知道了他来自哪里。如今他知道他的归宿,在悬崖上,面对大海,荒漠山岛……给他一小方俯瞰小海湾的草地……"(97),对陆地与大海的交接地带、临界空间的积极认同,反映他亲近自然、远离社会禁锢的开放性认知,预示了他能在北爱政治冲突中保持公正的中间立场,发挥联结与平衡各方力量的关键作用。"他如何有办法忘掉自己、隐身、让其余每个人感受到自己是重要的一员。他相信人,耐心倾听。这里面没有虚假或算计,那只是他行事的方式,他消失在他们中间。"(95)抛弃个人政治立场与成见,以理解和共识为对话的价值信念,真诚听取各方观点是米歇尔为解决国际争端、地区冲突所树立的行为准则。协议磋商期间,爱尔兰面临历史上最具危险性、毁灭性和建构性、开放性的阈限时期,各方势力在陈列对方暴行的同时,不断制造着新的恐怖事件,形成"一张盘根错节的网""混乱不明又错综复杂的局面"(110)。英国人"骄傲的崛起和衰落。他们想要能够带着一定的尊严而离开……顺应历史转折关头的潮流。而南方的爱尔兰人,处在几乎截然相反的进退两难中,为那片土地被夺取而感到害臊……不确定自己到底想不想要她……"(109)男士们在会议室里为一个标点、一个措辞争论不休,而乔治更希望的是对战争有切肤之痛的母亲们、妻子们来推动会议的进程。"她们从未打过仗,可她们承受着战争的苦难,切肤彻骨"(106),女性被赋予重整被男性践踏的破败不堪的人类历史的期望。最终,在民众"和平的愿望"(141)的推动下,英爱政府签订了和解协议,标志着"爱尔兰在新世纪的转折点"(Savage 20)。北爱和平进程的再现,表达了人类社会通过"理解和共识"(《飞越》131)原则协商国际纷争、解决民族矛盾的可行性,预示了建立联结与沟通的世界主义公民社会的可能性。北爱和解协议的签订不仅仅是国家间、政府间政治协商的结果,更是生活其间的每个个体的努力。正如戴从容所说:"真正构成一个民族的,并非它那所谓的古老血缘、语言或历史,而是在这个政治空间里生活的每个个体。只有每个爱尔兰人的精神获得复苏,爱尔兰民族才会获得坚实的存在"(117),只有每个个体摒弃本质主义的观念,认同流动开放的"后民族身份"(qtd. in Savage 14),世界大家庭才能迎接和平与繁荣的明天。

　　小说第二部分讲述四代女性的流亡经历,形成对第一部分男性主导的大写历史的对照和颠覆。正如麦凯恩在采访中多次指出的:"我更喜欢女性,在感情上,女性更加细密复杂,承受更多痛苦,我更愿意把握女性叙事的声音。"(张芸 105-116)因此,他的每部作品都刻画了不同的女性形象:《歌犬》中以身体为媒介表达爱却不断失去自我的胡安妮塔,《舞者》中努力摆脱丈夫的冷暴力、艰难度日的尤利娅,《转吧,这伟大的世界》中苦中作乐的街头妓女和悲伤无处安放的失孩族母亲,《佐利姑娘》中被多重边缘化的吉普赛流亡诗人等。《飞越大西洋》则洋洋洒洒虚构了一个家族四代女性颠沛流离的遭遇:都柏林女仆莉莉受到道格拉斯演讲的鼓舞,毅然出走美国,儿子在内战阵亡后,嫁给凿冰人,丈夫与儿子遭遇意外后,带着女儿艾米丽打拼出成功的事业;艾米丽在广告部当秘书,被主编利用,成为单身母亲,生下女儿洛蒂,若干年后,母女一起采访、报道了1919年飞越大西洋事件;洛蒂嫁到爱尔兰,母女回访飞行员布朗,拿回当初托布朗捎带但并未寄出的信;洛蒂的女儿汉娜人到中年,在北爱政治冲突中横遭儿子托马斯被射杀湖上、家破人亡的厄运,直到2011年生活无以为继,差点卖掉那封飞越大西洋的航空信,最终汉娜在对信件感兴趣又同情她的一家人的陪伴下,保全了湖边别墅和萧瑟的晚年。第二部分的女性书写颠覆了一系列二元对立中的压制方:以反战母亲、反战妻子的力量推动男性主导的北爱和平进程,以流亡女性的真实与坚毅反衬历史英雄的虚假与懦弱,以女性横跨大西洋的流亡史逆写男性飞越大西洋的壮举,共同体现了小说颠覆、创新、平衡的交融艺术。

基于"爱尔兰经济、社会、文化发展增强的民族自信心"(qtd. in Brewster and Parker 9),麦凯恩如实还原一直以来讳莫如深的爱尔兰大饥荒和北爱冲突问题,不仅给予新时代爱尔兰直面民族创伤、反思民族文化身份的机会,更通过道格拉斯的处事智慧、北爱和谈的成功经验以及飞越大西洋事件的象征意蕴传达人类跨越地域、社会、文化等一切边界,战胜苦难,于矛盾之中寻求平衡,追求宽容和理解的世界主义交融愿景;而女性小人物流亡史的深情再现不仅丰富了大写历史的多重纹理,更让读者感同身受大饥荒的苦痛,牢记历史,憧憬未来,正如爱尔兰总统玛丽·罗宾逊(Mary Robinson)在大饥荒一百五十周年的讲话:

前事不忘后事之师。这是我以前去看望索马里难民时认识到的,也是我最近在坦桑尼亚和刚果难民营里认识到的。就像19世纪40年代的爱尔兰人一样,这些难民营中成千上万的男人、女人和孩子,在大灾难面前毫无还手之力……我们无法回到过去让那个沉默的爱尔兰发出声音,但我们可以把声音借给这些正在受苦的人。"(Robinson,"Cherishing")

共同的受难经历可以联结不同民族、国家,为人类进行跨文化想象、同理心感受提供可能。当爱尔兰民族从历史上的受难者发展为当今世界的主流声音时,总统呼吁爱尔兰民众站在人道主义立场,感同身受世界上那些"沉默""受苦"、流离失所的人并为他们发声,从而缅怀历史,牢记民族文化之根。阿斯曼曾说:"历史的回忆成为集体身份认同的源头……人们一旦学会了去回忆它,就不需要再去重复一遍"(《回忆空间》81),无论大饥荒的纪念仪式还是作家重访过去的历史书写,都旨在通过回忆大饥荒,强化集体身份认同,"创造历史和建立共同体"(同上86),增强民族国家的凝聚力,避免历史重蹈覆辙。

对于一个社会而言,自然灾害、政治动乱、革命战争等都是具有破坏性和建构性的阈限性历史时期,充满了权力、结构、意义的交锋和更迭,人类个体的命运裹挟其中。对特定历史时期中特定历史人物和事件的多维再现突出了阈限时空与人类生命体验之间的互动关系,更突出作者跨越历史与虚构、灵动而反叛的历史拟写的交融艺术。总之,具有广阔时空跨度、纷繁叙事线索、多重历史维度、世界公民意识的这三部历史小说,不仅在内容上将爱尔兰性中的跨国流散主题演绎到对世界历史上其他民族流亡个体、流散群体的审视和思考,更在形式上通过正副文本并置、舞蹈空间化再现、小写历史狂欢化拼贴,构筑跨越大写历史与小写历史、显性历史与隐性历史、官方话语与无名氏话语、个体意识与集体意识的阈限空间,具有特纳颠覆

"占有位置"和"扮演角色"相关话语的交融艺术的修辞效果。导言、致谢、目录等副文本的使用、小历史充当中心意识,多重叙述声音并置为三部小说的共用手法,三者又各有千秋:对于《舞者》的分析突出了颠覆官方历史、传统传记、历史定论的交融艺术;《佐利姑娘》一节重点分析了佐利所处的动荡年代及其被多重他者化的过程;《飞越大西洋》部分较多考察麦凯恩再现美爱跨国实践的意图,审视其憧憬人类跨越一切边界、实现联结与沟通的世界主义愿景。在全球化深度发展、"互联性"不断增强的现代世界,"联结与沟通"的诉求从历史时空中走来,成为当今城市空间深处的渴求和救赎之道。

第三章　跨越中心与边缘的城市空间

　　知识分子认为,现代历史一贯被描绘成悲剧。历史被不可靠性挫败,前景堪忧,我们被鼓励着将现代看作堕落、衰退的时代。但是,尽管现代性揭示了巨大的恐惧,尽管其戏剧性日常场景通常被忽视或摒弃,但仍充满希望。这些场景包括现代性节奏下的隐性历史,这些历史在百货商场、舞厅地面上、超市、剧院以及家庭空间、多数是女性的空间中写就。在其他地方这些节奏同样被铭记,蕴含在被官方屏蔽的、莫名其妙的话语中,这些话语来自诗歌、文学、奴隶的音乐和随后所形成的城市黑人美学中,这种美学是大都市现代经验的中心。尽管在官方记录中无从发声,这些大都市故事已经悄悄破坏了完整统一或同质文化的假想,而且他们的边缘、移居的状态有助于形成总是"居间"(being in between)(Michel de Certeau)的现代艺术。

(Chambers 36)

　　第二章历史小说中的大饥荒、世界大战、冷战、北爱冲突等重大历史事件已预示了现代历史的悲剧性,第三章将进入"通常被忽视或摒弃"的大都市的日常场景,感受"已经悄悄破坏了完整统一或同质文化的假想"的大都市故事,建构"总是'居间'的现代艺术"(Chambers 36)。纽约市是一个接纳各国移民、多元文化共存的全球地方化空间。麦凯恩选择定居在纽约市这座最有"国际感觉""所有城市中的城市"(Lennon 151),而且将其作为城市书写的主要背景,通过空间化的叙事结构再现全球化时代城市定居者的多维体验。福柯曾说:"眼前的时代似乎首先是一个空间的时代。"(qtd. in Jameson 16)列斐伏尔在《空间的生产》(The Production of Space)中指出,"空间既不是'主体'也不是'客体',而是一种社会现实,也就是说,空间是一系列的关系和形式"(Lefebvre 116)。身居国际化大都市越来越成为一种兼具全球性与地方化的空间共存关系的体验,而社会层级空间的差异性生产也赋予城市空间更复杂的层次和内涵。正如克朗所说:"小说包含了对城市更深刻的理解。我们不能仅把它当作描述城市生活的资料而忽略它的启发性,城市不仅是故事发生的场地,对城市地理景观的描述同样表达了作家对社会和生活的认识。"(克朗 66)麦凯恩的纽约三部曲《光明的这一面》《转吧,这伟大的世界》《十三种观看的方式》打破社会空间中心与边缘的边界,通过地铁隧道的城市异质空间、芸芸众生差异性的生活空间、多维视角的越界空间,感同身受每一个边缘个体的境况,揭露人类异化、日常生活殖民化、社会"不公正"(Nagel 114)的现代危机,传达人类通过复归交往理性、重建联结与沟通的共同体来获得救赎的世界主义愿景。

纽约三部曲揭示了现代社会永久阈限性的特质。阈限概念发展至今,已不仅仅是一种积极的更新方式,而更多是指不确定、痛苦、对虚无存在充满恐惧的永久阈限状态。现在社会没有明晰的形式、确定的未来,只存在于不断颠覆传统、求新求变、多元破碎、一味向前、将眼前一切事物改变、加速、消解的运动中(Thomassen 9)。科学、进步、理性、西方线性时间主导的现代历史在遭遇世界大战、大屠杀等人类浩劫之后,将人们抛入现代性悖论与危机的深度反思与困惑之中。正如学者所说:"被'进步'谴责的精神荒芜的现代人类生活于存在主义的永久放逐状态,即类阈限的持续过渡状态""现代主义者有意识地重建崇高的目的感、超越和魔力"(Sparious xi),而后现代主义者选择接纳支离破碎、混乱无序、虚无偶然的世界。虽然人类建立了专业化、理性化、高效运转的现代体制,却难敌宗教、价值理性陨落后的荒芜世界不断涌现出的各种灾难和危机。理性至上的体制与偶然、无序的阈限时空是永久阈限状态的现代社会中难以调和的矛盾。社会学家、人类学家等各路学者对现代性历史前景做出不无悲观的预测,很难想出解决现代性自身悖论的有效方案。哈贝马斯、列维纳斯、吉登斯、鲍曼等人在"对他者负责"、尊重差异、重建人与人之间关系等方面达成某种程度的共识,这共识与特纳言及的将"占有位置""扮演角色"的主流话语除掉、和其他人建立真实或想象关系的交融艺术有相通之处。面对偶然无序的阈限时空、理性僵化的现代体制、同质化的主流社会、内在殖民化的日常生活、悲观恐惧的时代前景,隐藏在现代大都市阈限、边缘、底层处的社会他者、人类他者的"故事""历史""话语""节奏"迸发出联结与沟通彼此、建立救赎共同体的活力和希望,而他者群体的异质化城市体验不仅将进入多元社会的中心地带,更会形成一种复调狂欢、空间化叙事、世界主义思想展演的"居间"的现代交融艺术。

第一节 底层家族的"光明的这一面"

《光明的这一面》(以下也简称《光明》)讲述栖居于纽约地铁隧道的树蛙在回溯挖掘隧道的祖父纳森漫长一生的家族史中建立血缘共同体、获得认同和救赎的故事。因其在粗俗污秽的现实与诗意感受力之间的平衡描写获得评论家的广泛关注和认可,从而奠定麦凯恩在国际文坛的地位。本节将从麦凯恩演绎沟通与救赎主题的叙事空间、纳森生命延续与沟通的城市空间、树蛙寻求救赎的阈限空间三个方面来分析《光明的这一面》中隧道意象的叙事结构、不为人知的城市阈限空间以及生活其中的种族他者的生存境况,传达作者对于边缘人群心系交融、终得救赎的美好希望。

在《光明的这一面》中麦凯恩赋予"他者"讲故事的权利,反映他一贯坚持的社会责任与民主意识。他以"爱尔兰文化他者"的身份亲自调查走访纽约隧道中无家可归者并与他们感同身受,给予他们讲故事的尊严和权利,相信通过讲故事的发声途径可以实现阶级、种族、文化的跨越,在艺术的表征空间实现社会边缘对于中心叙事的逆写。麦凯恩的城市他者书写不仅仅体现在叙述的故事层面,更匠心独运地蕴含在文本的空间结构上。叙述层的空间架构与故事层的主旨紧密联系,从形式上推动主题的升华。

麦凯恩在该小说中颠覆传统的线性时间叙事,大胆尝试空间叙事策略,创造具有"隧道"即视感、服务"交融"主题的空间效果。《叙事中的空间结构类型》("Types of Spatial Structure in Narrative")一文指出,并置的情节线索、回溯和闪回的叙事手法和反复出现的意象等都是中断和破坏时间顺序,取得叙事结构空间性的手段(Mickelson 68-69)。《走向叙事空间理论》("Towards a Theory of Space in Narrative")指出文本空间即文本要表现的空间,受语言、文本时序、视角结构的影响(Zoran 309-335)。《光明的这一面》生动实践了以上空间理念,在叙事结构特点、平行结构式文本的空间形式和反复出现的意象三个方面构成作者挑战线性因果逻辑、双线并置叙事、最终双线"交融"的空间叙事特征。

其一,小说中树蛙栖居隧道的故事与黑人纳森挖掘隧道的故事以交替章节出现,形成并置的两条情节线索,除第1章以过去时叙述,其他章节都以平淡、客观的第三人称远景视角、现在时时态聚焦两个主人公身处隧道的故事,给人带来时空错乱感受的同时引发思考:两人到底什么关系,为什么都在隧道之中却彼此并无交集? 直到第 10 章双线融合,两人关系才逐渐明朗:黑人纳森是 20 世纪初第一代来自南方的隧道挖掘工人,和其他各国移民劳工在极其恶劣的工作条件下挖掘纽约隧道;树蛙是纳森的孙子,一个"反英雄人物"(冯丽霞,《〈女间谍〉反英雄式的另类幽默》53),遭遇两次重大创伤,流浪街头,后栖居于祖父修建的隧道之中。麦凯恩通过这种蒙太奇的拼接方式不仅赋予作品非个人化的电影视觉效果,设置了悬念,引发读者的阅读兴趣,增强了小说的叙述张力和质感,更通过并置过去与现在,突出当下是一种过去影响下的阈限空间。该小说的叙事要素演绎了时空沟通的关系,过去、现在已不再是一个连续性的线性历程,而是在同一空间由一些点和线交织成的一张空间网络,这张网承载着个人的宿命、家族的记忆和社会历史的变迁,传达出个人身份认同终要追根溯源、在家族历史中获得确定性与归属感这一主题思想。

其二,小说的人物肖像与社会画面的处理也体现了空间性的特征,突出阈限时空中的个人体验与社会历史语境。正如学者指出,平行结构式文本中的片段通过主题完成粘合,这种粘合被具体分为两种空间形式:个人肖像和社会画面(Mickelsen 152-153)。麦凯恩在该小说的平行结构中便采用了个人肖像和社会画面这两种空间形式组织叙事要素。在树蛙的情节链中小说采用时间停滞、人物白描的方式,详细记录其生活起居、所思所想,尽现一个都市游荡者"时间、记忆都已扭曲"(Healy 115)的地下阈限经历。而纳森的出场采用电影全景镜头切入的手法,再现 1916 年各国底层移民涌向纽约、挖掘隧道的浩瀚历史社会画面,反映纽约现代化空间生产中挖掘工人的血汗付出及艰苦境遇,正如弗兰纳瑞所说:

  历史叙事聚焦全景化的社群、家族历史画面;当代叙事浓缩于家族幸存者的创伤意识。两条叙事线索涵盖种族、经济、边缘群体、移民、贫穷、异族通婚、涉毒及精神病等社

会话语。(Flannery 60)

麦凯恩将树蛙的内心刻画与纳森劳作的广阔社会画面并置,在呈现个人创伤经历的同时,还原一段化为历史尘埃的现代劳工的英雄史,突出个人在祖辈的奋斗史中汲取力量、疗愈创伤、超越阈限仪式的能动过程。

其三,鹤舞、萤火虫的微光、挖掘的动作、音乐等都是该小说高度聚焦的意象,频繁出现在两条叙述线索之中,不仅以空间叙事形式联结情节要素,更围绕"交融"的蕴含发展深化了主题。鹤舞、鹤的脖子掩在翅膀窝下的意象对树蛙的祖父纳森来说具有"图腾的意义"(Cusatis 83),无论生活多么悲苦,他总能在鹤舞所代表的对家乡的回忆中汲取生活的力量,而鹤舞作为家园空间能指,早已被纳森通过讲故事的形式深深植入树蛙的灵魂,所以鹤舞的场景不断"重复"出现在纳森的情节链中,也时而出现在树蛙的当下意识中,形成了穿越时空的历史共鸣。树蛙被妻子误认为性骚扰的动作——用手去摸女儿的腋窝,就是对祖先这一遗产的一种回溯与确认,具有连贯的象征意义。另一个意象是萤火虫的微光,从第 2 章"红色的烟头……好像成群的萤火虫"(《光明》7),第 4 章隧道竣工时点亮的缅怀逝者的"最美"(54)的蜡烛,到纳森将烛光比作萤火虫,生动地讲给工友欧赖瑞的女儿埃莉诺,到纳森去世后,树蛙坐在摩天大楼上以扔烟头的方式悼念祖父,红色的烟头如萤火虫般飞下,与第 2 章大家扔掉烟头下隧道的场景形成一个循环,有种历史重现、时光停滞的空间幻觉。在通篇的阈限空间、黑暗人生中,萤火虫的微光象征了转瞬即逝的快乐与希望,正如麦凯恩在采访中所说:"光明、希望加深了哀伤;同样,绝望、黑暗、污秽、苦难又强化了光明与希望"(张芸 113),小说正是通过这点微光给予在黑暗中挣扎的边缘人以慰藉和力量。除了这些具象的空间能指,"挖掘"是统摄整部小说的抽象意象,纳森在挖掘隧道的同时不断挖掘他童年的回忆,树蛙在黑暗中不断地挖掘他的家族之根。小说中 S 型隧道最后挖通，不仅标志着树蛙融入家族历史之河获得重生，也揭示了麦凯恩超越时空促进人类积极"交融"的创作理念。另一部小说《转吧，这伟大的世界》通过走钢丝的核心意象也对这一理念进行了完美诠释。此外，音乐也构成了听觉的隐形进程，沃克家族几代人正是通过祖先之歌将一个世纪的家庭记忆紧紧联系在一起。总之，双线结构、个人肖像与社会画面的空间连接形式、反复出现的意象推动情节发展、深化主题意蕴，在打破线性叙述顺序、织就叙事结构时空大网的同时，确立了小说审视世界的方式，为故事层面"交融"主题的发展做好铺垫。

列斐伏尔提出社会空间分为空间实践、空间表征和表征空间。空间实践是指在特定的空间中实践活动发生的方式，是人类对空间的感知。空间表征是由规划师、建筑师和政府官员等构想出来的空间，直接涉及和干预空间的生产，是社会话语霸权的代表。表征空间是生活的空间，是象征和意象的空间，常常与艺术家和作家的创作有关。这三个概念相互关联，相互作用。（Lefebvre 36 - 39）空间从来不是客观、中性的，"空间具有政治性和意识形态性。它实际上是充溢着各种意识形态的产物"（同上 30）。城市空间可以看作由不同阶级、种族、宗教等划分出来的社会空间。《光明的这一面》中地下隧道、地上摩天大楼都是劳工通过空间实践在垂直方向的空间拓展，体现了城市空间的现代性特征，是空间表征的具象演绎，是人类技术理性的表征空间。纳森工作的地下隧道、生活的城市空间、逃往的顶层公寓已不是纯粹的物理空间，而是承载人物思想情感、反映生存处境的表征空间。

黑人纳森作为第一代隧道挖掘工人，既是纽约现代性空间的生产者也是社会层级空间的逃遁者。在高压、闷热、黑暗的封闭空间里，纳森这些劳工用生命挖掘隧道，"一息尚存，挖掘不止"（《光明》9）。他们像遭巨鹰日日啄食的普罗米修斯一样承受着无止境的死亡威胁，机械重复的劳作又如西西弗斯的神话，呈现出一种悲剧英雄的色彩。这是在纽约现代化基础建设中做出重大贡献的底层边缘人群生活的缩影。纽约的地理空间接收黑人移民,而纽约的社会空间排斥黑人。纳森的身份注定他在城市空间中饱受嘲笑、暴打、种族隔离的命运,而混血婚姻更是对种族边界的僭越,为主流社会所不容。当黑人纳森和白人埃莉诺在公共空间一同行走,"陌生人的眼睛会让他深深地低下头""有时他甚至会从自己人那里遭到暴力的怒视"(63),"感觉像要把人撕掉"(100)。纳森用比尔·布鲁尼的歌曲"主啊,我这么卑微,我在低处向上仰望"(101)向妻子埃莉诺解释黑人在纽约社会空间中的底层地位,并通过搬到顶层公寓来逃避恶意的攻击,"好像他要逃到天空中,因为他知道逃离中的埃莉诺才是安全的"(96)。在种族歧视严重的纽约社会,远离众人活动的日常空间,逃到人迹罕至的地下、天上才是沃克家族得以安全生活的出路,空间无不渗透着种族、文化、社会偏见的痕迹。

  社会空间的隔绝并没有淹没纳森顽强的生存欲望,他通过跨种族交往、讲故事、回忆过往等策略实现生命的延续以及家族传统与希望的传承。在黑暗的地下隧道,随时丧命的危险褪去各种族挖掘工人的肤色,还原他们作为人的民主和尊严,形成全国第一个团结的组织(45),促进了纳森与工友建立平等、温暖的"交融"。在他结交的三个种族背景不同的终生挚友中,来自爱尔兰的白人科恩·欧赖瑞像父亲一样拯救他于种族暴行,并安慰他,"儿子,你会没事的"(27)。四人一起开心地劳动、喝酒,遭遇隧道泄漏事件;三人死而复生,欧赖瑞永远"石化"(同上)在河床里。三人一生的友谊,对逝者的缅怀,对欧赖瑞家庭的帮助赋予劳动异化的现代社会以温暖的人性之光。纳森坚持每周去看望欧赖瑞的妻女,通过杂糅历史、神话、记忆的方式向埃莉诺讲述他们挖掘隧道的故事,三人在事故中的重生,她父亲如基督般的爱、他们在隧道中点燃蜡烛庆祝隧道建成的场景,他故乡的鹤舞。法国学者加斯东·巴什拉(Gaston Bachelard)认为:

> 家或家宅作为人类最初的宇宙,通常给人以归属感和安全感,在正常情况下人与家的关系是和谐统一的。在人的一生中,家宅总是排除偶然性,增加连续性。没有家宅,人就成了流离失所的存在。(巴什拉 22)

纳森给埃莉诺讲述的故事将温暖的个人记忆融入家族集体记忆,形成家的情感连接,滋养具有归属感和安全感的精神力量。这也就解释了为何埃莉诺能够冲破种族禁忌决绝地与纳森结婚,然而,婚后的她被隔离于公共空间,不敢在工作场所与混血儿子相认,饱受"内心被殖民化"的痛苦。纳森则一直在用"创造、记忆;通过记忆创造"的故事讲述法来安慰心灵饱受创伤的妻子,其中对佐治亚州家园空间的不断回溯总能带来"短暂的快乐"(《光明》105),带着妻儿回到那里是纳森最大的"梦想"(同上)。

对家园空间的回溯不仅是家族之根传承的方式,更是纳森精神上的避难所,帮助他度过这苦难的一生。妻儿遭受种族暴力致死后,纳森陷入虚无主义的情绪之中,"告诉自己他将后半生捆绑在沙发里""他的身体变成虚无、空洞、茫然的黑暗空间"(176)。悲伤的纳森在精神、身体将要枯竭之时,由于儿媳的鹤舞激活了他对故乡的回忆,重拾生活的希望。家园空间的回溯可视为一种追根溯源的怀旧情绪,纳森怀念儿时母亲"众生平等"的教导,沼泽地成群白鹤单腿亮翅的场景,过去的"时间构成精神家园的空间,需要层次的跃迁和人生境界的升华构成精神家园的内涵"(孙正聿 68)。对故乡佐治亚州的回忆、对年轻时挖掘隧道快乐时光的回忆成为支撑他战胜苦难、创伤,寻找自我价值、继续生活的精神家园,是他黑暗人生中的乌托邦梦想。他甚至在不能自由行动时还经常要孙子(树蛙)带他坐有轨电车穿过他挖掘的第一条隧道,与逝去的欧赖瑞对话。如果说纳森当年离开种族迫害的南方是一种必要,来到纽约的他不会是无根的一代,他是带着根走的,根就在他的生命里。他一生回望故乡,终老却难以回家,最后主动选择死于那条象征尊严和归属的隧道,心满意足,而这条隧道若干年后成为树蛙寻求救赎的阈限空间。

地下隧道迥异于地上中产阶级均质化、同质化的城市空间,是远离任何道德、法律束缚的城市异质空间,不仅是社会边缘人群的栖居之所,更是作家、艺术家大胆想象创作的美学空间。在城市不为人知的黑暗褶皱中深藏着现代都市的秘密,住着各色罪犯、精神病人、妓女、酒鬼和性变态等无家可归的人,处处暗藏着暴力、强奸、毒品甚至死亡等种种危险。这种空间兼具危险性和包容性、破坏性和建构性,生存其中的人或死亡或堕落或重生,呈现出特纳所言及的阈限性特征。

特纳强调阈限性不仅用来确认"居间"阶段,更有助于理解人们对于阈限阶段的反应,包括阈限性对人格塑造、人的主观能动性以及思想和经验戏剧性结合等方面的影响(Bigger 209 - 212)。本小说中,树蛙与社会的疏离、情感的错位是其阈限经验的主要特征,阈限经验使其直面矛盾的自身、社会,从而赋予其打破阈限空间、实现自我救赎的潜在力量。弗兰纳瑞认为树蛙、纳森在隧道中的经历都具有特纳所说的阈限性,但"树蛙的经验迎来了某种形式的'重生',而沃克(纳森)最终只有怀旧的渴望,向往回到'瘴气弥漫的黑暗'之中"(Flannery 93)。可见,树蛙超越了阈限阶段,实现了重生;而纳森则沉沦于黑暗的永久阈限状态,毫无希望。故而,下文将着重分析树蛙超越阈限空间、获得救赎的过程。

树蛙进入黑暗空旷的隧道,一间小屋成为他的蜗居之所,好像回到了母亲的子宫里等待重生。根据范热内普和特纳的描述,仪式的参与者处于社会结构的缝隙之间,他们无名无姓,失去了时间意识,也没有社会地位,依靠感官系统获得必要的知识和经验,努力获取新身份,重新融入社会。树娃遁入地下隧道标志着他主动脱离社会、家庭,进入黑暗、危险、模糊、疏离的阈限空间,成为一无所有的无家可归者。远离社会评价、包容一切的自由空间给树蛙提供了通过平衡训练、回忆过去、重新寻找身份、秩序与意义的私密空间。从树蛙失手没有救起纳森的那刻起,他就陷入"存在感"缺失的执念当中,不断通过伤害身体来确认自己的存在,留存记忆,正如尼采所说:"人们要让一些东西留下烙印,才能把它们留在记忆中。只有不停地疼痛的东西,才能保留在记忆里。"(尼采 295)遁入地下后,他每日进行平衡性的触觉练习,包括一项重要的仪式性活动——"黑暗中的地图绘制"(《光明》31),丈量并记录他所感知的每一寸生活空间,"以防上帝来召唤我""这样他(上帝)就可以循着路线一路找到这里来"(246)。绘制地图是树蛙感知并赋予黑暗地下空间以确定性和意义的空间实践。地下空间的明晰表征,正如规划师或政府官员对地上空间的构想和设计,亦如殖民者对殖民区域的丈量和命名,说明树蛙对自己生存空间的掌控和话语权,证明他寻求秩序与意义的努力,标志着树蛙迈出超越阈限空间、实现救赎的第一步。

树蛙获得救赎的关键在于打破死水般静默、虚无存在、人际疏离和身份错置的阈限空间(Flannery 95)。由于安吉拉"与丹塞斯卡(树蛙的妻子)长得非常相像"(《光明》65),她多少充当了树蛙"成长仪式"的引导者,打破了树蛙四年来重复、平淡的日常生活,刺激他快速恢复记忆、发现自我、明确身份。首先,安吉拉作为言说对象的出现消解了树蛙人际的疏离状态,赋予他正常的理性交往能力。树蛙从最初在广阔空间中自言自语"地下通道的雪"(29)到终于有对话的他者出现,复苏了沟通、交流的强烈欲望,更在他讲述自己故事的过程中不断恢复心智,找到"我是谁"的答案。他甚至幻想安吉拉像圣恩天使一样改变他的生活。在完美的梦中,她站在他普罗米修斯一样时刻疼痛的肝上,在祖父及其工友的指导下挖出里面所有病痛、肮脏的东西,使其痊愈;他们快乐地一起跳舞,一起冲破他的身体,从他的嘴里喷出来,一如祖父纳森在隧道泄漏事件中从河床喷出获得重生一样。这个梦预示着树蛙挣脱死寂的静默状态,迎接人与人之间的交融,迈出阈限重生的关键一步。

树蛙在与安吉拉和其他蜗居者的相处中,逐渐恢复自我意识:"我有我的自尊"(111);如同洗礼般沐浴、洁净自己;与安吉拉深度交流;团结"鼹鼠"们参加法拉第的葬礼;在帕帕·拉夫创作的壁画中寻见"纳森的灵魂"(161),在日记中确认自我身份"回到你归属的地下……"(163)。到第12章,树蛙通过割伤手掌战胜"所有这些虚无""这些懦弱"(221),确认"不再需要平衡(的步伐)"(223)后,迈步跨过轨道,打败厄里德,救出受虐的安吉拉,"感觉这好像是他一生做的第一件事"(225)。存在主义哲学主张,自由选择,重在行动。树蛙通过这次行动终于摆脱了虚无、懦弱以及对平衡的执念,无需再反复证明自己的存在。第14章以树蛙向安吉拉"讲述"对他造成重大创伤的事件为主要内容,期间穿插对安吉拉发出的简短指令。"讲述是在冲突、分裂和异化之后所进行的战胜过去的努力以及共同的分享。"(阿斯曼,《回忆空间》91)这一高密度的回忆、讲述行为标志着树蛙已经敞开封闭、沉痛的心扉,通过向可信赖的人分享、讲述创伤事件,恢复与家族集体记忆的联系,敢于直面过去并为自己的过错负责、辩护。阈限空间的壁垒彻底瓦解。当他削短头发、胡子时,他说"我记着你"(《光明》247),他告诉安吉拉,他会在雪上写下自己的名字,他不会忘记自己是"Clarence Nathan Walker"。在他和安吉拉亲密接触时,他发现抚摸她也"没有必要找平衡"(250)了。福柯的《性史》、萨特的《存在与虚无》、梅洛·庞蒂的《知觉现象学》中都提到,性经验是身体经验的集中体现。这里树蛙与安吉拉的性接触标志着他身体的彻底苏醒。自此,亲密的人际体验代替麻木的阈限体验,树蛙摆脱了创伤的阴影,战胜了对虚无存在的执念,实现了重生。他最后将蜗居付之一炬、爬出隧道去找妻儿和解的行动可以看作他重获新生、重返社会的后阈限融入仪式,他已能够在地上正常生活了。

　　麦凯恩一贯书写孤单、失意的他者于迷失中寻求救赎的故事,这些人处于地理、情感的放逐空间,但仍心存希望,心系家园。《光明的这一面》不仅在叙述层通过双线并置的结构、平行结构式文本的空间形式和反复出现的意象勾连所有叙事要素、发展"交融"主题，更在故事层讲述纳森在纽约城市空间逃遁、通过跨种族交往、讲故事、往昔回忆等策略来延续家族传统与希望的一生以及树蛙在地下隧道中寻求救赎的阈限体验，实现形式与内容、历史与当下、城市与隧道的沟通与融合，浑然如一条延伸的隧道，构成整部小说高度聚焦的主题意象，表达了麦凯恩对于受压迫、被忽视的边缘人群的生命体验及其交融、救赎前景的关注，体现出"新世纪作家关注普通人、日常生活和弱势群体的创作特征"（杨金才 10），激发主流群体对现代文明的反思。这部布局宏大、历史深厚的社会小说，具有广阔的叙述视角与强烈的批判意识，体现了麦凯恩给予他者言说权利的交融艺术与社会责任感。总之，麦凯恩通过对美国现代化建设恶劣环境的细致再现以及家族温情的诗意书写，架构起一条沟通过去与现在的隧道，即视性地延展在读者的面前，寄予读者以"沟通"和"交融"的美好希望。

第二节 "这伟大的世界"中的狂欢与交融

《转吧，这伟大的世界》获 2009 年度美国国家图书奖，2011 年国际 IMPAC 都柏林文学奖，引进中国后获得 2010 年度"21 世纪年度最佳外国小说·微山湖奖"。这部小说以 1974 年纽约世贸双塔之间走钢丝的历史事件为开篇和主线，联结 11 个不同阶层人物的故事，谱写了一部众生于美国 70 年代幻灭时期寻求救赎的"交响乐"。这部"结构主义"（5）的"鸿篇巨制，空前绝后"（8），获封"第一部伟大的 9·11 小说"（Junod 27），奠定麦凯恩"走钢丝者"（Smith 349）的创作先锋形象，将其事业推向了巅峰，成为国内外麦凯恩研究最受关注的作品。本节旨在基于小说具象演绎"联结与交融"的文本空间结构，梳理走钢丝事件的地理空间、创伤群体的心理空间、等级分明的社会空间所形成的阈限性反乌托邦表征空间以及走钢丝观者形成的短暂"交融"、越战阵亡士兵母亲的共同体救赎空间，表达作者对于人类基于同理心，跨越种族、阶级、国家等一切边界，疗愈创伤，对抗困境，缔结沟通与救赎的世界主义交融的期望。

  这部小说在文本层面绘制了一张多重故事跨界与交融的时空网。时间维度上，小说前12章聚焦1974年，第13章2016年；空间维度上，小说以走钢丝事件为核心意象，共时性并置发生在纽约上东区、布鲁克斯下城区、市郊、宾夕法尼亚等不同地点的故事，各个故事在各自的边界空间内，以回忆与当下感受跳转的蒙太奇形式碎片化呈现各个人物的人生经历和生活状态。走钢丝行为不仅在本体意义上实现双塔的联结，更在小说整体结构上起到打破各个故事边界，联结不同种族、阶级背景人物，建构多元文化主义背景下基于统一人性的时空之网的重要作用。正如米歇尔·德塞托（Michel de Certeau）所说，叙事会不断地构筑边界，同时又不断越界，将不同的故事"焊接"（de Certeau & Rendall 125–128）。整部小说的叙事分为13章独立的故事，像是13篇短篇小说，而走钢丝事件、车祸事件打破了故事彼此之间的绝缘状态，呈现出复杂的划界、跨界的图绘过程，正暗合了福柯的时空观："20世纪是空间的纪元，我们身处一个同时性和并置性的时代，我们对世界的体验，与其说是在时间过程中成长起来的漫长的生命经验，不如说是同时联系着各个点并与自身交叉在一起的网络的经验。"（福柯，《另类空间》54–57）麦凯恩就是以这种独特的方式打断时间线性叙事顺序，通过凝固某个时间点，并置发生在不同空间中相互独立又相互联系的故事，实现时间空间化的结构主义构型。在这个看似绝缘的多维故事空间中，偶然事件的发生成为人们相遇、交流、文化模仿的场所，影响了未来的生命轨迹。

  这部小说大胆开展"桔子""主题-并置叙事""分形叙事"等构型的空间叙事实验，具象演绎全球化时代人类彼此孤独却又渴望交流的主题。素常的生活中,人们恪守着森严的等级,过着孤独的日子,就像许多永不相交的平行线,1974年8月走钢丝这一天,互不相识的目击者和耳闻者在同一时空相遇,因各种偶然事件——走钢丝表演、车祸、庭审,发生了命运的碰撞,振奋于走钢丝艺术的救赎力量,聚合、交流、寻求救赎,形成多线并置发展、统一于同一主题(核)的桔子结构,正如戴维·米切尔森(David Michelson)对这类小说的描述:"(小说)是像个桔子一样来建构的。一个桔子由数目众多的瓣、水果的单个的断片、薄片诸如此类的东西组成,它们都相互紧挨着(毗邻——莱辛的术语),具有同等价值……"(米切尔森142)。桔子结构也是龙迪勇建构的"主题-并置叙事"模式的具象呈现,多个"子叙事"相互独立又相互关联,围绕某个确定主题并置发展,而"子叙事"又呈现分形叙事的特点,"分形叙事并非以线性叙事排列存在一定因果关系的许多事件,而是在叙事的某个关节点上从叙事的线索中产生分叉,一个后果可能是由许多前因事件所导致,一个前因事件可能导致很多后果"(龙迪勇215)。小说的13章分形叙述了走钢丝者、修士、酒吧侍者、妓女、护士、画家、黑客、阵亡士兵母亲等人的故事,在各自充满闪回与幻想的破碎叙事中凸显个人肖像,不断重复着失落与救赎的主题。各章在独立叙事的同时,部分情节、人物与之前或之后的章节发生联系,其他章节的故事可能是同一事件导致的结果或诱因,形成叙事之流中团团发散状的叙事模块。小说中爱尔兰人科里根在纽约的修行生活,勾连起哥哥身份认同之旅、妓女蒂莉和女儿爵士林的死亡、爵士林女儿爵丝林被收养长大等事件;收养行为却是两个生活几乎绝缘的越战失孩族母亲克莱尔和格洛丽亚终生友谊的见证;克莱尔勾连起丈夫所罗门法官的日常工作以及儿子在越南战场阵亡等事件。众多人物的生活轨迹交叉、分形、错综复杂,共同推进叙事发展到第13章,长大成人的爵丝林摆脱了世代为娼的家族魔咒,内心充满感恩地继续生活。"在纽约,万事万物都相互联系,这里没有孤立的东西,任何事物就和先前的事物一样奇怪,但又相互联系。"(《转吧》376)分形叙事的空间特征具象演绎了这种"互联性"(interconnectivity),表征全球化背景下日常生活的多样性和偶然性,突出人类处于普遍联系之中的事实,预示了人类交融的可能性和必然性。正如弗朗哥·莫莱蒂(Franco Moretti)所说:"空间不是'外在于'叙事的,实际上,它反倒是一种内在的力量,从内部塑就了叙事。"(Moretti 70)麦凯恩秉持人类"联结与交融"的创作意图和核心主题,对小说内容进行了空间审美的框架处理,使小说结构本身成为演绎故事内容与意义的有力支撑,成为故事的一部分,实现形式表征内容、形式成为内容的绝妙境界,为憧憬人类联结与沟通的世界主义交融愿景打造了完美的形式框架。

20世纪70年代的美国是经济停滞、政治腐败、文化断裂、越战重创、冷战胶着、民众绝望的"幻灭的转折年代"(但汉松69),是美国历史上一个充满痛苦和变革的阈限时期。在这部小说中,麦凯恩主要通过"漫游者"视角展现时代变迁。查尔斯·波德莱尔(Charles Baudelaire)在《现代社会的画家》中指出:"漫游者就是为了感受城市而在城市游逛的行者"(Baudelaire 56),瓦尔特·本雅明(Walter Benjamin)进一步指出:

> 漫游者有一双洞察秋毫的双眼,时常游走在城市的大街小巷。漫游者不仅仅享受到了眼前所呈现的一切重要的内容,同时也经常捕获纯粹的知识、已消失的数据和生活经历,并且他就是在这堆数据中生活的。漫游者要认真地倾听各种声音、故事,哪怕是只言片语,还要在都市的已消失的数据中搜寻各种信息。(Benjamin 13)

漫游者行走中所听、所见、所感的鲜活体验是打开城市多维空间的有效途径,为更好地展现社会状况与个人命运提供广阔而细微的历史背景。第1章观者噤声,小说从视觉、听觉、认知维度鲜活地呈现了神秘人走钢丝当天纽约街头的全景空间,具有电影艺术的空间感、震撼感。"视觉、触觉、运动、思想合力赋予我们独特的空间感受",所有线性的生命定格、凝固在这一瞬间,通过空间化叙事方式全方位展现世贸中心当天观景的盛况,并预示了小说宏大的背景。修士科里根少年时就开始在都柏林各种昏暗的"角落"(《转吧》14)漫游,移居纽约后在布朗克斯亲历最底层的城市生活。他的哥哥凯兰投奔他来时,通过陌生化视角审视肯尼迪机场、地铁、布朗克斯的街道、高架桥下着奇装异服的站街妓女、科里根的住所、养老院、教堂等,见证了纽约市黑暗、肮脏、堕落的一面,充分体会到"这里是世界的边缘"(42);画家布莱恩夫妇纵情于吸毒、酗酒、性爱聚会,展现了20世纪60年代以来格林尼治村表面繁华实则过度自由、堕落的生活,宣告"田园诗般的世界结束了",剩下的只是支离破碎的欢愉和充满谎言的政治,"布鲁克林的谋杀案""尼克松、福特和水门事件"(159)充斥于日常媒体报道,引导着人们的情绪与思想,以至于走钢丝事件的观众们纷纷猜测"他可能是阿拉伯人,犹太人,塞布鲁斯人,爱尔兰共和军……"(4)。即便住在上东区、在中央大街100号上班的法官索尔伯格也感慨"中央大街也就是个茅厕"(311),他们不过是司法体系中的垃圾清理工,每天目睹形形色色的人和罪恶。追梦男孩不停穿梭在地铁隧道里试图抓拍墙壁上的涂鸦与光影的最佳组合,涂鸦者"找到了新的边疆。这里是我的家。读吧,哭吧"(203),正像《光明的这一面》中的地下隧道,这里成为人类释放情绪、寻找自我的阈限空间,"让人看到的有所不同。让人们重新思考"(208)。不同背景的人以自我身体为圆心、以工作活动范围为半径在城市漫游,绘制出纽约市光怪陆离的城市景观,拼贴成一幅美好时代幻灭的社会画面。

  科里根与这个时代格格不入,见过世间黑暗后,选择信仰基督,努力"让这世界变得更好"(20),成为扎根俗世、拯救众生、处于永久阈限状态的希望之"光"。

> 基督徒对于世界来说,是一个陌生人、一个朝圣者、一个旅客,没有一个可供枕头的地方。在这里,过渡却成了一个永久性的状态。在世界上最有影响力的宗教中,大致都有修道士和托钵僧那样的生活方式。将阈限体制化、固定化的做法,在这种生活方式中获得了最清楚的标记和定义。
>
> (特纳,《结构与反结构》108)

科里根以基督徒永久性的过渡状态,谦卑、热心地守护着妓女、老人等社会最底层的人们,直到生命结束,为这个黑暗的世界留下"小小的光亮"(20),照亮那些黑暗中行走者的灵魂,使希望代代相传,成为贯穿全篇的精神核心。走钢丝者、科里根在世俗与形而上层面成为所有试图超越创伤、痛苦、迷失的阈限阶段的芸芸众生的引导者:站街妓女迫于困顿的生活,法官夫妇因为丧子之痛,画家因逃避车祸责任,走钢丝者出于对虚无、极限的挑战,黑客出于对真正交流的向往,都处在物质或精神上失落、抗争的阈限阶段,超越这个阶段即获救赎,"那改变的钥匙就插在心门里,随时可以打开"(292)。追梦男孩在走钢丝事件当天拍的一张照片成为连接1974年与2016年的隐性线索,在时空隧道中神奇地传递了走钢丝者、科里根救赎的力量。这张照片再现了走钢丝的壮举,边角处一架飞机呈现出似乎要撞上大楼的视觉印象,无疑映射了"9·11"事件的发生以及美国将要面临的更大危机,而一切问题的应对方案也蕴含在这张照片之中,沟通与联结。爵丝林长大后拿着男孩拍摄的那张照片来美国探望养母克莱尔,给予奄奄一息的克莱尔女儿般的温柔与关爱,更在生活中成长为救助难民的志愿者,爱上的皮诺也是服务回国老兵的无国界医生。爵丝林与皮诺继承了科里根对弱者的同理心以及拯救众生的信仰,在不同国家、种族、阶级间传递无私的光与爱。这正是麦凯恩不断强调的黑暗中的那束希望之光,"门下的一道光"(79),隧道里"那一头的光线"(88)的意义,"我们把光从黑暗中滤出来,使之地久天长"(414)。故而,那张照片所形成的阈限空间通过回溯历史中黑暗却又充满希望的一刻,观照、阐释着今日美国的灾难和困局,为创伤民众拨开官方迷雾与民族歧见,从对抗反乌托邦表征空间的努力中获得直面当下的超脱与睿智。

小说中多维呈现的城市空间,包括走钢丝事件的地理空间、创伤主体的心理空间和等级分明的社会空间,共同构成阈限性的反乌托邦表征空间。在福柯看来,反乌托邦是"与所有其他空间相联系,但和所有其他位置相反的空间"(福柯,《另类空间》54),具有"创造幻象空间的作用"(同上 57)。空间具有政治性和意识形态性。它实际上是充盈着各种意识形态的产物(Lefebvre 30-60)。"纽约在过去一个世纪中的大量建设都应当视为象征的行动和交往:其构想和执行不仅是为了直接服务于经济和政治的需要,而且至少同样重要的是,也是为了向全世界展示,现代人能够建成什么东西,能够想象并且过一种什么样的现代生活。"(伯曼 383)世贸双塔当时是全球最高的两座建筑,垂直的高度象征了美国资本主义经济在全球范围内的霸权地位。空间即资本,如何利用空间取决于资本的配置,而走钢丝的空间实践连接双塔,利用水平方向的空间,把双塔当作空中特技表演的场所,以后现代主义的嬉戏态度,挑战了资本主义的空间逻辑(Flannery 212),解构了双塔的意识形态权威。同时,双塔之间的绳索行走具象表征了"阈限仪式"的危险性,暗含反抗、改变、反常、越轨的多重含义。如果说双塔象征了二元对立的西方思维范式,那么钢丝连接双塔,象征着二元的融合,艺人行走在两塔之间的行为预示了人类打破文化对立、实现沟通交流的可能性,建构了霍米·巴巴意义上的杂糅空间。虽然越战尚未结束、冷战仍在继续、时代喧嚣混乱,人也不可避免地失落跌倒,但走钢丝的壮举挑战了自然重力、资本霸权,为人们树立了充满信心与希望的"丰碑"(Bhabha 304),颠覆了理查德·塞纳特(Richard Sennett)的观点——"城市就是一个陌生人可能在此相遇的居民聚居地",陌生人的相遇没有情感投入,没有共同回忆,也没有持续下去的可能;无论对错,也没有"另一次尝试的机会和希望"(Sennett 39)。作者通过走钢丝的历史景观将陌生人的生活勾连起来,形成集体文化记忆,融入救赎的情感,织就联结与交融的替代性乌托邦想象。反乌托邦空间为人们创造了幻象的乌托邦空间。

　　个体心理空间是麦凯恩深入"迷失于家中的破碎的灵魂"(Forkner 151)、刻画人物特征、考察主体意识的重要场所。小说中遍布碎片化的心理细描,尤以第 3 章克莱尔敏感脆弱的心理刻画、第 8 章蒂莉露骨激愤的内心独白、第 12 章格鲁里亚的温柔反省最为典型。第 3 章聚焦公园大道观景公寓克莱尔的家。加斯东·巴什拉认为:"空间并非填充物体的容器,而是人类意识的居所""家宅是一种强大的融合力量,把人的思想、回忆和梦融合在一起"(巴什拉 5)。从这个意义上说,克莱尔的家与其说是客观的物质空间,不如说是充满了克莱尔意识、情绪、幻想的心理空间。她在准备迎接其他越战阵亡士兵母亲时,一边纠结于如何低调穿戴避免阶级地位较低的朋友尴尬,一边不由自主地陷入儿子逝去的"心痛"(《转吧》100)中、过去美好时光的回忆中、对战争的控诉中而无法自拔,时刻处在"崩溃"(101)的边缘。她的"过度反思"(94)、过度敏感的心理活动反映她对于这些朋友的珍视以及阶级、种族歧视依然深重的社会氛围,更突出了她孤独、脆弱以及向往交流的强烈愿望。尽管她在富人区生活,但是人与人之间缺乏交流,没有通信往来的好友,也没有令人温暖的邻里关系,以至于出现家庭变故,只能窝在家里疗伤。在"家"这个亲密空间,丈夫所罗门的"沉默"(107)与理智只会让她更加孤独。她只能半夜打开冰箱,幻想在电流中与儿子约书亚交流。家反而成为物质意义上的一片孤岛,个体只能通过回忆、幻想的心理空间建构自己的存在,因此,"越战老兵母亲,征同类交流"成为她走出创伤心理空间,寻求救赎的一线希望。

　　韦斯利·科特认为,空间不仅仅是"事件以及人物的行动和经验发生的不可缺少的场所",更会决定、影响人物及其行动,尤其是"当人物和行动限定在某个具体地点时"(Kort 13－16)。此外,不同场所也会显现出一系列积极或消极的特征。在极其消极的环境中,生存成为主要问题,更遑论发展和提升,人物被困在迷茫无助的处境中,越反抗,越沉沦(同上 17)。第 8 章、第 18 章分别是妓女蒂莉和失孩族格洛丽亚的内心独白,直观地让读者进入他者的心理空间,同时也表征了她们所生活的反乌托邦社会空间。布朗克斯区(The Bronx)是纽约市有名的非洲和拉丁美洲后裔聚集区,贫穷而混乱。科里根评价:"这里是世界的边缘","门口有烧焦的痕迹。大厅有硼酸的气味。电梯里有针头"(《转吧》89)。在这种消极空间中生存的孩子,很容易走上吸毒、犯罪、卖淫的道路。因为家的"正对面就是……站街路段"(243),从小耳濡目染的蒂莉从来没想过除了站街她还能从事什么职业。"敌意的宇宙"(19)禁锢了蒂莉一家的命运,母为娼妓,女承母业。正如皮埃尔·布尔迪厄(Pierre Bourdieu)所说:"惯习会在人类有机体中置入'知觉、思维和行动的图示',这些图式则源于个体所居处的社会场域。"(布尔迪厄 54)尽管蒂莉曾极力阻止女儿爵士林重走老路,却无力抗衡帮派、毒品泛滥的周遭环境,颇为讽刺地让爵士林饮鸩止渴,选择相对安全的站街。命运面前的抗争带来的是更深的沉沦,颇有俄狄浦斯王的宿命感、更具 22 号军规的荒诞,社会底层人群的无力感,悲剧性力透纸背。而优秀的格洛丽亚虽为黑人大学生,却也无法摆脱凄惨漂泊的命运:八次遭遇行凶抢劫、两次婚姻被弃、三个被送去参军阵亡的孩子。号称民主、平等、自由的美国,即使经历了民权运动高涨的 60 年代,在社会阶级、种族等级区划上仍有鲜明的界限:地理空间的区隔直观表征社会、经济、文化地位的差异,而这种差异因为社会场域的惯习影响可能会代代相传,固化阶级结构,造成多元化社会中难以逾越的鸿沟。如何跨越这些有形、无形的鸿沟,消解反乌托邦表征空间的消极力量,发挥人类阈限阶段的主观能动性,实现自我救赎的生命超越是麦凯恩不断探索的创作主题与目标。

麦凯恩不仅通过以上叙事空间、社会空间、走钢丝艺术的隐喻功能表征联结和交融的可能性,更在故事层面通过约书亚对阿帕网,即未来互联网的设想预示了全球化时代无限畅通的沟通前景。然而,现实却是:人类在高度异化、殖民化、个体化的生活世界中,日趋冷漠、疏远、无所归依。克莱尔对战争机器的控诉,所罗门对黑暗司法体系的揭示,妓女蒂莉对一生污秽的反思,都指出了现代社会的危机在于资本残酷逐利的本性与工具理性至上的体制和观念对普通人的规训、物化。哈贝马斯认为:"社会秩序和异化等资产阶级的病态是由个体理性的过分膨胀、体系的金钱化和官僚化的趋向造成的,是生活世界的殖民化的结果"(严翅君等365),而解决的办法是,用交往理性取代传统的目的理性,重建合理化的生活世界。所以,基于同理心的人类交往成为救赎孤独、绝望人群的希望和途径,主要体现为各种共同体的交融力量。鲍曼认为,共同体是一个像家一样温暖而舒适的组织或团体,人们彼此信任、互相依赖。滕尼斯将共同体分为血缘共同体、地缘共同体和精神共同体。在后现代社会,血缘、地缘共同体的作用明显减弱,精神共同体的作用更为突出。走钢丝景观聚集了纽约形形色色的观者,"对那跌落瞬间的向往,成了一个纽带,将这些人变成了一个家庭"(《转吧》5),这个时空成为促使观者生命发生转变的阈限空间,所有参与者进入特纳意义上的平等、民主的"交融"(Communitas)状态,形成救赎性的精神共同体。即使走钢丝表演失败了,那"惊心动魄的跌落"也会为寻常的日子"增添点意义"(1);如果表演成功,所有人会因这样一件"丰碑"事件,一扫灰心绝望的负面情绪,重燃生活的希望与勇气。

越战老兵母亲互助组织是基于共同创伤经历而缔结的后现代共同体,需要摒弃礼仪客套,引入同理心想象才能成为真诚、稳固的精神共同体。克莱尔丧子,无邻、无友、无情感支持;格洛丽亚与爵士林同住一栋楼,同乘一部电梯,但从来没有任何交流,更不要说交往;而越战老兵母亲的聚会将不同种族、阶级背景的女性聚集起来,通过讲述孩子们的成长故事、释放彼此的悲痛来使创伤事件外化、进行疗愈。尽管克莱尔意识到"大家差别太大,共同处太少,但是,她还是喜欢她们所有人……尤其是格洛丽亚"(92)。她想对格洛丽亚说:"隔在我们之间的墙很薄。只要一声喊,墙就轰然倒塌。"(同上)这是一个非常形象的比喻,表征人们之间的社会边界并无本质主义特性,更多的是文化的建构、心理的阻隔。尽管"每个人都守着自己的小小世界,心里都怀有与人交流的深层愿望"(360),可是在克莱尔家的分享会上,每个人都有了"如坐针毡的感觉"(361),"种种谎言在空中飘扬着"(363)。阿伦·布洛克(Alan Bullock)用"独处的社会"来描述这种"男男女女都把自己封闭在自己的私人小天地里,害怕与人来往,最终丧失了交往的习惯"的普遍社会状态(布洛克 279)。成熟而虚伪的交往技巧应运而生,即塞纳特提出的"礼仪客套",正是这种横亘在人与人之间温情脉脉的礼仪,使人与人之间的交流、相处维系表面上的和谐却失去了内在的真诚与自在。礼仪客套包括:"相互设防而又能让每一个人和谐相处的社交活动,戴着面具是礼仪客套的核心所在。面具使得远离那些戴着面具的人的力量背景、不自在和个人感情的、纯粹的社交应酬成为可能。因为礼仪客套的目标,是要掩饰并保护自己,它正使得每一个运用它的人自己负累重重。"(Sennett 264)戴着猎奇、嫉妒、嘲讽、同情等各种复杂情感面具的其他母亲在克莱尔喋喋不休的讲述中终于表现出了不耐烦和冷漠的真实自我,不惜打断她的好意挽留而离开,甚至取笑、八卦克莱尔挽留格洛丽亚的言行,这些行为表明人与人之间建立真诚的情感联结实属不易,礼仪客套掩饰下的类似的家庭聚会不会再维系下去了。这种共同体缺乏"根本的参照点",只是基于共同兴趣和共同经历构成的暂时性归属的沟通网络(Delanty 109),相似的经历、情感、目的只是形成精神共同体的必要条件,并非充分条件。所幸格洛丽亚冷静之后能够换位思考,把克莱尔要付钱挽留她的"口不择言"

(《转吧》369)进行善意的解读,"她只是个住在公园大道的孤独的白人女子,就像我死了三个儿子一样……也许她只是紧张吧……"(同上)她感同身受的能力带来了两人毫无芥蒂的温柔以待、终身相伴,正如她俩决定收养爵士琳女儿时的默契,

> 我们相视一笑。我们已经心照不宣,我们已经成了朋友,什么都改变不了这一点了,我们已经上了这条路了。我可以让她屈尊来过我的生活,或许她也能对付过去。她也可以让我屈尊过她的生活,我也能凑合下来。我伸出手,握住她的手。我不害怕了。(293-294)

这种滋养真正友谊的感同身受的能力即同理心,"即在人际交往过程中,体会他人的情绪和想法、理解他人的立场和感受,并站在他人的角度思考和处理问题"(朴玉12)。同理心正是建立真正有凝聚力的共同体的关键,也是麦凯恩在所有小说中反复阐释并希望能予以普及的人类情感。交往理性的复归必然要通过感同身受的真诚相待才能实现。而不论宗教、政治、种族等歧见以及国家、经济、身体等状况的差异,人与人之间仍相互施与善意、尊重和理解,形成超越人为边界的人类共同体,这正是奎迈·安东尼·阿皮亚(Kwame Anthony Appiah)的世界主义思想的核心所在。

大部分"9·11"小说存在创伤书写、悲悼叙事、想象力匮乏的问题,麦凯恩的这部小说不仅突破以上局限,更在地缘政治层面达到世界主义的高度。理查德·格雷(Richard Gray)指出,大多数"9·11"小说难以超越再现"创伤初始阶段"(Gray 13)的窠臼。迈克尔·鲁斯堡(Michael Rothberg)认为:"'9·11'小说想象力失败……我们需要从'9·11'小说中获得的是认知地图,有助于美国人甚至他人去想象超越国家民族界限的样子和感觉。"(Rothberg 153)在这部小说中,麦凯恩并没有直面"9·11"事件,而是通过"进入角色、与角色认

同引发同情想象"(Keen 3)的腹语术将纽约不曾相识、彼此孤立的生命在"讲故事的民主"空间中联结起来,营造一个跨越时空的狂欢化复调空间,暗示美国遭遇恐怖袭击之后应有的认知态度:任何个体、组织、国家都生活在社会、政治、文化、经济的空间网络之间,历史、当下、未来的时间之河中,只有勇于面对过去,反思历史,才能获得当下的清醒与智慧。麦凯恩正是通过发生在"无名小角落"的"个人的故事"来"联结我们更大的人性、人类的境况"(McCann 39),在广博而细腻的同理心想象中"反思生命意义、深度观照历史"(杨金才 1),超越创伤,实现救赎。这位世界主义者、"国际混血儿"(Cusatis 13)站在多重文化的交口上,拥抱差异,欣赏不同,不仅像多元文化主义者一样尊重不同文化的特点,更秉承世界主义者的积极态度,旨在思考"联结和沟通"(Patell 10)不同文化的可能性,通过语言的联结作用,激发普遍的同理心和社会责任,将人们团结起来,发挥文学的施为作用,改善我们共同生活的世界。

  总之,小说在形式和内容两方面对联结与交融的主题进行了充分的空间演绎,再现70年代纽约边缘、底层、断裂处的芸芸众生超越反乌托邦阈限空间、构建共同体、实现救赎的生命历程。这部"预示今日美国现实的预言佳作",不仅通过回溯历史来激发民众对于"9·11"事件的反思和疗愈,更具有世界主义的思想深度和现实意义。经济全球化、文化全球化发展的今天,高度发达的通信、交通技术将世界变成"时空压缩"的地球村,将人类紧密联系在一起。个人以及国家的存在都体现了高度的空间关联性,却在流动不居的时代潮流、工具理性至上的国家体系、殖民化的日常生活中彼此孤立、迷失,区域战争、文化冲突愈演愈烈。"9·11"事件即暴露了奉行霸权政策的美国与民族主义国家的冲突,而美国官方叙事却以爱国主义的狭隘论调进一步激化矛盾、发动战争。在这个悖论荒诞的历史转型阶段,如何跨越狭隘的边界、反思历史、对抗虚无和创伤、寻找生命的意义、积极地自我救赎凸显了存在主义的本体价值,这正是麦凯恩创作一以贯之的现实思考和伦理探索。他通过语言的联结作用，通过历史事件的互文阐释，以去"9·11"事件的复调叙事，传达"联结与沟通"的重要性，希望人类心怀同理心、拥抱差异、联结不同，超越一切政治、文化、时空边界，构建和而不同、和谐"交融"的世界主义家园。尽管他的设想充满了乌托邦色彩，世界仍然危机不断，希望依然渺茫，但人类终归要团结起来，直面这个残酷的时代，并且"跌跌撞撞前进"！

第三节　美国社会的"十三种观看的方式"

《十三种观看的方式》（以下也简称《十三种》）主要以一起谋杀案的侦查过程为总体框架，讲述82岁的退休法官彼得·门德尔松在纽约公寓里回忆过往工作与生活，和护工莎莉消磨上午时光，去饭店与儿子一起用餐、偶然遇袭致死的"一天"的故事，兼具意识流小说和侦探小说的特质。小说出版后广受好评，《出版人周刊》称："这部作品证明麦凯恩是一位拥有诗人的耳朵、心理学家的理解力和人道主义者良心的大师。"[①]《纽约时报》评价道："读完这部有力的题名小说，余音萦绕不绝……让你想重读一遍……就像华莱士·史蒂文斯（Wallace Stevens）的诗歌一样，它不会给出定论，而是留下灰色、静止的天空这一挥之不去的意象，以及多维视角模糊而不是照亮脆弱真相的感觉。"[②]美国社会中的老龄化现象因其特殊性进入麦凯恩的聚焦视野：

在生物性脆弱之外，我们在社会水平上也是虚弱的……

[①] Colum McCann, "Thirteen ways of looking." http://colummccann.com/books/thirteen-ways-of-looking/

[②] 同上

第三章　跨越中心与边缘的城市空间

> 当我们在生理上衰老时，我们同时也面临社会的弱势，因为老年是一段孤独的时期，在现代社会中更是如此。我们不能提供自身的需求，我们要依赖家庭和家族网络……生理上的虚弱和社会的弱点强化了病人、残疾人和老年人经历的边缘化和孤独的问题。（特纳、瑞杰克 159）

在效率、利益至上的资本主义社会中，身体渐趋衰弱的老年群体不再"占有位置""扮演角色"，失去被"利用"的价值和地位，沦为社会边缘"他者"，成为"年轻人一无所知、无法认同、心怀恐惧、出于陌生感而避之不及的一个'异域国度'"（Waxman 8）。这部小说以"十三种观看的方式"多维再现这一主流文化之外、鲜为人知的异域国度。本节拟从多维视角、互文讽刺的叙事策略以及老年他者的生存境况方面来分析本小说与诗歌《看黑鸟的十三种方式》所建构的阈限性互文空间以及老年法官在"边缘化和孤独"的生活中寻找意义和温情的努力，表达作者对于现代性怀疑、讽刺甚至绝望的态度，反思永久阈限性现代社会之中的悖论与危机。

这部小说的标题直接取材于华莱士·史蒂文森的诗歌《看黑鸟的十三种方式》。在西方文化中，由于耶稣的第十三个门徒犹大出卖了他，数字十三被赋予了凶险、不吉利的文化内涵，而麦凯恩似乎对数字十三情有独钟，可能是要在人们日常忌讳、忽视的数字中寻找不一样的洞察。黑鸟，不同于其他鸟类，是死亡、邪恶、阴郁的象征，史蒂文森用十三种视角来观察黑鸟，单单题目已渗透出阴冷、诡异之气，似乎死神在心怀不轨地凝视着人类进入充满偶然、虚无、冷漠和暴力的风险世界。此外，麦凯恩借用这首诗的题目及诗句作为小说的引子具有明显的互文意识。史蒂文森曾就读于哈佛法学院，做过律师，兼职写诗，而他不无巧合地成为《转吧，这伟大的世界》和这部小说中两位法官最崇拜的诗人。故而，可以推测史蒂文森对麦凯恩创作的影响：《转吧》可能借鉴了《看黑鸟的十三种方式》的结构和诗人的律师经验,而在这部小说中,该诗已经深度融入其中,构筑了推动情节发展、丰富主题意蕴的互文空间。总之,数字十三与黑鸟的象征意蕴都预示了《十三种观看的方式》将要传达的无处不在的荒诞、危险、死亡的气息和美国日常生活殖民化的主题。

  诗歌《看黑鸟的十三种方式》的十三节诗被用作组织小说十三章内容的引言,该诗与本小说形成不同文本间互相越界、补充、阐释、融合的阈限性互文空间。正如叙事学家杰拉德·普林斯(Gerald Prince)对"互文性"所下的定义:"一个确定的文本与它所引用、改写、吸收、扩展或在总体上加以改造的其他文本之间的关系,并且依据这种关系才可能理解这个文本"(Prince 58),诗歌与小说之间形成互文关系。《看黑鸟的十三种方式》由十三节类似俳句的短诗组成,以电影分镜头的形式集中呈现与黑鸟相关的感觉和意象,整体风格神秘诡异,意义跳跃不定,学界只能在诗歌的不确定性、多义性方面达成共识。正如史蒂文森在《带东西的人》("Man Carrying Thing")一诗中所说:"诗歌一定要近乎成功地与理解力相抗衡。"(Keast 49)这也就解释了《看黑鸟的十三种方式》阐释的难度。诗歌中静与动、黑与白、自然与人为、想象与现实、抽象与具体的意象形成巨大的反差,唯有黑鸟作为核心意象或隐或显地出现在每一节,具有灵活多变的象征意味。麦凯恩直接将十三节诗置于小说十三章的引言部分,不仅在结构上构成互文文本,并且在黑鸟的视觉感知上建构了故事中监控摄像头的第三人称有限视角。

  小说中监控视角与黑鸟视角重合,起到推动情节发展,增强文本间对话、深化主题的作用。诗歌中自然、黑鸟和讲话者构成流动的三维视角,小说中全知视角、监控的有限第三人称视角和法官的意识流亦然,形成叙事视角与行文结构上的互文,更有深层意蕴上的越界与响应。诗歌第一节,"二十座雪山/唯一动弹的/是黑鸟的眼睛",二十座雪山构成广袤肃杀的远景,白茫茫一片静默,形成强烈反差的是移动其间的黑鸟的眼睛。眼睛成为近景,呈现在全景视野的中央。

黑白、动静、大小对比鲜明,毫无生气、祥和之感。小说的第一章通过第一个(摄像头)视角对房间进行了全景静物素描。值得注意的是,小说开头并没有交代视觉感知的主体身份,"第一个高高地藏在红木书架上。它呈现整个屋子,在这个屋子里他睡在一堆枕头的大床上"(《十三种》1)。直到第三章,"卧室里安着两个摄像头……"(23),读者才能推理出小说开头"第一个"到底指的是什么,才能理解诗歌与小说在何处形成互文呼应。第一章卧室的全景图对应二十座雪山的远景,而全面监视屋子的摄像头就是移动的黑鸟的眼睛。在对屋内摆设事无巨细的介绍之后,彼得法官以"一团模糊"的脑袋"毯子状""成块"(2)地躺在床上的形象最后出现,似乎在无声地宣告堆满物的世界中人的荒诞性存在。第二节,"我有三种思想/像一棵树/栖着三只黑鸟",三只黑鸟象征了三个视角,在小说的第二章中,彼得法官像乔伊斯《尤利西斯》中的布鲁姆一样,自我意识在不断流淌,从"我出生在……"(5,6,8,10,18,22)开始全章对自我存在意义和尊严的思考,不时出现对纽约供暖系统的讽刺以及对过去工作、逝去妻子的回忆,同时不断被全知视角对他过去、现在生存境况的点评以及护工萨莉的自由直接引语打断,三个视角频繁越界,向读者呈现一个行动艰难但思维活跃、愤世嫉俗的老年法官形象及其充满悖论评价的一生。在整部小说中,全知视角不断侵入第一人称内视角以及监控的第三人称有限视角,对情节发展、人物塑造进行或丰富或讽刺的补充,比如在彼得向初恋艾琳求婚时,全知叙述者突然插入"如果我们说实话、说完完全全的实话、只讲实话的话,就是没有真正的完美无瑕,除非在回忆中才有,现在诚实地讲,他最先看到艾琳时,有点失望"(40),因为她已不是他记忆中的清纯模样了,但他还是求婚了,原因是"他也不是完美的类型"(同上),而且"他在这场交易中赚了大头儿"(41)。叙述者不无戏谑地审视着彼得对过去美好爱情的回忆以及爱情本身,每一次出现"说实话"(truth to be told)时都是叙述者剖开美好表象,暴露龌龊现实,解构某些传统价值的时刻,突出现象与本质、严肃与戏谑二元差异被抚平的后现代主义倾向。无所不知的叙述者不仅讽刺挖苦小说中的人物,也在案件推理过程中戏弄读者,有意识地抑制案件的关键信息,以真理般的判断误导读者,比如在推理案件时以双重否定句式提到"儿子杀父亲当然并非异乎寻常(certainly it wouldn't be unusual),发生这种事的比例比人们肯承认的要多"(70),将最大嫌疑指向了彼得的儿子艾略特。众多误导信息充满了对于伦理失落的社会乱象的讽刺。

  第十三节诗"整个下午都像晚上一样/雪一直在下/过后还会接着下/那黑鸟栖在/雪松枝间",最后一节与第一节动、静的主体发生了反转,由静态的自然对应动态的黑鸟演变成动态的自然对应静态的黑鸟,暗示在变动不居的自然中人的视角的局限性。小说在最后一章假设如果不是暴风雪天气,彼得法官会像史诗中的人物一样跌落,而摄像头会清晰地记录彼得遇袭的整个过程。"就像原来的样子,在诗歌最好的部分确定下来,融入寒冷的景色,什么也看不见,转过身,看见了,被迫去发明新的观看方式。"(136)饭店四周监控的角度"向另外一个方向倾斜一下"(同上)就能看到袭击者帕得犯罪、掩饰罪行的过程,而这只是假设,现实的角度只呈现了他的帽子和夹克,侦探需要像解读诗歌一样找寻所有的线索来推理犯罪动机、犯罪嫌疑人。"谋杀,就像诗歌,向任何可能发现的线索开放。"(137)监控是动态的,但不论是"广角摄像机"(23),还是360度的"飞行摄像机"(65)都有它观察不到的死角,即使记录下来人们的行动,也可能无法洞悉影像背后的动机和真相,所以,黑鸟表征的摄像机在这里是静止的,视野的盲区需要它不断转换角度才能看到更多,然而广袤的自然白昼如夜,纷纷扬扬的飘雪,一直在下,将来还要下,预示人世间的故事仍在精彩纷呈地上演,悲剧无法避免,现实终究比影像、比人的观察更为丰富而复杂。压抑、绝望的气息弥漫开来。诗歌的视角及阐释与谋杀案的侦破过程形成跨界交融,相互之间起到复读、强调、浓缩、转移和深化的作用,为小说揭示现代性的永久阈限性奠定了基调。

在丰富的阐释空间中,一些学者论证了该诗悖论与讽刺的倾向,比如第七节,"哦,哈达姆瘦弱的男人/你们为什么梦想金鸟? /却没看见黑鸟/在你们身边女人的脚下/走来走去",讽刺了男人的名字及其想象脱离现实的问题;第八节,"我们知道铿锵的音韵/和透明、无法逃避的节奏/但我也知道/我所知道的一切/都与黑鸟有关",讽刺了我们的无知,现实必须进入我们的认知范畴;第十节,"看见黑鸟/在绿光中飞翔/甚至莺舌百转的老鸨/也会惊叫起来",讽刺污秽的愉悦之声终抵不过现实的绿光(Caldwell 321-335)。诗歌五六节中茫然含混的价值判断与七八节肯定现实的态度存在悖论(Keast 52)。诗歌与小说在互文阐释中也有相悖之处:小说将案件的推理过程与诗歌的解读进行类比,认定世间问题必有答案,"我们希望谋杀案能完全破解",坚信"罪行必定破解的简单逻辑""明显的物理定律"(73),而类比中的这首诗却没有确定的意义,那么案件何以必定能破呢? 固执己见的叙述声音、难以成立的荒谬推理成为以科学、理性为基础的现代文明的绝妙讽刺。这首诗就是在挑战惯常认知,让读者接受"没有答案,只有印象"(Wilkinson 55)的"感受的集合"(同上)。如果说彼得期待的"坛子"一样"纯粹文明的生命"(60)代表的是确定、纯粹的现代秩序和意义,那么关于"黑鸟"的这首诗充分揭露了探索本质、挖掘意义的荒诞性。如果说我们不断寻求诗歌意义、世界意义的过程是一种阈限空间,即德国接受美学理论家沃尔夫冈·伊瑟尔(Wolfgang Iser)所言及的读者与文本相互作用的阈限空间,那么,这首诗通过文字游戏排列各种意象和感受、不断模糊确定意义的做法似乎是一种将能指符号持续悬置、将所指无限延宕的永久阈限状态,拒斥读者的最终诠释,类似后现代主义批判理性、进步、本质、确定的意义,全然接受世界失序、混乱的本来模样一样"摧毁了时间,并使得对于可以无限扩展的时间流的感知凝结成对现在时间的体验,或者将其分割为一系列自足的片段,而每一个片段都是短暂瞬间的强烈体验，并且尽可能彻底地与其过去及其未来的后果分割开来"（鲍曼 299–300）。史蒂文森的这首诗无疑走在了时代前列，而麦凯恩很可能洞察到其内蕴的深邃思想和批判潜力，遂将其作为互文文本"强调""转移"和"深化"小说要表达的戏谑与批判现代性的态度，预示永久阈限性的现代社会所无法逃避的危机。

小说通过彼得的意识流再现了老年法官的他者生存境况，揭示了美国社会中老人孤独养老的问题。老龄因"有违现代性的核心价值：年轻、魅力、生命力、工作、性能、速度"（勒布雷东 207）而长期受到美国主流社会的漠视。近年来，"文学中的年龄主义从文学批评家和社会科学家那里得到的关注还远未及阶级、种族、族裔和性别的再现"（Palmer 202），只有年长作家较多"将自己多维度的丰富的年老经历融入他们的文学作品之中"（同上）。一向热衷于探索、建构他者伦理空间的麦凯恩，在这部小说中，以五十岁年龄提前操演了老年人生命的最后一天，细腻夸张地再现了彼得迟缓的身体和极其敏锐的洞察，表达了老年人作为社会边缘群体的失落、孤独和对家庭温暖的向往，以小见大地对物质富足、科技发达、传统价值却无限失落的美国社会展开批判。正如哈贝马斯、哈勒的看法：

> 生活世界的日益殖民化，导致了善与恶、真与假、美与丑意义的解体，判断事物的标准的模糊，以及人与人关系的破坏。司法、经济、政治、教育等行政管理领域形成了各自特有的规则，已经与最初的宗旨发生异化。它们寄生于生活世界，仅仅遵循技术原则。原来建筑在人与人相互协调和理解之上的生存价值在全面的外部干预和控制下彻底丧失，生活世界的合理结构被严重侵蚀。这已经成为现代资本主义社会最大的弊端。（16）

小说通过彼得法官的日常活动、意识流、亲子关系，将美国社会中人的生存价值、人际关系、道德规范、行政管理体制存在的问题以黑色幽默的夸张形式呈现出来。在资本主义社会中,尤其是在"用完你,吐出你"(《十三种》58)的纽约市,商品价值与物质利益是判断人和事物是否有用的标准,老人不仅褪去了社会"位置"和"角色",也逐渐丧失对身体的掌控,沦为依靠他人照顾的"一无是处"的存在。对彼得来说,最基本的日常生活成为浩大的工程。他称去厕所为"旅行""无尽的旅行""飞行"(flight)(6),将去厕所的动作夸张成需要摇旗呐喊、做好姿势预备开跑的比赛,将去饭店吃饭比喻成"冒险"(54),将过马路喻指为"跨越冥河"(《十三种》61)。这些传神、诙谐的细节体现了老者自嘲的乐观态度,却也暗示了垂暮之年身不由己的悲哀与无助。难怪彼得希望自己能摆脱肉身,像史蒂文森诗中的坛子一样,作为精神存在处变不惊地看着周围的纷扰世界。人老后,回忆无限泛滥、意识恣意流淌。彼得早上醒来就开始回忆"我"出生在哪的问题,"我出生于我的第一场辩论"(5),"我出生于我第一次当众出丑"(6),"我出生于我第一场伟大的恋爱"(10)……他将自己一生当中具有重要意义的阈限仪式都当成自己出生的时刻,从而试图确定自己是谁,自己从哪里来的人生终极问题,最后却不无痛心地发现,自己已经老到大小便失禁,使用成人尿不湿才是自己出生的那一刻,"世界上没有(比老去)更糟糕的事情了"(22)。彼得无奈地意识到老去的生活没有价值,那么年轻时他曾拥有过价值吗?"个人之无意义感——那种认为生活未能提供任何有价值的东西的感受——正逐渐成为根本性的心理问题。"(吉登斯26)已经82岁高龄的他,没有"别的事可做"(《十三种》6),忍不住又想起他的传记。80年代时,他的传记"精美发行、精致包装、精心编辑,所有细节都很考究"(同上)、价格也定得实在,却推出数月都无人购买,他感觉"是个意外"(同上),以至多年之后一直在纠结是否要重新出版一下。这"意外"的判断颇具讽刺意味地暴露了他的幼稚或是执念,他至死也没弄明白或者仅是不愿意承认,在追逐生产模式标准化、生产效率高速化、剩余价值最大化的资本主义经济体系中,人只是生产机器上的一个零件而已,没有人会关心他存在的价值和意义。这在《转吧,这伟大的世界》对所罗门法官的描述中有更直白的体现,"他是体制的一部分……一个精巧复杂的庞然大物身上的一小块皮肤而已。一个齿轮之齿,带着一系列轮子在转"(《转吧》310-311)。所罗门法官最初心怀理想"有朝一日自己会成为世界的轴心……会给社会带来深远影响"(同上),但逐渐"开悟"律师的工作不过是"在司法的殿堂里,用自己的空手,把这茅厕排水沟的烂叶子枯枝子捡起来"(同上),而且还要"睁一只眼闭一只眼"(《转吧》313),学会"在最中间,派发正义,在正确与错误之间作出平衡"(同上 316)。故而,彼得牺牲掉一半收入的法官工作,争当"社区支柱"的一生奋斗"全在你们眼前烟消云散"(《十三种》50)了。法官虽然从纽约城的边缘走向核心,但他们"被困住了""成了系统的部分""零件中的零件"(《转吧》314),异化为国家权力、社会体制的共谋者,被媒体丑化为蚕食同类的"螳螂"和大腹便便的胖子(同上 9)。身不由己的他们甚至不得不遵循技术原则,在夹缝中形成一套独特的表演景观:

> 有很多特殊的技巧可学。很少看原告眼睛。很少微笑。尽量摆出仿佛得了轻度痔疮的表情:这会给你一种严肃凝重、不可侵犯的形象。轻轻弓下身子,作出略略不舒服的样子,或者至少是显得不怎么舒服。一直要在纸上涂写。样子要像一个拉比,弯腰拿着本子在记着。摸摸自己鬓角的银发。如果事情变得不可收拾,便摸摸自己的秃顶。把犯罪记录当成人品的参考……(同上 319)

所罗门法官为了看起来得体、威严,将神圣的工作流程总结为程式化的角色表演,彼得法官也认识到律师工作需要"演讲者的高雅和蛇的外形"(《十三种》9),而他从业之初在法庭上的表现就被妻子评价为"充满了耐心、欺骗和狡猾"(《十三种》10)。宗教一样神圣的司法体系被打上虚假性、欺骗性的标签,标志着整个社会道德伦理体系的失落,也暗示了在世俗意义上走进城市中心的法官已沦为被规训、被凝视、被异化的人类他者。无论是在占有一席之地、年富力强的青壮年时期,还是在身体衰老、脱离体制之后,人类都是"身不由己"的零件、工具、客体,充分体现了现代人在体制化、官僚化、功利化的现代社会沦为社会他者、人类他者的被动处境。

  小说通过讽刺手法凸显现代文明与人类困境并存的尴尬境况。彼得的家里配置了各种先进设备:监控护工萨莉不法行为的摄像机,万能的黑莓手机,"比信号控制系统有更多按钮……需要博士学位才可操控"(《十三种》49)的自动轮椅,几乎安装到室内每个角落、室外整条街道的助行扶手。然而,先进的科技、富裕的生活无法排解儿女缺席的孤独、无法平复丧妻之痛、无法规训鲁莽的行人、无法规避遭遇恶意袭击致死的风险。"现代城市常被看作充满各种混乱和危险的地方,从车祸到暴力袭击。"(克朗 162)正如彼得去饭店过马路的体验,"这个城市彻彻底底的粗鲁。八百万人同时碰撞,所有那些小原子都在彼此碰撞的过程之中"(《十三种》58),路上的越野车呼啸而过,交通灯变灯的时间不足以让老人安全通过,护工萨莉"急匆匆"(60)协助老人过马路,事后心有余悸,瑟瑟"发抖"(62)。过马路"就像跨越冥河"(61)的类比一语双关地揭露了纽约社会的冷漠与混乱,也预示了彼得奔赴死亡的命运。此外,彼得抱怨天才汇集的纽约却解决不了供暖这一最基本的民生问题,呼吁"地下室的但丁"努力把管道准备好,"善良的上帝啊,你以为 21 世纪他们就能解决他妈的、神秘的供暖问题……他们不能"(8)。资本主义社会的运行机制主要是以功利主义而非人的全面发展和基本生活为导向,工具理性大于价值理性。所以,人们乐于追逐可以量化的外在成就,比如黑人当选总统、人类登上火星、天才们挣了大钱,可是关乎民生的供暖、养老、人际关系问题却无人问津。正如学者所说:"对远方的探索会削弱眼前维持平衡、和谐的压力"（Mumford 242），尽显现代社会一味追名逐利、家中却冰冷狼藉的悲剧，尤其体现在彼得的儿子艾略特身上。他"仪表堂堂"（《十三种》74），"宅邸"拥有十二间卧室、容纳五辆车的车库，在老人眼里却"廉价""劣质"，只是"富裕的庸常"；艾略特的妻子是"崭新的""第三任""漂白机"，"她可能刚从微波炉里跳出来，橙色皮肤、珍珠一样白的牙齿。如战利品的妻子……野外观兽旅行的战利品"（28）。艾略特没有孩子也没关系，可以做三个继子"现成打包的父亲，邮购商品广告目录直接派送"（同上）。第八章集中再现父亲彼得、儿子艾略特在饭店吃饭的尴尬场景：艾略特一直在打电话，被与其有染的女秘书搞得焦头烂额，无心与满心期待亲情关怀的父亲认真吃饭，彼得在等待的过程中不断观察儿子的外貌举止，回忆儿子的成长，以矛盾的心态面对他一次次接电话的失礼行为，不禁感慨曾经优秀规矩的儿子为何在"华尔街"经历"玩钱的游戏"（88）后变成如此堕落的一个人。特纳认为，现代性的核心特质在于不断打破边界，然而，越界越频繁，打破边界这件事就越乏味，我们最终会悬置在空中，毫无感觉。而寻求死亡、暴力、性等不同寻常的极限体验成为后现代文化对抗乏味的方式（Thomassen 189）。这或许解释了为什么艾略特在有钱之后会不断纠缠于婚外情，随意碾压弱小女性，永不知足，这或许就是他"在单调乏味的社会寻找刺激"（同上 185）的一种方式吧。此外，他和父亲一起吃饭时不但没有亲人之间的温暖拥抱和叙旧，还虚情假意地让父亲买单，甚至将父亲抛弃在饭店，直接导致父亲随后遇害。儿子道德沦丧造成的罪孽最终转嫁到父亲身上，被他玩弄、开除的女秘书的父亲碰巧在同家饭店打工，愤恨中袭击了返家途中的彼得。彼得最后如史诗英雄般在袭击中遇难，是对布满安全监控、高度发达的西方社会最大的讽刺。这场悲剧说明，即使父亲是最高法院的法官，儿子是功成名就的公司总裁，他们面对生活时也是混沌茫然、不知所措的，工具理性的知识和地位无法应对现实中的伦理困境，"现实必须进入我们的认知范畴",我们才能找到本真的生活状态,突出人类自以为是却又痛苦无助的现代性悖论。

现代化过程中,以理解、协商和共识为核心的传统价值逐渐陨落,迷失其中的人们是否还能相互取暖呢?"生活没有了感情会怎样?"(《十三种》10)彼得不止一次地发问,似乎觉察到人类已进入生产力高度发达而感情枯竭、毫无希望的困境之中。小说通过彼得对过去美好生活的回忆、护工萨莉对彼得的照顾、萨莉供她的侄子读书以及彼得愿意在遗嘱中为萨莉留出一部分钱的设置为整个荒诞、绝望的社会带来些许温暖的人性之光,但不可否认的是小说结尾并未像麦凯恩先前小说一样许诺一个美好的愿景。最后一章先是以将来时态详细罗列了案件的审理过程,通过已经程式化的技术原则体现社会生活的殖民化倾向;之后,以真理般、常态化的一般现在时叙述审判时刻法院外的景色,"外面的天空一片广袤的灰色。云丝毫未动。城市的摄像头比天空中的飞鸟还多"(《十三种》143),传达作者对全景监狱一样、高度体制化的风险社会的绝望,触动读者反思美国社会的深层危机:"我们大家,所有美国人,所有现代人,都在沿着一条令人激动然而又是灾难性的路线向前突进。就个人和集体而言,我们都需要问一问,我们是谁,我们想要成为什么,我们正跑向何处,要付出什么样的人类代价。"(伯曼 439)现代资本主义文明以前所未有的速度和规模改变了世界,却也削弱了人类存在的价值与意义,将人类抛向存在主义的放逐之地。在人类一味追求物质财富与科技进步的同时,迷失的灵魂需要一个休息、反思、确定归属的空间,这样才能规避风险社会中的人为灾难,获得精神与物质相匹配的富足和幸福。小说后记中提到,麦凯恩创作这部小说时,在纽黑文遭遇暴力袭击,住院疗伤数日,出院后在网站上公布受害人影响报告,指出在美国平均每九秒钟就有一位女士遇袭。之后他又遇袭多次,身心饱受重创以致无法写作。故而,他在小说结尾带着绝望情绪(冯丽霞,《冷眼看人间》42),突出在令人窒息的社会体制、偶然无序的阈限时空中人类命运的悲剧性，似乎在以这种愤世嫉俗、悲观绝望的方式努力唤醒人类的觉悟和改变的决心。

　　小说细致刻画老年法官的临终一日，通过监控的第三人称有限视角、叙述者第三人称全知视角以及法官意识流的频繁越界让读者拥有穿梭于各类视角、审视事物的阈限空间，同时，由于监控视角的有意控制，案件的关键信息隐藏于庞杂的影像记录之中，小说与读者玩起了推理游戏，增加了作品理解的难度和独特的审美效果。史蒂文森的诗歌与本小说形成了形式、视角以及主题意蕴上的互文空间，使两者在复读、强调、浓缩、转移和深化的相互作用方面相得益彰。其中，互文所形成的讽刺、对描述对象或笑谑或憎恶的讽刺构成对于永久阈限现代社会的尖锐批判，异化的人、沦丧的道德、工具理性崇拜、官僚化体系、人与人之间的隔阂、危险的社会、瞬间的暴力都集中于普通人日常生活中的偶然一天，但偶然中难逃必然的命运，正如美国作家保罗·奥斯特（Paul Auster）所说："偶然性是世界统领一切的方式。突发事件、事故或不确定性，这些都是现实生活的组成部分，这非常复杂，但你也可以认为这就是命运。"（奥斯特 130）现代性社会正如史蒂文森的诗歌充满了模糊、不安、偶然、危险的阈限性，生活其间的人们不断找寻意义和慈悲，但现实会见证想象，世界如斯，不曾改变。也许只有小说透露的人性之光以及麦凯恩对他者的同理心想象才能为这个灰暗无望的世界带来些许改变吧！

　　总之，麦凯恩在纽约小说中以新奇大胆的空间叙事结构为城市空间的边缘人群搭建起联结与交融的时空之网，不仅反映并批判了现代社会中种族歧视、等级区隔、生活殖民化、老人孤独终老等问题和危机，还凸显了血缘共同体、精神共同体等交融形式对前景渺茫的永久阈限性现代社会的救赎作用。《光明的这一面》是对"黑暗的底层社会"（克朗 104）的"光明"再现，《转吧，这伟大的世界》是推动"这伟大的世界"超越悲痛、不断前行的"狂欢"赞歌，而《十三种观看的方式》则不无悲观地刻画了永久阈限性现代社会的绝望境况。

"隧道""橘瓣""黑鸟"视角的叙事结构使小说的形式成为有力演绎联结与沟通主题的内容,为社会结构阈限、边缘、底层处的人类个体构筑平等对话、民主发声的阈限空间,促成主体与他者、中心与边缘的跨界交融。

结　论

　　阈限理论于宽泛处关注具有"居间"性质的时间、空间、主体概念,于细微处考察个体或群体因年龄、地点、状况、社会地位变化而经历的"过渡仪式",于审美处囊括多种颠覆"占有地位""扮演角色"等主流话语的叙事策略,于现实处关涉社会变迁以及人类处境,形成一套跨越本质边界、关注流动身份、颠覆主流话语、研究混杂文化、反思现代性的整体批评框架。阈限视阈下的麦凯恩小说研究,在叙事策略上通过世界小说、后现代历史叙事以及空间叙事构筑超越传统与现代、本土与全球、历史与虚构、中心与边缘、主体与他者、民主讲故事的阈限性叙事空间;在故事层面上,讲述跨国空间、社会空间中边缘、底层人群对抗困境、寻求沟通与救赎的故事;最终,在形式和内容两方面建构颠覆文化本质主义、官方历史、主流话语、工具理性、线性时间的交融艺术,憧憬人类跨越一切边界、实现联结与救赎的世界主义交融愿景。

　　"阈限、边缘以及结构中的低下地位在社会中通常不为主流社会所见或视而不见,却为艺术家提供了进行'神话故事、象征手段、仪式行为、哲学体系以及艺术作品'创作的'前提条件'。"(Turner, *Process* 129)这种有别于社会上、历史上颠覆"占有位置""扮演角色"等主流话语的交融艺术与批判现实主义文学、当代人类学、后殖民文学、后现代主义研究对于他者的关注以及现代主义内在秩序的吁求有某种程度上的契合之处。麦凯恩主张实地调查、细致再现研究对象，其作品具有现实主义或自然主义的叙事风格；在关注和挖掘社会结构阈限、边缘、底层处人类潜能方面与为"边缘、属下、低级、被压迫、被排挤"(张剑 118)人群发声的他者研究以及后殖民、后现代书写一致：其再现对象多是无家可归者、妓女、失孩族、老人、吉普赛人、被放逐的艺术家、僧侣、孤儿、杀人犯、疯子、外来移民、被异化的法官等他者人群，他们大多处在沉默、无声、错位、危险的阈限空间，痛苦近乎绝望，却仍在黑暗中探寻着希望的幽光和改变的可能；"面包""隧道""鹤舞""橘瓣""萤火虫""走钢丝"等空间意象给予越界反常、边缘底层、流动不居的人类境况以理想主义的交融力量，与现代主义试图赋予混乱、失序的世界以意义和价值的目的达成一致。以上，麦凯恩兼具现实主义、现代主义、后现代主义某些特质的叙事特点形成其独树一帜的交融艺术。

爱德华·萨义德(Edward Said)在《东方学》一书中提及了奥尔巴赫。奥尔巴赫认为积极介入自身文化之外的某一文化具有重要意义，他引用了圣维克多的雨果的一段话：

> 发现世上只有家乡好的人只是一个未曾长大的雏儿，发现所有地方都像自己家乡一样好的人已经长大，但只有当认识到整个世界都不属于自己时一个人才最终走向成熟。(萨义德 331)

萨义德指出，一个人离自己的文化家园越远，越容易对其做出判断。整个世界同样如此，要想对世界获得真正的了解，从精神上对其加以疏远以及以宽容之心坦然接受一切是必要的条件。(萨义德 332)

作家约瑟夫·奥康纳(Joseph O'Connor)也曾说："成为移民并不是(换个)地址，而是(换)一种思考爱尔兰的方式。"(O'Conner 14)

以上说法暗示迁居、流散行为所产生的批判距离会促使移民获得审视本土文化、目标文化的新视角和认知上的成长。麦凯恩生于爱尔兰、游历各国、定居美国的经历从一开始就决定了他跨文化交流与杂糅文化认同的阈限性,预示其对"盖尔语加天主教"(Moses 207)的传统爱尔兰身份去本质化、去政治化理解的可能性,决定其聚焦"接触地带"(Pratt 6)的"跨国后殖民"(Moraru 172)体验的创作特点。麦凯恩自称"国际混血儿""爱尔兰纽约客"(Irish New Yorker):一方面,他时刻不忘自己的爱尔兰出身,不断回望、审视、反思爱尔兰社会、文化、历史问题;另一方面,他认为人们最好摒弃基于基因、血统或地缘的单一固定身份,将文化认同、国家归属与地理空间分离,采取一种强调个人自由选择的意愿性归属,甚至主张同时选择多个国家或多种文化归属。在《理解麦凯恩》中,学者库萨蒂斯评价道:"在麦凯恩二十多年的创作生涯中,不论从字面意义还是比喻意义上来说,他一直痴迷离家、寻找归家途径的主题。"(Cusatis 1)但玛拉和巴赫认为,《黑河钓事》中的故事预示了麦凯恩后来取材俄罗斯、美国、东欧、罗马地区的创作,这些小说(不同于离家、返家的特质)呈现出一种全球主义的理解(Mara & Bach 11)。整合以上观点,麦凯恩秉承一种有根的世界主义思想:四海为家,并不忘乡。不同于多元文化主义者尊重不同文化、但保留文化之间边界的立场,麦凯恩强调的是跨文化交流与融合的杂糅过程,契合于世界主义精神内蕴的"联结和沟通"(Patell 10)的核心理念,趋向于阈限"跨越边界"、居间的文化位置和交融主张。

范热内普论及"过渡仪式"时指出:"对于个人和群体来说,生命本身意味着分离和重聚,改变形式和状况,死亡和重生。生命就是行动和终止,等待和休息,然后再开始以不同的方式行动"(范热内普189),说明了个体和群体无时无刻不存在于时空的变化之中。生活中"伴随着每一次地点、状况、社会地位,以及年龄的改变而举行的仪式"(同上 94)有多种样态。从人类个体的成长角度来说,未成年人的成长仪式对于个人褪去青涩、获得社会身份、确立人生方向有重要作用,更在长远意义上影响民族国家的未来。从地点变化来看,流散、迁居是地理空间位移所引发的"过渡仪式",不仅对迁居者的心理空间、社会地位带来变化,更对母国、迁居过程、迁居国在政治、经济、文化状况等多方面产生深远影响。

  未成年人的成长仪式与迁居者的过渡仪式深刻影响着新时期爱尔兰的民族身份。身体经验是日常生活中对抗空间表征、促进事物发生改变的革命性力量;未成年人的阈限性身份起到消解宗派、民族本质主义观念的积极作用,图绘爱尔兰跨宗派和解的可能。对远方的向往以及拥有自由流动的能力是新爱尔兰一代共同的价值观和社会心理,是对爱尔兰流散传统和生活方式的继承和发扬。爱尔兰迁居人群及其"迁居"行为对本土人群、目的国人群的影响,共同塑造爱尔兰民族开放性的新身份和新话语。这种"新"即体现在,爱尔兰民族脱离本土具体的社会地理时空,通过跨国实践、跨国社会空间协商跨国流散身份,不断从解辖域化的民族主义认同延伸到全人类迁居、流散行为的考察和世界公民身份的认同层面,憧憬平等、友爱的世界主义交融社会的到来。正如学者所说,迁居美学"挑战了现代和传统之间、目的地国家与出发国家之间的二元对立,正是这种二元对立激发了流散话语"(Mardorossian 15),正是这种消弭二元对立的阈限空间给予迁居者、流散者以跨界交融的协商机会。麦凯恩的早期作品《这个国家的一切别无选择》合集、《黑河钓事》合集和《歌犬》在未成年人的心理空间、复杂的社会空间中审视北爱冲突的影响,考察超越身体、超越宗派、跨国民族主义的爱尔兰身份,消解了爱尔兰传统与现代、本土与全球之间的二元对立,凸显爱尔兰解辖域化后的世界主义认同转向。人类迁居性与阈限性的全球想象需要相应的文学表达形式,世界小说的构想应运而生,用以概括多重文化背景下,秉承文化杂糅精神,探讨人类共同情感,推动不同文化、民族间对话与反思的一类小说类型。世界小说颠覆了西方线性时间、单一叙事权威、有限时空范围的传统叙事范式,服务于身份杂糅、跨文化体验为主题的世界主义交融艺术。

正如学者杨金才所说:"麦凯恩借助过去的历史背景、人物与历史氛围""书写""某种生命体验","历史只是叙述媒介而已,成了小说家的精心构思和巧妙阐释"(4)。麦凯恩的历史再现主要关注战争、动乱、大饥荒等阈限性历史事件中"被侮辱者与被损害者"(龚璇173)的生命体验以及超越历史与虚构、真实与想象、英雄与无名氏的形式美学。历史无名角落里无名氏的生命体验再现是作者对于普通人战胜苦难找寻希望和救赎的生命礼赞,是源自平凡生活的真实声音,是冰冷大写历史中的人性之光,是更接近历史本真的"多重纹理"(张芸116)。重大历史事件被选作故事背景,旨在彰显普通人面对特殊历史时空、社会环境时的局限性和能动性,表达作者对于人类现代文明、现代体制的批判和人类能动性的肯定。小写历史狂欢、大写历史式微的后现代历史叙事艺术,与营造迥异于制度化、抽象化社会结构的他者话语空间的交融艺术不谋而合。后现代主义以多元性、异质性、偶然性、边缘性瓦解总体性、单一性、同质性和中心化的历史和叙事,凸显地方、阶级、种族、性别等具体差异的价值和意义,形成消解具体/一般、现在/过去、边缘/中心、想象/真实等二元对立认知范式和创作模式的开放性空间,起到释放过去无名角落里具体、独特、无声潜力的交融作用。在具体叙事手法上,麦凯恩通过拼贴、前景化小写历史片段、质询传记话语权威,展现历史的多元性;以声明、题记、引言、致谢、目录等副文本形式揭示正文本的虚构性;以各种杂糅的文类资料证明历史编辑、选材过程的主观性。以上历史再现策略旨在说明历史不过是作者探讨艺术再现技巧、给予无名他者民主讲故事权利、颠覆官方历史权威的交融手段。

纽约三部曲《光明的这一面》《转吧,这伟大的世界》和《十三种观看的方式》聚焦现代都市人群的生命体验和现代性的后果。20世纪60年代以来,人文社会科学研究出现了空间转向,共时性体验的并置成为反映这个全球化与地方性共在、过去与当下交融的"互联性"时代的一种重要的文学再现形式,反映"每个人都夹在地方性出身和全人类都参加的全球性社会之间,进退为难"(Hart 6)的处境。消解边界、跨越边界,才有可能实现全球化,每一座城市都处于体制化的居间位置,地理、政治、经济的居间状态(Thomassen 216)。"这是一个真正的多元共生的时代,一个没有主流的时代,一个多种话语相互竞争、并显示出某种'杂糅共生'之特征和彼此沟通对话的时代。"(王宁 30)文化观念的改变推动文学形式上的革新,传统线性时间的单一叙事被空间化的多声叙事模式所取代,形成颠覆传统文学修辞效果和读者预期的、众声喧哗的话语空间、故事空间。《光明的这一面》以隧道意象撑起家族史的历时性脉络;《转吧,这伟大的世界》以橘瓣结构勾连共时性的多维故事空间;《十三种观看的方式》以诗歌、文本、故事所构筑的阈限空间来无限延展老者临终当日的有限时空。三部小说的叙事结构呈现出"隧道""橘瓣""黑鸟"的空间意象,在视觉层面具象演绎了联结与交融的主题。

　　城市空间是错综复杂、层级分明的社会空间,充满了居住者表征空间与官方空间表征的斗争。人类存在的各种空间呈现出不同的意识形态色彩:现代日常生活空间表现出体制化、规训性、符合资本主义运行逻辑的殖民化特征;家庭空间已不只是物理意义上的家宅,而是充满个人思想、回忆、幻想的心理空间,却也会因为安全性的缘故,成为隐私皆无的全景监狱;城市异质空间虽然危险、静默、肮脏,却是被现代文明抛弃的"无家可归者"、自我放逐者重生或死亡的阈限空间;垂直分布的地上空间、地下空间,横向隔离的富人区、贫民窟以立体层级的区隔将现代城市居民限定在各自的地理空间中,通过惯习固化阶级结构,重演代际间的命运。阈限、边缘、底层人群由于种族、阶级、创伤等原因越来越成为困在原地的心灵放逐者,很难形成以理解与共识为基础的交融。现代性是一味求新求变、向前发展的永久阈限状态,身处其间的人们倍感被放逐、无家可归的绝望,面临前所未有的现代危机:被劳动异化、被商品物化、被现代体制殖民化、被不确定性虚无化,人类困在道德沦丧、人际疏离、体制僵化、工具理性至上的失序的现代世界。只有重建实实在在的生活空间和社会历史背景来理解和感同身受个体的生命体验才能在绝望中挖掘出新的希望。

想象并重建他者的生活空间是人们试图打破理性至上的体制禁锢、重获生活意义与价值的重要途径。麦凯恩在2009年接受《金融时报》采访时曾提到,作家应该有政治意识和乌托邦色彩的想象力,心怀同理心,能够想象他者的生活是作家最大的特权(Metcalfe)。麦凯恩关怀他者,书写他者,具有强烈的社会责任意识,与人类学阈限理论对于他者族群的关注和研究有某种契合之处。知名政治哲学家托马斯·内格尔(Thomas Nagel)指出:"我们生活在一个不公正的世界。"(114)大量移民、少数民族、穷人、流亡者、老人、女人等困在社会结构的阈限、底层、边缘处,普遍远离日常生活视野,很难引起西方主流媒体真正客观、公正的报道。而麦凯恩选择走出中产阶级的舒适区,像人类学家、社会学家一样亲历无家可归者栖身的隧道、吉普赛人的营地、俄罗斯的芭蕾舞房等地,深入挖掘被主流话语所遮蔽、所边缘化的他者群体的故事;同时,他也到图书馆搜集文献资料,从历史社会语境方面还原某些民族、个体被他者化的过程和原因,通过引领读者感同身受他者的遭遇来激发同理心,启发强者反思、弱者觉醒,积极推动人类缔结跨越一切边界的悲悯和团结。2009年,麦凯恩在南卡罗来纳艺术学院的毕业典礼上呼吁未来的艺术家们可以做些脱离世俗成功标准的事情,比如帮助无家可归者,加入和平组织,为那些弱势群体、迷失群体、创伤群体发声;始终坚信艺术有重建被他人贬低的生活的能力(Cusatis 172)。2012年,他与志同道合的作家、教育工作者、社会活动家们共同组建了"叙事四"的全球公益组织,在学校、社区大力推行"跨越各种边界"的"讲故事的民主"①活动,鼓励全世界的年轻人通过讲故事的形式分享彼此的生活,滋养同理心,孕育希望。麦凯恩更以卓越的讲故事艺术为四处漂泊的流亡他者、历史他者、"被困在地上动弹不得""日益贫穷和绝望"的(Cusatis 69)社会他者以及深受体制禁锢的人类他者建构起被理解、被倾听的民主生活空间,凝结成表征颠覆与救赎的"交融艺术"。

建构他者民主的发声空间旨在强调讲故事的民主权利,消解作家的权威地位,代之以开放协商的过程,建构平等交流的共同体。他者的想象性书写并不是把他者作为人类学研究的客体,而是作为自足的、文化交流中的历史主体来对待。正如哈贝马斯合理化交往行为所提出的将传统"主体−客体"模式发展为"主体−主体"模式,以促进人与人之间自由平等民主的对话,达成理解和共识(方环非、郑祥福 225);又如理查德·科尼(Richard Kearney)所提倡的亲近他者,把他者当成另一个自我,共同拥有普遍权利和责任的伦理要求,呼吁对于疏离的他者的主体性的承认与理解,主张对文化差异持平等主义的宽容态度(Kearney 80)。人类的理想社会就像马丁·布伯意义上的"社区"状态:"广大人群不再彼此平行生活,而是彼此在共同交流的方式下生活……朝着同一个目标前进,却在所有的地方都有着求诸他人,或是动态地面对他人的经历,这是一个从我到你的转移。"(Buber 51)人们只有打破"平行"的层级空间,进入特纳言及的社会结构缝隙之中潜藏的平等、友爱的"交融"状态,才能在永久阈限的现代社会找到存在的价值和意义,实现生命的救赎。"凡是在人以有机的方式由他们的意志相互结合和相互肯定的地方,总是有这种方式的或那种方式的共同体。"(滕尼斯 54)滕尼斯将共同体大致分为血缘共同体、地缘共同体和精神共同体,三者在麦凯恩小说中

---

① Bloomgarden-Smoke, Kara. "Let the Great World Tell Stories: Colum McCann and *Esquire* Celebrate Narrative 4 Launch."〈https://observer.com/2013/06/let-the-great-world-tell-stories-colum-mccann-and-esquire-celebrate-narrative-4-launch/〉

发挥着不同的作用:血缘关系的代际联结帮助人类个体探索人生的三大终极问题:我是谁?我从哪里来?我要到哪里去?地缘关系的维系使人类群体在接触地带碰撞、互动,有助于形成杂糅文化、跨种族团结;后现代共同体以共同的利益、情感、经历、兴趣为联结,需要超越礼仪客套,以同理心想象为支撑,才能成为最具凝聚力、最稳固的精神共同体。共同体,不仅是个人在实际生活中战胜孤独、虚无、恐惧,获得他人关怀和爱、感知幸福、确认身份、重获生命活力的情感之源,更是全人类团结起来、应对现代性危机、为共同理想奋斗的凝聚力量。

麦凯恩所提倡的打破一切边界、团结全人类的理想与乌尔里克·贝克对当今世界状况的判断以及中国人类命运共同体理念的提出在建立全人类共同体的目标方面达成一致。从这个意义上讲,阈限视阈下的麦凯恩小说研究不仅有益于对这个时代的洞察,更有助于加深对于世界主义复归潮流与中国治国方略的理解。贝克指出:"20世纪末以来爆发的灾难性事件,在空间、时间和社会层面上所带来的安全丧失感和危机感是长远的、根深蒂固的。一切边界及内与外的区分,在全球迅速扩展和相互影响的危险面前,都土崩瓦解了。原来建筑在民族观念上的安全与自信,已经让位于对灾难的无所不在性和不可控制性的恐惧。"(贝克,《风险社会》78)"世界所有国家和民族"进入"一个休戚与共、相互依存的'风险共同体'"之中(贝克,《自由与资本主义》104)。世界的"互联性"使人类意识到"超越民族和国家的界限,逐步走向国际公民社会"(哈贝马斯,《他者的引入》8),共同对抗全球化风险的必要性,而"世界主义是一种继历史地衰退的国家主义、民族主义和自由主义思想之后出现的又一种可望实现的伟大思想。它与建立一个统一、安全、可持续发展的世界目标联系在一起,指出了人类文明走出当前困境的唯一出路"(贝克,《世界主义的欧洲》84)。人类"联结与沟通"(Patell 10)的世界主义思想的复兴是应对风险时代的唯一希望。贝克的"文化风险社会"

"风险共同体"和"世界主义"的解决方案与特纳提出的永久阈限状态的现代性以及人类交融的愿景不仅能够相互观照、深化升华,更在麦凯恩的故事中得到生动的演绎,体现了麦凯恩作品的时代性和现实意义。此外,世界主义的交融愿景已不仅仅停留在理论推演与文学创作之中,更在世界治理、国家战略上得到切实的践行。两次世界大战后,联合国、欧盟等国际组织的建立与运行推动了跨国合作的进程。2013年3月,习近平主席在莫斯科国际关系学院演讲中指出:"这个世界,各国相互联系、相互依存的程度空前加深,人类生活在同一个地球村里,生活在历史和现实交汇的同一个时空里,越来越成为你中有我、我中有你的命运共同体。"(《顺应时代前进潮流》)中国不仅顺应时代发展,提出了命运共同体的理念,更通过"一带一路"倡议积极打造丝绸之路沿线国家共享共有、和谐共生的利益共同体、命运共同体和责任共同体,在实践意义上,证明了世界主义共同体设想的可行性以及未来推行的可能性。

虽然国际组织的有效运行以及中国人类命运共同体理念的成功践行给予麦凯恩的世界主义设想一种实现的可能,但是我们还是需要结合人类历史现实与当代国际形势,审慎地评价麦凯恩理想主义的文学想象。麦凯恩在采访中回应"要把希望写得让读者觉得可信是件很难的事"时说到,诺贝尔奖得主们大都认为文学不仅要揭示人类苦难,更要激发生命,提供甘乐,作家有职责这么做,但过度理想主义会使作品"流于轻易肤浅"。麦凯恩的创作也难以幸免,其多数作品都在书写世界上的黑暗角落,却皆以"光明"和"希望"结尾,难免显得力不从心:比如《光明的这一面》中树蛙被妻儿以性骚扰的指控抛弃,蜗居地下隧道近四年,小说以他四十天重生、爬出隧道、去找妻儿和解的昂扬姿态结束,但妻儿是否会像"复兴"章节所预示的那样重新接受他并无交代,结局未必皆大欢喜。此外,《佐利姑娘》对历史人物既定命运的改写,已被学者诟病。小说前半部分突出佐利被多重他者化的遭遇,激发无限的同理心,而最后命运多舛的佐利居然找到了灵魂伴侣,过上了幸福的生活,这种有违史实的美好想象流露出刻意、肤浅的痕迹,严重削弱了作品的批判性和反思性。而论及纽约城市小说,前两部尚有"深度共同体"的存在:《光明的这一面》中有血缘共同体、跨种族团结、夫妻之间的守护与希望,《转吧,这伟大的世界》中有甘心忍受痛苦的基督徒科里根来救赎最卑微的众生,有基于相同创伤经历缔结的精神共同体来传递希望、推动世界继续转动,而《十三种观看的方式》中老者已没有任何血缘、地缘、精神共同体可以深度融入,在疏离的亲子、邻里关系中,唯一给予人希望和温暖的是护工对老者的照料,而这仅仅是雇主与雇工的关系,没有亲密、深度的交流,只有老者对护工身世的猜测和护工军团八卦雇主的短暂闲谈。也许是麦凯恩自己遇袭的经历决定了这部小说悲观、绝望的结局,抑或是他已意识到人类进入现代社会之后,科技创新、全球资本将不断推动世界一路向前,远远抛下人类精神所需的传统价值:家、存在的意义、人际的联结、确定的归属。现代社会将不可避免地深陷发展永无止境、人类无限失落的永久阈限状态。现代性的悖论之处恰恰在于,它打破一切传统边界的同时却难以重建任何归属、意义,无家感与虚无主义泛滥,人们急切寻找、构筑某种形式的共同体来重获确定性和安全感,而基于某种利益、兴趣、情感的后现代共同体短暂而肤浅,难以彻底解救虚无、暴戾、迷失的人类。众多学者已注意到人类社会前景堪忧的危局,但尚无有效的对策,只能针对风险社会的样态,提出关怀他者、对他者负责、团结全人类的伦理设想和应对方案,并通过理论建构与文学想象努力演绎这种设想的合理性和可行性,但在实际操作层面如何在西方、在全世界推行该方案仍是一个相当艰巨的考验。联合国、欧盟等国际组织的成功经验以及中国政府强有力的"一带一路"实践确实为世界公民社会勾画出希望的蓝图,但在资本主导一切、资源分配严重失衡的当今世界推行全人类真正平等、团结的联合并非易事。近年来,美国的单边主义政策,英国脱离欧盟的决定,部分国家民族主义抬头的趋势都预示了建立世界公民社会的难度。但无论现实怎样，即使《十三种观看的方式》里已尽显悲观绝望的情绪，麦凯恩突出当今社会顽疾似乎也正是为了唤醒麻木不仁的民众，让我们意识到危机已如此深重，再不团结起来，努力改变，人类命运将注定是自我铸造的悲剧。也许这正是他通过文学的施为作用，对人类跨界交融、寻求生机发出的最锥心蚀骨的吁求和呼告吧！

最后，阈限视阈下麦凯恩小说的跨界交融研究不仅有助于我们对当代中国出现的某些社会问题及其历史原因加深了解，更对中国文学"走出去"战略的实施有些许参考。鲁迅先生曾说，爱尔兰是一个"受着英国的铁锤统治……动弹不得的国度"（陈恕 213），中国和爱尔兰都在历史上饱受大英帝国不同程度的殖民统治，都通过顽强卓绝的民族主义斗争获得独立，又都在 20 世纪 90 年代经历现代化、实现经济腾飞。因此，麦凯恩以流散、受难、现代性为题材的创作都能在中国近代历史、当代社会发展中找到共鸣，有助于国民建构"记忆共同体"、增强集体身份认同和国家凝聚力。当今，中国和爱尔兰充分发挥了现代化、全球化经济发展的后发优势，跻身世界强国，却也前所未有地迎来现代主义、后现代主义思潮同时涌入的挑战：当代作家如何再现流动的现代性，如何在全球化背景下发展民族文化，如何审视现代化过程所暴露出来的一系列问题，如何在异化、物化的现代世界高举人的价值并确定普通人生活的意义，这些都是处于转型期的当代中爱两国必须认真面对和思考的问题。麦凯恩作为一位在爱尔兰性与世界主义思想之间自由转换身份、立志书写"属于爱尔兰的最伟大的美国小说"的杰出作家，为中国文化、中国文学走向世界提供了一定的借鉴意义。

引用文献

英文文献

ABRAMS M H. A glossary of literary terms [M]. Beijing: Beijing Foreign Language Education Press, 2004.

ALBER J. Unnatural narrative: impossible worlds in fiction and drama [M]. Lincoln: University of Nebraska Press, 2016.

AL-SAJI A. The memory of another past: Bergson, Deleuze and a new theory of time[J]. Continental philosophy review, 2004, 37(2): 207-209.

ANDREW A, LOUISE F, LITTLETON J. After the Ryan and Murphy reports: around table on the Irish Catholic church [J]. New Hibernia review, 2010, 14(1): 59-77.

ANTHIAS F. Evaluating "diaspora": beyond ethnicity[J]. Sociology, 1998, 32(3): 557-575.

ASHCROFT B, GRIFFITHS G & TIFFIN H. The empire writes back: theory and practice in post-colonial literatures [M]. New York: Routledge, 1989.

BAKHTIN M. Discourse in the novel [C]//EMERSON C. & HOLQUIST M. (eds.). The dialogic imagination: four essays by

M. M. Bakhtin. Austin: University Press of Texas, 1981: 259-422/263.

BARNARD R. Fictions of the global[J]. Novel, 2009, 42(2): 207-215.

BAUDELAIRE C. The painter of modern life[M]. New York: Da Capo Press, 1964.

BENJAMIN W. Illuminations [M] ZOHAN H. (trans.). London: Fontana, 1973.

BERGE J. And our faces, my heart, brief as photos[M]. London: Writers and Readers,1984.

BHABHA H. Nation and narration[M]. London: Routledge, 1994.

BHOPAL K & MYERS M. Insiders, outsiders and others: gypsies and identity[M]. Hatfield: University of Hertfordshire Press, 2008.

BIGGER S. Victor Turner, liminality and cultural performance[J]. Journal of belief & values, 2009, 30(2): 209-212.

BLACK S. Fiction across borders: imagining the lives of others in late twentieth-century novels [M]. New York: Columbia University Press, 2010.

BOLGER D. The vintage book of contemporary Irish fiction[M]. New York: Vintage, 1995.

BOURDIEU P. The logic of practice[M]. Cambridge: Polity, 1990.

BOWDEN P. Caring: gender-sensitive ethics [M]. London & New York: Routledge, 1997.

BREWSTER S & Parker M. Irish literature since 1990: diverse voices [M]. Manchester: Manchester University Press, 2009.

BROWN S J. Things not meant to heal: Irish "national allegory" in Doyle, McCabe, and McCann[J]. Nua: Studies in contemporary Irish writing 1997, 1(1): 31-51.

BROWN T. Ireland: a social and cultural history, 1922—2002 [M]. London: Harper Collins, 2002.

BUBER M. Between man and man[M]. Smith R G (trans). London and Glasgow: Fontana Library, 1961.

BURKE P. Overture: the new history, its past and its future [C]// BURKE P. (ed.). New perspective on historical writing. Cambridge: Polity, 2001: 5 - 8.

CAHILL S. Choreographing memory: the dancing body and temporality in *Dancer* [C] // CAHILL S & FLANNERY E. (eds.). This side of brightness: essays on the fiction of Colum McCann. Oxford: Peter Lang, 2012.

CAHILL S & FLANNERY E. This side of brightness: essays on the fictions of Colum McCann[C]. Oxford: Peter Lang, 2012.

CALDWELL P. Metaphoric structures in Wallace Steven's "Thirteen Ways of Looking at a Bird" [J]. The journal of English and Germanic philology, 1972, 71(3): 321 - 335.

CARDINB. Colum McCann's intertexts: books talk to one another[M]. Cork: Cork University Press, 2016.

CAREN I. Toward the geopolitical novel: U. S. fiction in the twenty-first century[M]. New York: Columbia University Press, 2014.

CARTER P. Living in a new country: history, travelling and language [M]. London: Faber & Faber, 1992.

CARUTH C. Unclaimed experience: trauma, narrative and history[M]. Baltimore, Maryland: Johns Hopkins University Press, 1996.

CHAMBERS I. Migrancy, culture, identity [M]. London: Routledge, 1994.

CLEARY J. Outrageous fortune: capital and culture in modern Ireland [M]. Dublin: Field Day Books, 2006.

COHEN R. Global diasporas[M]. London: UCL Press, 1997.

COLLINS S. The core of care ethics [M]. Hampshire: Palgrave Macmillan, 2015.

CORRIGAN M. "In 'transatlantic': the flight is almost too smooth." Fresh Air, [2017-06-06]. ⟨http://www.npr.org/2013/06/17/191334200/in-transatlantic-the-flight-is almost-too-much⟩.

CRĂCIUN D. The "9/11" conundrum: beyond mourning in Colum McCann's Let The Great World Spin [J]. B. A. S. British and American studies, 2012, (18): 81-88.

CULLINGFORD E. American dreams: emigration or exile in contemporary Irish fiction? [J]. Eire-Ireland, 2014, 49 (3/4): 60-94.

CUSATIS J. Understanding Colum McCann [M]. South Carolina: University of South Carolina Press, 2011.

DE CERTEAU M & RENDALL S. The practice of everyday life[M]. California: University of California Press, 2011.

DELANTY G. Community [M]. (2nd ed) London and New York: Routledge, 2010.

DERRIDA J. Choreographies [C]. Points⋯Interviews, 1974—1994. Trans. Christine V. McDonald. Stanford. California: Stanford University Press, 1995.

DIEMUT B. Care, gender, and justice[M]. London: Clarendon Press, 1995.

DOUGLAS M. Purity and danger[M]. London: Routledge and Kegan Paul, 1966.

—. The idea of home: a kind of space[J]. Social research, 1991, 58 (1): 287-307.

DOYLE R. The commitments[M]. London: Vintage, 1998.

DUNN A. Colum McCann and dancer from the dance [N]. Publisher Weekly, 2003-01-13.

ELLIS P B. Celtic myths and legends [M]. New York: Carroll & Graf, 2005.

FAGAN G H. Globalization and culture: placing Ireland [J]. The annals of the American academy of political and social science 2002, 58(1): 140-152.

FENG L. On global features in Wish You Were Here [J]. Social sciences and information, 2015(12):171-175.

FENNELL D. The state of the nation: Ireland since the sixties [M]. Dublin: Ward River Press, 1983.

FISHKINS F. Crossroads of cultures: the transnational turn in American studies [R]. Presidential address to the American studies association, 2004-11-12.

FOGARTY A. "An instance of concurrency": transnational environments in *Zoli* and *Let the Great World Spin* [C]// CAHILL S & FLANNERY E. (eds.). This side of brightness: essays on the fiction of Colum McCann. Oxford: Peter Lang, 2012.

FLANNERY E. Colum McCann and the aesthetics of redemption [M]. Dublin: Irish Academic Press Ltd, 2011.

FLANNERY E. Troubles trilogy: *Everything in This Country Must* [C]// CAHILL S & FLANNERY E. (eds.). This side of brightness: essays on the fiction of Colum McCann. Oxford: Peter Lang, 2012.

FLANNERY E. Troubling bodies: suffering, resistance and hope in Colum McCann's "Troubles" short fiction [J]. The Irish review, 2009, 40/41(1): 33-51.

FONESCA I. Bury me standing: the gypsies and their journey [M]. New York: Vintage Books, 1995.

FORKNER B. The Irish short story (1980—2000): Ireland anthologized[J]. Etudes Anglaises, 2001, 54(2): 151 – 166.

FOUCAULT M. Of other spaces[J]. Diacritics, 1986, 16(1): 22 – 27

FOURNIER V. Utopianism and the cultivation of possibilities: grassroots movements of hope[J]. The socidogical review, 2002, 50: 189 –216.

FREILICH M. Marginal natives: anthropologists at work [M]. New York: Harper & Row, 1970.

FRIBERG-HARNESK G P & WRECHED J. Beyond Ireland: encounters across cultures[M]. Bern: Peter Lang AG, 2011.

FRIEL B. Translations [C]//GREENBLATT S. (ed.). The Norton anthology of English literature (8thed). New York: W. W. Norton, 2006.

FRISBY D. The metropolis as text: Otto Wagner and Vienna's "Second Renaissance" [C]//LEACH N. The hieroglyphics of space. London: Routledge, 2001.

GABINSKI A. Challenging history: past reconstruction in Colum McCann's *Songdogs*[J]. Estudios Irelandeses, 2007(2): 44 – 56.

GALDWELLG. Gypsy Serenade [Z]. Boston Globe, 2007 – 01 – 14 [2017 – 08 – 08]. ⟨http://www.boston.com/ae/books/articles/2007/01/14/gypsy_serenade⟩.

GARDEN A. Authorship, orality, and print modernity: representing the Roma in Colum McCann's *Zoli* [J]. Critique studies in contemporary fiction, 2016,57(3):348 – 357.

GENETTE G. Palimpsests: literature in the second degree[M]. Trans. NEWMAN C & DOUBINSKY C. Lincoln: University of Nebraska Press, 1997.

GILLIGAN R. Towards a "narratology of otherness": Colum McCann, Ireland, and a new trans-cultural approach [J]. Studies in the novel, 2016, 48(1): 107 – 125.

GILROY P. The black Atlantic: modernity and double consciousness [M]. Cambridge, Massachusetts: Harvard University Press, 1993.

GRAY R. Open doors, closed minds: American prose writing at a time of crisis[J]. American literary history, 2009, 21(1): 128 – 151.

GROSZ E. Volatile bodies: toward a corporeal feminism [M]. Bloomington, IN: Indiana University Press, 1994.

HANCOCK I. We are the Romani people [M]. Hatfield, U. K.: Hertfordshire University Press, 2002.

HAND D. A history of the Irish novel [M]. Cambridge: Cambridge University Press, 2011.

HAND D. Living in a global world: making sense of place in *This Side of Brightness* [C]// CAHILL S & FLANNERY E. (eds.). This side of brightness: essays on the fiction of Colum McCann. Oxford: Peter Lang, 2012.

HART K. Swimming into the human current [J]. Cambridge anthropology, 1990, 14(3):3 – 10.

HEALY F J. Dancing cranes and frozen birds: the fleeting resurrection of Colum McCann[J]. New Hibernia review, 2000, 4(3): 107 – 118.

HEANEY S. The redress of poetry [M]. London & Boston: Faber and Faber, 1995.

HETHERINGTON K. New age travelers [M]. London: Cassell, 2000.

HOLLINGER A D. Cosmopolitanism and solidarity [M]. Madison: University of Wisconsin Press, 2006.

HONES S. Literary geographies: narrative space in *Let the Great World Spin* [M]. New York: Palgrave Macmillan, 2014.

HUTCHEON L. The politics of postmodernism [M]. New York:

Routledge,1989.
IRR C. Toward the world novel: genre shifts in twenty-first-century expatriate fiction[J]. American literary history, 2011, 23(3): 660−679.
JACOBY E. Penser la danse avec deleuze [J]. Litterature, 2002, (128): 93−103.
JAMESON F. Postmodernism, or, the cultural logic of late capitalism [M]. Durham, NC: Duke University Press,1991.
JAY P. Global matters: the transnational turn in literary studies[M]. Ithaca and London: Cornell University Press, 2010.
JENKINS R. Refiguring history: new thoughts on an old discipline[M]. London and New York: Routledge, 2003.
JUNOD T. *Let the great world spin*: the first great 9/11 novel[J]. Esqiure, 2009(7).
KAVANAGH J. Nureyev: the life[M]. New York: Pantheon, 2007.
KEARNEY R. Strangers, Gods and monsters: interpreting otherness [M]. London: Routledge, 2003.
KEAST W R. Wallace Steven's Thirteen Ways of Looking at a Blackbird [J]. Chicago review, 1954, 8(1): 48−63.
KEEN S. Empathy and the novel [M]. London: Oxford University Press, 2010.
KIBERD D. Literature and politics[C]// The cambridge history of Irish literature. Vol. 2. Cambridge: Cambridge University Press,2006.
KORT W. Place and space in modern fiction[M]. Florida: University Press of Florida, 2004.
KRISTEVA J. Word, dialogue and novel[C]// MOI T. (ed.) The Kristeva reader. New York: Columbia University Press, 1986: 35−61.

———. Strangers to ourselves[M]. Trans. ROUDIEZ L. New York: Columbia University Press, 1990.

KUDU M. Salman Rushdie[M]. London: Book Publisher, 1988.

LEE H. Virginia Woolf's nose: essays on biography[C]. Princeton, NJ and Oxford: Princeton University Press, 2005.

LEFEBVRE H. The production of space[M]. Trans. NICHOLSON-SMITH D.. Cambridge: Basil Blackwell, 1991.

———. Writing on cities. Trans. KOFMAN K & LEBAS E. Oxford: The Blackwell Publishers, 2000.

LENNON J. A country of the elsewheres: an interview with Colum McCann[J]. New Hibernia review, 2012, 16(2): 98 – 111.

———. An interview with fiction writer Colum McCann[Z]. Poets & Writers, 2003[2017 – 06 – 06]⟨http://www.pw.org/content/interviewfictionwritercolummccann⟩

LENNON J. "The first man to whistle": two interviews with Colum McCann[C]// CAHILL S & FLANNERY E. (eds.). This side of brightness: essays on the fiction of Colum McCann. Oxford: Peter Lang, 2012.

LLENA Z C. From exilic to mobile identities: Colum McCann's *Let the Great World Spin* and the cosmopolitanization of contemporary Ireland[J]. Irish University review, 2016, 46(2): 359 – 376.

———. Beyond Ireland: encounters across cultures[G]. Ed. Dr. Eamon Maher. Bern: Peter Lang, 2011.

LONERGAN P. Introduction[C]// The methuendrama anthology of Irish plays. London: Methuen Drama, 2008.

MACKLIN T E. Universal truths[J]. World of Hibernia, 2000, (6): 155 – 158.

MAHER E. Seeking redemption through art: the example of Colum

McCann[J]. Irish studies review, 2012, 20(1): 85-88.

MARAM O & BACH R O. Seeking the future in *Fishing the Sloe-Black River*[C]// CAHILL S & FLANNERY E. (eds.). This side of brightness: essays on the fiction of Colum McCann. Oxford: Peter Lang, 2012.

MARDOROSSIAN C M. From literature of exile to migrant literature [J]. Modern language studies, 2002, 32(2): 15-20.

MARGALITA. Nostalgia[J]. Psychoanalytic dialogues, 2011, 21 (3).

MCCANN C & HEMON A. The writer sees in the dark corner swept clean by historians[N]. Guardian, 2003-06-30[2017-08-08]. 〈http://www.guardian.co.uk/books/2003/jun/30/fiction〉.

MCCANN C. This side of brightness[M]. New York: Picador Press, 1998.

——. Everything in this country must: a novella and two stories[M]. New York: Picador, 2001.

——. Thirteen ways of looking[M]. New York: Random House, 2015.

——. Things come together[J]. PEN America, 2008, 9.

——. Interview by Robert Birnbaum[N]. The morning news, 2007-05-03[2018-08-06]. 〈http://www.themorningnews.org/archives/birnbaum v/colum mccann.php〉.

——. Interview by Michael Hayes[Z]. [2017-08-08]. 〈http://www.colummccann.com/interviews.htm〉.

——. Everything in this country must—interview[Z]. [2017-08-08]. 〈http:www.colummccann.com/interview/everything.htm〉.

——. Interview with Colum McCann[N]. The stinging fly, 2003, (15) [2017-06-08]. 〈http://www.stingingfly.org/issue9/maccann.html〉.

—. Identity-being Irish[J]. Irish times, 2000 - 10 - 21: 62.

MERLEAU-PONTY M. The phenomenology of perception [M]. London: Routledge, 1962.

MIANOWSKI M. The choreography of exile in Colum McCann's fiction [J]. Nordic Irish studies, 2014, 13(2): 31 - 42.

MIKOWSKI S. Nomadic artists, smooth spaces and lines of flight: reading Colum McCann through Joyce, and Deleuze and Guattari [C] // CAHILL S & FLANNERY E. (eds.). This side of brightness: essays on the fiction of Colum McCann. Oxford: Peter Lang, 2012.

METCALFE A. Small talk: Colum McCann[N]. Financial times, 2009 - 08 - 29 [2018 - 08 - 06]. ⟨http://www.ft.com/cmc/c/2/7ea126ca-9362-11de-b146-00144feabdc0.html⟩

Moynihan S. "Upground and belowground topographies": the chronotopes of skyscraper and subway in Colum McCann's New York novels before and after 9/11 [J]. Studies in American fiction, 2012, 39 (2): 269 - 290.

MOORE-GILBERT B. Postcolonial criticism [M]. London and New York: Longman, 1997.

MORARU C. Refiguring the postcolonial: the transnational challenges [J]. ARIEL, 1997, 28(4): 171 - 185.

MORETTI F. Atlas of the European novel 1800—1900 [M]. London: Verso, 1998.

MOSES M V. Irish modernist imaginaries [C] //CLEARY J. (ed.). The Cambridge companion to Irish modernism. Cambridge: Cambridge University Press, 2014: 206 - 220.

MUMFORD L. The city in history: its origins, its transformations and its prospects[M]. New York: Harcourt, Brace and World Inc, 1961.

NAGEL T. The problem of global justice[J]. Philosophy & public affairs, 2005, 33(2): 113-147.

OATES J C. An endangered species[Z]. New York review of books, 2000-06-29[2008-09-09]. http://www.nybooks.com/articles/37⟩

O'CONNOR J. Introduction[C]//GOLGER D. (ed.). Ireland in exile: Irish writers abroad. Dublin: New Island Books, 1993: 11-18.

ORLEY E. Places remember events—towards an ethics of encounter [M]//Liminal landscapes. London and New York: Routledge, 2012: 36-49.

PALMER E B, BRANCHL & HARRIS D. (eds.). Encyclopedia of ageism[M]. New York: Haworth, 2005.

PATELL C. Cosmopolitanism and the literary imagination[M]. New York: Palgrave Macmillan, 2015.

PATTEN E. Contemporary Irish fiction[M]// FOSTER W J. (ed.). The Cambridge companion to the Irish novel. Cambridge: Cambridge University Press, 2006: 259-275.

PAUL R. Frederick Engels and international significance of Irish history [C]// EAMON M. (ed.). Beyond Ireland: encounters across cultures. Bern: PeterLang, 2011: 311-326.

PEDERSEN Y L. Cultural images and cross-cultural encounters in Colum McCann's *Zoli*[C]// EAMON M. (ed.). Beyond Ireland: encounters across cultures. Bern: Peter Lang, 2011: 159-178.

PHILLIPS A. On flirtation[M]. London: Faber and Faber, 1994.

PRATT L M. Imperial eyes: travel writing and transculturation[M]. London and New York: Routledge, 1992.

PRINCE G. A dictionary of narratology[M]. Nebraska: University of Nebraska Press, 1987.

RIESMAN D. Individualism reconsidered and other essays[C]. Glencoe Ⅲ: The Free Press, 1954.

RUCHATZ J. The photograph as externalization and trace[C]//ASTRID E & NUNNING A. (eds.). Companion to cultural memory studies. Berlin/New York: Walter de Gruyter, 2010: 366–378.

ROBINSON M. Cherishing the Irish diaspora: an address [Z]. Oireachtas, 1995-02-02[2018-08-20].

ROTHBERG M. A failure of the imagination: diagnosing the post-9/11 novel: a response to Richard Gray[J]. American literary history, 2009, 21(1): 152–158.

SAID E. Culture and imperialism[M]. New York: Vantage Books, 1993.

—. Reflections on exile[C]// FERGUSON R, MARTHA G, TRINH T M. et al (eds.). Out there, marginalization and contemporary cultures. Cambridge and Mass: MIT Press, 1990: 357–363.

SARTRE J P. The psychology of imagination [M]. Secaucus, NJ: Citadel, 1972.

SAVAGE R J. Ireland in the new century—politics, culture and identity [M]. Dublin: Four Courts Press LTD, 2002.

SELDEN R. A reader's guide to contemporary literary theory [M]. Lexington: The University of Kentucky Press, 1985.

SENNETT R. The fall of public man: on the social psychology of capitalism[M]. New York: Vintage Books, 1978.

SHIELDS R. Places on the margin: alternative geographies of modernity [M]. London: Routledge, 1991.

SCHILLER N, BASCH L & BLANC S C. Nations unbound: transnational projects, postcolonial predicaments and deterritorialized nation-states [M]. Langhorne: Gordon and Breach, 1994.

—. From immigrant to transmigrant: theorizing transnational migration [J]. Anthropological quarterly, 1995, 68(1): 48 – 63.

SMITH K. Danger above and below[J]. Wall Street journal, 2009 – 07 – 03, A.11.

SMYTH G. The novel & the nation: studies in the new Irish fiction [M]. Chicago: Pluto Press, 1997.

SPARIOUS I M. Modernism and exile [M]. London: Palgrave Macmillan, 2015.

THOMASSEN B. Liminality and the modern: living through the in-between[M]. Burlington, VT: Ashgate, 2014.

TILLINGHAST R. Poems into plowshares: the spirit level by Seamus Heaney[J]. The New York review of books, 1996 – 07 – 21: 5 – 7.

TUAN Y. Space and place: the perspective of experience [M]. Minneapolis: University Press of Minnesota, 1977.

TUCKER A. here and there: reframing diaspora in *Songdogs* [C]// CAHILL S & FLANNERY E. (eds.). This side of brightness: essays on the fiction of Colum McCann. Oxford: Peter Lang, 2012.

TURNER V. The ritual process: structure and anti-structure [M]. Chicago: Aldine, 1969.

—. Comments and conclusions [C]// BABCOCK B A. (ed.). The reversible world: symbolic inversion in art and society. Ithaca: Cornell University Press, 1978: 276 – 296.

—. Dewey, Dilthey, and drama: an essay in the anthropology of experience[C]// TURNER V W & BRUNER E M. (eds.). The anthropology of experience. Chicago: University of Illinois Press, 1986: 33 – 44.

—. Variations on a theme of liminality [C]// SALLY F M. (ed.). Secular ritual. Amsterdam: Van Gorcum, 1977: 36 – 52.

VANCE N. Irish literature: a social history[M]. Cambridge, MA.: Basil Blackwell, 1990.

VAN GENNEP A. The rites of passage[M]. Chicago: University of Chicago Press, 1909.

VIEIRA F. The concept of utopia[M]//GREGORY C. (ed.). The Cambridge companion to utopian literature. Cambridge: Cambridge University Press, 2010: 3-27.

WALL E. Winds blowing from a million directions[C]// CHARLES F. (ed.). New perspective on the Irish diaspora. Carbondale and Edwardsville IL: Southern Illinois University Press, 2000: 281-288.

WAXMAN B F. From the hearth to the open road: a feminist study of aging in contemporary literature[M]. New York: Greenwood, 1990.

WHELAN K. The revisionist debate in Ireland[J]. Boundary 2, 2004 31(1): 185-187.

WHITE H. Tropics of discourse: essays in cultural criticism[C]. Baltimore: Johns Hopkins University Press, 1978.

WHITE P. Geography, literature and migration[C]//RUSSELL K, CONNELL J & WHITE P. (eds.). Writing across worlds: literature and migration. London and New York: Routledge, 1995: 1-19.

WILKINSON R A. The Blackbird and the Quest for Meaning[J]. The English journal, 2006, 96(1): 54-55.

ZORAN G. Towards a theory of space in narrative[J]. Poetics today. 1984, 5(2): 309-335.

中文文献

阿斯曼.回忆的真实性[M]//埃尔,冯亚琳,主编.文化记忆理论读本.北京:北京大学出版社,2012.

阿斯曼.回忆空间:文化记忆的形式和变化[M].潘璐,译.北京:北京大学出版社,2017.

奥斯特.我是被选中进行写作的[N].新京报,2008-08-30.

巴赫金.文本 对话与人文[M].白春仁 等译.石家庄:河北教育出版社,1998.

巴什拉.空间的诗学[M].张逸婧,译.上海:上海译文出版社,2009.

鲍曼:流动的生活[M].徐朝友,译.南京:江苏人民出版社,2012.

——:来自液态现代世界的44封信[M].鲍磊,译.桂林:漓江出版社,2013.

——:全球化:人类的后果[M].郭国良,徐建华,译.北京:商务印书馆.

——:现代性与大屠杀[M].杨渝东,史建华,译.北京:商务印书馆,2003.

——:现代性与矛盾性[M].邵迎生,译.北京:商务印书馆,2003.

——:共同体:在一个不确定的世界中寻找安全[M].欧阳景根,译.南京:江苏人民出版社,2007.

——:个体化社会[M].范祥涛,译.上海:上海三联书店,2002.

——:生活在碎片之中:论后现代道德[M].郁建兴,周俊,周莹,译.上海:学林出版社,2002.

鲍曼,泰斯特.与鲍曼对话[M].杨淑娇,译.台北:巨流图书公司,2004.

贝克,格兰德.世界主义的欧洲:第二次现代性的社会与政治[M].章国锋,译.上海:华东师范大学出版社,2008.

贝克,施茨纳德,温特等.全球的美国?全球化的文化后果[M].刘倩,杨子彦,译.开封:河南大学出版社,2012.

贝克.自由与资本主义:与著名社会学家乌尔里希·贝克对话[M]. 路国林,译.杭州:浙江人民出版社,2001.

—:风险社会:走向另一种现代性[M].张文杰,何博闻,译.南京:译林出版社,2004.

毕灵杰.坠落与平衡:文学伦理学视角下的《转吧,这伟大的世界》解读[D].南京师范大学,2016.

波伏娃.第二性[M].陶铁柱,译.北京:中国书籍出版社,1999.

伯曼.一切坚固的东西都烟消云散了:现代性体验[M].徐大建,张辑,译.北京:商务印书馆,2018.

布尔迪厄.实践理论大纲[M].高振华,李思宇,译.北京:中国人民大学出版社,2017.

布罗代尔.15—18世纪的物质文明、经济和资本主义:第三卷[M].施康强,顾良,译.北京:生活·读书·新知三联书店,1993.

布洛克.西方人文主义传统[M].董乐山,译.北京:生活·读书·新知三联书店,1997.

陈恕.中爱文学关系研究[C]//王展鹏,编.中爱关系:跨文化视角.北京:世纪知识出版社,2011:209-218.

陈晓庆.创伤·种族·爱:《转吧,这伟大的世界》中黑人女性形象研究[J].牡丹江大学学报,2016,(12):43-46.

戴从容.民族主义之后:从谢默思·希尼看后现代时代的爱尔兰民族[J].深圳大学学报(人文社会科学版),2011,(5):115-120.

但汉松."9·11"小说的两种叙事维度:以《坠落的人》和《转吧,这伟大的世界》为例[J].当代外国文学,2012,(2):66-73.

德兰迪,郭忠华."世界主义"共同体如何形成:关于重大社会变迁问题的对话[J].学术月刊,2011,(43):8-12.

范热内普.过渡礼仪[M].张举文,译.北京:商务印书馆,2010.

方环非,郑祥福.当代西方哲学思潮[M].杭州:浙江大学出版社,2013.

冯丽霞.多维的视角,辛辣的批判:评麦凯恩新作《十三种观看的方式》[J].外国文学动态研究,2016,(3):48-55.

——:跨越时空的沟通与救赎:《光明的这一面》的空间解读[J].英美文学研究论丛,2016(2):57-69.

——:《女间谍》反英雄式的另类幽默[J].电影评介,2016,(12):53-55.

——:麦凯恩小说《转吧,这伟大的世界》的空间释读[J].湖南科技大学学报(社会科学版),2017,(20):48-53.

——:科伦·麦凯恩小说《佐利姑娘》的阈限研究[J].美国文学研究,2018,(7):317-325.

——:冷眼看人间:麦凯恩《十三种看的方式》的空间释读[J].外国文学动态研究,2022,(3):42-50.

弗兰克.现代小说中的空间形式[M].秦林芳,译.北京:北京大学出版社,1991.

弗里德曼.图绘:女性主义与文化交往地理学[M].陈丽,译.南京:译林出版社,2014.

福柯.另类空间[J].王喆,译.世界哲学,2006,(6):54-57.

——:疯癫与文明:理性时代的疯癫史[M].刘北成,杨远婴,译.北京:生活·读书·新知三联书店,2012.

高银.儿子的战争,母亲的战斗:《转吧,这伟大的世界》中克莱尔的越战创伤[J].海外英语,2013,(1):166-168.

——:"身体之重":解读《丛林狼》中的艳照[D].武汉:武汉理工大学,2012.

龚璇.新世纪以来的爱尔兰小说[J].当代外国文学,2016,(3):168-176.

哈贝马斯,哈勒.作为未来的过去:与著名哲学家哈贝马斯对话[M].章国锋,译.杭州:浙江人民出版社,2001.

哈贝马斯.他者的引入[M].法兰克福:法兰克福出版社,1999.

引用文献

哈琴.后现代主义诗学:历史·理论·小说[M].李杨等,译.南京:南京大学出版社,2009.

亨廷顿.文明的冲突与世界秩序的重建[M].周琪等,译.北京:新华出版社,2010.

胡颖峰.论福柯的历史观[J].理论月刊,2012,(7):52-53.

怀特.后现代历史叙事学[M].陈永固,张万娟,译.北京:中国社会科学出版社,2003.

——:元史学:19世纪欧洲的历史想象[M].陈新,译.南京:译林出版社,2005.

霍布斯鲍姆,兰格.传统的文明[M].顾杭,庞冠群,译.南京:译林出版社,2004.

吉登斯.现代性与自我认同:晚期现代中的自我与社会[M].夏璐,译.北京:中国人民大学出版社,2018.

克朗.文化地理学[M].杨淑华,宋慧敏,译.南京:南京大学出版社,2005.

拉波特,奥弗林.社会文化人类学的关键概念[M].鲍雯妍,张亚辉,译.北京:华夏出版社,2009.

勒布雷东.人类身体史和现代性[M].王圆圆,译.上海:上海文艺出版社,2010.

李成坚.斯宾塞眼中的爱尔兰:论《爱尔兰之现状》中的民族意识[J].外国文学评论,2011(2):58-68.

李元.民族身份的重述:凯尔特之虎时期的爱尔兰戏剧[J].当代外国文学,2013,(1):78-86.

梁雁冰.人人讲述的故事:试析《转吧,这伟大的世界》的叙述声音[D].北京:对外经济贸易大学,2013.

林维明.多维视野中的女性主义文学批评[M].北京:中国社会科学出版社,2004.

刘静予.《转吧,这伟大的世界》中的孤独主题[J].中外企业家,

2015,(15):254-257.

刘洋.《转吧,这伟大的世界》中的创伤叙事[D].上海:上海大学,
　　2015.

龙迪勇.空间叙事学[M].上海:上海三联书店,2015.

罗丹.从创伤后成长角度评《转吧,这伟大的世界》[D].长春:东北
　　师范大学,2015.

马克思,恩格斯.马克思恩格斯关于殖民地及民族问题的论著[M].
　　中央民族学院研究部,1956.

玛格利特.记忆的伦理[M].贺海仁,译.北京:清华大学出版社,
　　2015.

麦凯恩.转吧,这伟大的世界[M].方柏林,译.北京:人民文学出版
　　社,2010.

——:佐利姑娘[M].杨眉,译.济南:山东文艺出版社,2013.

——:歌犬[M].方柏林,译.济南:山东文艺出版社,2013.

——:黑河钓事[M].曼向阳,译.北京:人民文学出版社,2013.

——:飞越大西洋[M].张芸,译.北京:人民文学出版社,2016.

——:舞者[M].张芸,译.济南:山东文艺出版社,2014.

米勒.世界文学面临的三重挑战[J].生安锋,译.探索与争鸣,2010,
　　(11):8-10.

米切尔森.叙述中的空间结构类型[C]//秦林芳,编译.现代小说中
　　的空间形式.北京:北京大学出版社,1991.

穆尔-吉尔伯特.后殖民理论:语境、实践、政治[M].陈仲丹,译.南
　　京:南京大学出版社,2004.

尼采.道德的谱系[M].赵千帆,译.北京:商务印书馆,1887.

牛津大学出版社编.新牛津英汉双解大词典[M].2版.上海:上海外
　　语教育出版社,2013.

朴玉.论麦凯恩《佐利姑娘》中的属下他者形象[J].湖南科技大学学
　　报(社会科学版),2015,(18):39-43.

——:论麦凯恩《转吧,这伟大的世界》中的城市景观[J].当代外国文学,2016,(3):5-13.

——:迷失与救赎:《光明这一面》的城市创伤叙事[J].外语教学,2016,(37):80-83.

浦立昕.一根钢丝的寓言:评"微山湖奖"获奖作品《转吧,这伟大的世界》[J].译林(学术版),2011,(8):114-118.

任一鸣,瞿世镜.英语后殖民文学研究[M].上海:上海译文出版社,2003.

萨克.从布莱恩·弗里尔的《翻译》看爱尔兰问题的特殊性和普遍性[J].陈恕,译.外国文学,1988,(6):55-65.

萨义德.东方学[M].王宇根,译.北京:生活·读书·新知三联书店,1999.

塞尔登.当代文学理论导读[M].4版.北京:外语教学与研究出版社,2004.

申丹,王丽亚.西方叙事学:经典与后经典[M].2版.北京:北京大学出版社,2023.

史成芳.史学中的时间概念[M].长沙:湖南教育出版社,2001.

孙正聿.马克思主义基础理论研究(上)[M].北京:北京大学出版社,2011.

谭长志,郭殊,马利,等.未成年人权益保护简明读本[M].北京:中国社会出版社,2006.

特纳,瑞杰克.社会与文化:稀缺和团结的原则[M].吴凯,译.北京:北京大学出版社,2009.

特纳.身体与社会[M].马海良等,译.沈阳:春风文艺出版社,2000.

特纳.仪式过程:结构与反结构[M].黄剑波,柳博赟,译,北京:中国人民大学出版社,2006.

——象征之林:恩登布人仪式散论[M].赵玉燕,欧阳敏,徐洪峰,译.北京:商务印书馆,2006.

滕尼斯.共同体与社会[M].林荣远,译.北京:商务印书馆,1999.

田俊武.约翰·斯坦贝克笔下的底层叙事[J].西安外国语大学学报,2012,(3):81-84.

汪民安.文化研究关键词[M].南京:江苏人民出版社,2007.

王凤云.论麦凯恩《横跨大西洋》中的历史书写[J].外国文学动态研究,2015,(5):34-41.

——:论《佐利姑娘》中的吉普赛文化身份[D].上海:上海大学,2015.

王宁.后理论时代:西方理论思潮的走向[J].外国文学,2005,(3):30-39.

王薇.看与被看:《转吧,这伟大的世界》中的历史景观书写[J].当代外国文学,2015(3):46-54.

王先霈,王又平.文学理论批评术语汇释[M].北京:高等教学出版社,2006.

王晓晨."爱尔兰性"的追寻[J].福建师范大学学报(哲学社会科学版),2015,(4):90-104.

王晓路.文化批评关键词研究[M].北京:北京大学出版社,2007.

王治河等.后现代主义词典[M].北京:中央编译出版社,2004.

沃斯.作为一种生活方式的都市主义[M]//汪民安等,主编.陶家俊,译.现代性基本读本,郑州:河南大学出版社,2005.

吴庆军.乔伊斯小说非本质主义民族认同的多维度建构[J].国外文学,2018,(1):100-109.

希林.文化、技术与社会中的身体[M].北京:北京大学出版社,2011.

习近平.顺应时代前进潮流,促进世界和平发展:在莫斯科国际关系学院的演讲[N].中国青年报,2013-03-24.

夏贝纳.科伦·麦凯恩《转吧,这伟大的世界》中的创伤探析[D].南京:南京大学,2015.

谢纳.空间生产与文化表征:空间转向视阈中的文学研究[M].北京:中国人民大学出版社,2010.

许小委.论鲍曼之"流动的现代性"[D].上海:复旦大学,2014.

严翅君等.后现代理论家关键词[M].韩丹,译.南京:江苏人民出版社,2011.

杨春.《转吧,这伟大的世界》叙事时间探析[J].时代文学,2012,(3):59-60.

—:《转吧,这伟大的世界》叙事视角解读[J].长城,2012,(8):82-83.

杨金才."9·11"之后美国文学发生了什么[N].文艺报,2013-12-11.

—:新世纪美国小说的主题特征[J].深圳大学学报,2014,(2):6-12.

杨钧.试论小说中反讽的四种类型[J].学术交流,1994,(6):64-68.

杨亚丽,王东洁.空间叙事平衡:《转吧,这伟大的世界》中的"去'9·11'书写"[J].东北农业大学(社会科学版),2016,(1):81-87.

伊格尔顿.人生的意义[M].朱新伟,译.南京:译林出版社,2012.

殷企平.共同体[J].外国文学,2016,(2):70-79.

曾广.平衡—失衡—再平衡:结构主义视角下的《转吧,这伟大的世界》[J].外国文学动态研究,2017,(3):67-76.

詹明信.晚期资本主义的文化逻辑[M].陈清侨等,译.北京:生活·读书·新知三联书店,1997.

张剑.西方文论关键词:他者[J].外国文学,2011(1):118-127.

张芸.用小说重塑历史:科伦·麦凯恩访谈[J].书城,2013(8):105-116.

—:走钢丝的人[J].书城,2010,(3):110-112.

郑杭生.陌生人社会的裂痕粘合难题[J].人民论坛,2009,(22):36-39.

附　录

冷眼看人间
——麦凯恩《十三种看的方式》的空间释读

　　进入 21 世纪,"9·11"事件以一种悲壮的方式终结了福山的历史终结论,印证了亨廷顿的"文明冲突论",发达的科技、全球化的经济发展并没有使自由、民主的美国免遭更多的灾难,局部战争、贸易逆差、贫富差距、政治乱局、新冠疫情给人们带来更多的困惑和反思。"9·11"事件之后,当代作家的创作开始更多地"反思生命意义",再现"人之生存境遇"①。爱尔兰裔美国作家科伦·麦凯恩(Colum McCann,1965—)锐意反思,在《转吧,这伟大的世界》(*Let the Great World Spin*,2009)中通过众生境遇的再现来疗愈"9·11"事件的创伤,鼓励世人"跌跌撞撞前进"②。接下来几年,麦凯恩仍在纽约生活,他以笔作剑创作了《十三种看的方式》(*Thirteen Ways of Looking*,2013)。该小说主要讲述 82 岁的退休法官彼得·门德尔松在纽约度过的生命的最后一天,却以广阔的视角展开纽约、爱尔兰等地半个世纪的社会全景。故事虽简单,讲述的方式却独辟蹊径,似乎在邀请读者从不同的视角来审视、反思我们生存其间的社会,同时体验"人类

---

　　① 杨金才:《"9·11"之后美国文学发生了什么》,载《文艺报》2013 年 12 月 11 日第 006 版,第 1 页。
　　② 科伦·麦凯恩:《转吧,这伟大的世界》,方柏林译,山东文艺出版社,2013 年,第 415 页。

境况的一项本质属性"——死亡①。《纽约时报》评价道:"这部题名小说苍劲有力,读完余音绕梁……让人想重读一遍……就像华莱士·史蒂文斯的诗歌一样,没有定论,空留灰色、静止的天空这一挥之不去的意象以及脆弱的真相被多维视角模糊而非照亮的感觉。"②该评价敏锐地捕捉到小说中史蒂文斯的诗歌、萦绕于心的灰色天空以及多维视角所营造的不确定感,突出小说带给读者回味无穷的审美体验。而目前,国内外学者对该作的研究寥寥,国外学者伯特兰·卡丹在《科伦·麦凯恩的互文文本》中从镜子和拼贴的角度简略分析了小说中的镜子意象,认为麦凯恩像乔伊斯一样是擅长"(使用)剪刀和浆糊的人"③。然而,细读文本会发现,他指出的镜子意象并非小说与诗行之间的简单投射,而更可能是安装在房间、街道、饭店各处的监控所呈现出的视频影像;各种外部材料的 DIY 拼贴也不仅仅是对"儿童游戏的怀念"和对"乔伊斯传统"的部分继承④,而很可能具有更深刻的寓意。此外,笔者在《多维的视角,辛辣的讽刺——评麦凯恩新作〈十三种观看的方式〉》中对该作的视角、讽刺手法和互文性进行了初步评价⑤,但并未充分注意到拼贴手法所内蕴的不拘一格的叙事空间以及问题化的社会空间。因此,本论文旨在以空间理论观照该小说中时空错乱的叙事迷宫以及由理性和阈限构成的悖论空间来透视其隐喻阈限性现代社会悖论与危机的主题意蕴。

---

① 克里斯·希林:《身体与社会理论》(第二版),李康译,北京大学出版社,2010 年,第 166 页。

② Colum McCann, "Thirteen ways of looking", http://colummccann.com/books/thirteen-ways-of-looking/.

③ Bertrand Cardin, *Colum McCann's Intertexts: Books Talk to One Another*, Cork: Cork University Press, 2016, p.168.

④ Bertrand Cardin, *Colum McCann's Intertexts: Books Talk to One Another*, p.168.

⑤ 冯丽霞:《多维的视角,辛辣的批判——评麦凯恩新作〈十三种观看的方式〉》,载《外国文学动态研究》2016 年第 3 期,第 48 页。

一、时空错乱的叙事迷宫

作家弗兰克·麦考特曾盛赞麦凯恩的小说《转吧,这伟大的世界》是"一部鸿篇巨制、空前绝后、令人心碎、形同交响乐"[1]。四年后,十三章共时合奏的交响乐演化为《十三种观看的方式》,正所谓"横看成岭侧成峰",这部小说聚焦彼得法官遇害事件的十三个侧面,淡化故事情节、放缓叙事流动、无限延展空间,向读者展示新一轮拆解时间、拼贴空间的形式实验,贡献另一幅瑰丽奇崛、恣意嬉戏的文学图绘,营造出曲径通幽、回味无穷的审美体验。

伯特兰分析了这部小说中所采用的镜子意象和儿童游戏式的拼贴手法。人民文学出版社出版、马爱农翻译的中译本在第一章开篇将并无明确指涉的"The first one"译成第一面镜子,译文为"第一面镜子藏在红木书架的高处,映照整个房间"[2]。"镜子"成了学者研究、译者关注的焦点,那么镜子意象具体体现在小说的哪些部分?镜子与拼贴手法反映了怎样的时空关系?小说开篇"叙述语言简洁直白、略显多余,不动声色间将情况和细节进行了客观报道"[3],这种时间停滞的空间化叙事消解了传统意义上的"情节",延长了读者感受家庭"空间结构、室内陈设、所用物品"[4]的时间:一方面,设置悬念,展示(show)房间的"第一个"是什么?另一方面,使读者在缓慢的体验与观察中不断划定叙述世界的边界,建构故事背景,思考这里到底

---

[1] 转引自科伦·麦凯恩:《转吧,这伟大的世界》,第9页。
[2] 科伦·麦凯恩:《十三种观看的方式》,马爱农译,人民文学出版社,2021年,第3页。
[3] Wesley A. Kort. *Place and Space in Modern Fiction*, Florida: University Press of Florida, 2004, p.17. 后文出自同一著作的引文,将随文标出该著名称首词和引文出处页码,不再另注。
[4] Alison Blunt and Robyn Dowling, *Home*, London and New York: Routledge, 2006, p.23.

要发生什么、可以期待什么。第三章开头为"客厅里有两个摄像头,都是动作感应的。一个藏在书柜里,另一个隐藏在窗边的架子上"①。第一章的第一句和第三章第二句高度重合,结合其他单数章节频繁出现的"摄像机"(cameras)和"隐藏在""安装在"(be hidden/set up/concealed)等类似表述,以及紧随其后对室内、大楼、殡仪馆、审讯室、餐厅以及街道上不同位置摄像头所拍摄到的场景和设施的空间化描述,可以非常确定地推理出第一章的"the first one"指涉安装在家庭内部的摄像机,故而中译本的翻译和学者伯特兰的解读都不成立,小说是以监控视频贯穿始终,而不是镜子。所有单数章节都是拖动视频进度条或快或慢播放老者生活的过程,严重扭曲时间,造成日常生活空间变形和异化的陌生化效果,那么读者如何能沉下心来观看这琐碎冗长、平淡无奇的家庭影像呢?

第二章瞬间将读者抛入主人公的"纯粹时间"②之中,第一人称的意识流和第三人称的审视"逆向溯源或旁逸斜出"③,将老人醒来、起床、上厕所的过程在叙事层面上铺陈了十七页。"强调个别细节也就创造了一种特别的变形"④,对日常行为过于详细的描写起到夸张变形的效果,突出了老人记忆衰退、行动迟缓、生活几近无法自理、心理空间却异常活跃的状况。所有双数章节都再现了老者的真实生活,大量思想意识随意穿插在故事的行动和发展过程中,形成不断切换视角、阻断线性叙事流动、异化时空关系的多重空间叙事艺术,增强了叙事张力和感染力,放大了读者的阅读难度和审美体验。

空间叙事的一个重要的审美作用是引起读者关注,督促读者在众多事件之间建立联系,从而建构小说的整体逻辑和意义。本小说

---

① Colum McCann, *Thirteen Ways of Looking*, New York: Random House, 2015, p.23. 后文出自同一著作的引文,将随文标出该著名称首词和引文出处页码,不再另注。
② 约瑟夫·弗兰克:《现代小说中的空间形式》,秦林芳编译,北京大学出版社,1991年,第13页。
③ 约瑟夫·弗兰克:《现代小说中的空间形式》,第146页。
④ 方珊:《形式主义文论》,山东教育出版社,2002年,第66页。

采取了"解码延迟"(delayed decoding)的策略来吸引读者关注所有空间细节、建构故事空间。伊恩·瓦特(Ian Watt)在分析康拉德的《黑暗的心》(*Heart of Darkness*)时提出"解码延迟"是"一种感官印象,作者不给该事物命名或过一段时间才解释该事物"[①],它属于现代心理学上的"亢奋性"唤醒,主要是通过调动审美主体对文本进行不断的玩味和揣摩,在情感的上升与消退的过程中实现审美愉悦[②]。在这部小说中,开篇"第一个"的模糊能指即"解码延迟",引起读者好奇,直到第三章"谋杀案侦探不久将好奇摄像机的存在","他们会发现那是门德尔松的儿子艾略特偷偷安装的监控,为了监视莎莉·詹姆斯……"(*Thirteen*:24)。小说在前三章不动声色的描述中毫无征兆地以将来时的预言形式告知老者已死,这时读者惊觉之前疏离的视觉叙事原来是侦探调出监控后所看到的摄像机里的图像。第一章的空间再现其实是"一种叙事,重点在于业余或职业侦探对严重罪行(通常是谋杀案)所进行的持续的分析调查"[③]。这种叙事需要读者"从地点或图像的成分中创造出一种头脑文字,用这种文字就可以把要记住的内容像写到白纸上一样写入记忆"[④]。之后反复出现的"摄像机"意象不仅营造叙事结构空间性的效果,更提供了老者活动空间各个角落的监控视频,读者不得不将注意力转移到小说结构和所有的空间性语言,努力排查、记忆这些影像资料,对案件进行推理和分析,从而找出凶手。故而,读者被赋予了寻找蛛丝马迹、编织完整故事、破解疑难案件的侦探角色,单数章节冰冷的视觉图像与

---

① Ian Watt, *Conrad in the Nineteenth Century*, Berkeley: University of Californian Press, 1979, p.175.
② 杨向荣、熊沐清:《取消"前在性":陌生化命义解读》,载《外国文学研究》2003年第2期,第46页。
③ M. H.艾布拉姆斯,杰弗里·高尔特·哈珀姆等:《文学术语词典》(第10版),吴淞江等译,北京大学出版社,2014年,第108页。
④ 阿莱达·阿斯曼:《回忆空间——文化记忆的形式和变化》,潘璐译,北京大学出版社,2016年,第19页。

双数章节当天生活情景的精确还原在读者的头脑中连接成一个错综复杂的网络迷宫。

"成功的空间形式小说必须从小说的技巧中创造出自己的意义来"①,视觉化的空间叙事不仅呼应了这个视觉转向的时代和侦探悬疑小说吸引读者的设计,而且也与统摄整部小说、导入每章内容的诗歌形成了互文性的对话空间、凝视空间。"互文性"概念诞生于20世纪后半叶结构主义与后结构主义思潮,强调在历时层面研究文本之间的传承关系、在共时层面洞察社会历史文本的影响。杰拉多·热纳特在《隐迹稿本》中指出,互文性是"两个文本或多个文本的共同在场,明显表现为某一文本在另一文本中的切实存在"②,具体表现为引用、拼贴、戏拟等写作手法。麦凯恩以引用、拼贴的手法将华莱士·史蒂文森的诗歌《十三种看黑鸟的方式》转化为《十三种看的方式》的整体框架,不仅在题目上直接节选诗歌题目,在视角上将黑鸟和监控并置,还将诗行作为引言嵌入各章,诗歌与小说在审美蕴含与主题意义上形成"巴赫金式的对话主义"③场域。这种对话性集中体现在对小说的评论话语中,"就像诗歌将读者列为共谋,侦探也会成为谋杀案的共谋"(*Thirteen*:73),"城市中的监控比空中的飞鸟还多"(*Thirteen*:143)⋯⋯第三人称的全知叙述者不断将案件的侦破与诗歌的赏析联系在一起进行评价,或误导读者儿子是凶手,或戏谑老人并非完人,更恣意打乱整个故事的线性发展逻辑,将老者死亡的结果提前,将老者与儿子吃饭的情节延后,时而用将来时预计案件的审判,时而用一般现在时介绍案件的审理过程,时而用过去时追思老者生平,时而又用虚拟语气对案件进行各种假设,很难界定叙述者观察

---

① 约瑟夫·弗兰克:《现代小说中的空间形式》,第62页。
② Gerard Genette, *Palimpsests*: *Literature in the Second Degree*, Trans.. Channa Newman and Claude Doubinsky. Lincoln: University of Nebraska Press, 1997, p.2.
③ Julia Kristeva, "Word, Dialogue and Novel", in Toril Moi, ed., *The Kristeva Reader*. New York: Columbia University Press, 1986, p.39.

所有事物的时空立足点,就像影影绰绰飞来飞去的黑鸟,叙述视角神秘游移、飘忽不定,俨然一幅詹明信的"认知构图"(cognitive mapping)危机图景:对于我们生活其间的世界,我们没有能力在空间、时间、政治、社会生活等维度找到方向感①。监控和黑鸟成为统摄整部小说的空间化意象,对于推动情节发展、丰富主题意蕴、营造整体氛围起到画龙点睛的作用。

二、理性与阈限构成的悖论空间

阈限(liminal)即"门槛"(threshold),意指"1.(阶段、过程)过渡的;开始的;2. 跨越界限的"②。人类学家阿诺尔德·范热内普最早将"阈限"引入人类学领域,意指小型部落中"伴随着每一次地点、状况、社会地位,以及年龄的改变而举行的仪式"③,这个过渡仪式在社会结构的缝隙、居间、边缘位置发生,在象征意义上具有不确定、不洁、含混甚至危险的蕴涵。范热内普强调如果一个社会停留在阈限阶段而不能回归到正常社会结构中去,就具有了永久阈限性(permanent liminality),身处其中的人类个体因无法获得新的身份和意义而呈现问题化样态,现代性社会正处在永久阈限性阶段。④ 人类学家维克多·特纳将阈限概念拓展到政治、文化、社会等领域,认为进入现代社会以后,阈限更多指涉一种痛苦的、不确定的、对虚无存在充满恐惧的状态,而现代消费社会中的阈限体验在很大程度上

---

① Fredric Jameson, "Marxism and Postmodernism", in *The Cultural Turn: Selected Writings on the Postmodern, 1983—1998*, New York & London: Verso, 1998, p.49.
② 牛津大学出版社编《新牛津英汉双解大词典》(第2版),上海外语教育出版社,2013年,第1229页.
③ Arnold Van Gennep, *The Rites of Passage*, Chicago: University of Chicago Press, 1961, p.94.
④ Bjørn Thomassen, *Liminality and the Modern: Living through the in-between*, Burlington, VT: Ashgate, 2014, pp.29, 216.

已被类阈限(liminoid)时刻取代。类阈限具有阈限特质,却已不属于仪式的某个阶段①。两位学者都在理论上指出现代社会的阈限性,而《十三种看的方式》正是以冷峻的文学想象来审视阈限性的现代社会。

"十三种看的方式"即"十三种视角",即"我们为了理解所做出的各种各样的努力"②。故而,小说中的"看"具有丰富的蕴涵。就个人而言,自柏拉图"洞穴之喻"以来的西方思想脉络强调视觉的意义在于认识自己,所以,彼得不断探索存在意义和价值的努力即自我审视、自我认同的过程。韦斯利·科特在《现代小说中的地方和空间》中提出将空间分为"个人空间或亲密空间""社会空间或政治空间""宇宙空间或综合空间"(*Place*:150),本文将其简称为"个人空间""社会空间"和"宇宙空间",三者兼具物质性和精神性两方面特质。个人空间主要是指身体空间、居住空间、精神空间,对于建构个人身份、确认生命价值、维系亲密关系具有重要作用(*Place*:174)。社会空间是指"人与人之间的关系、关系的结构以及对人施行控制的法律和道德"(*Place*:20)。对生命价值的思索和共同体归属的追寻划定了彼得个人空间的牢笼,在传统价值解体的阈限性现代社会上演一幕西西弗斯式的徒劳神话,体现人类个体在内心秩序方面的确然性诉求与荒诞现实的悖论性存在。"高度现代性的境况破坏了传统的意义体系,激励人们增强对于生命、意义和死亡的反思性。在这种情况下,自我认同的形成与维持就成了现代人面临的一项特殊问题。"③"我出生在哪"是彼得从早晨醒来那刻起就不断思索的问题,他甚至尝试书写、出版了个人传记,传记是对于碎片化社会的一种反

---

① Victor Turner, "Liminal to Liminoid, in Play, Flow and Ritual: An Essay in Comparative Symbology", in *Rice University Studies*, Vol. 60, 3(1974), pp. 53 – 92.

② Rachel A. Wilkinson. "The Blackbird and the Quest for Meaning", in *The English Journal*, Vol. 96, 1 (2006), pp. 54 – 55.

③ 克里斯·希林:《身体与社会理论》(第二版),李康译,北京大学出版社,2010年,第171页。

拨,是个体生命存在价值与意义的一种证明。然而,他的传记根本卖不出去,即使年轻时为了大法官的事业放弃公司高薪,也未得到社会的承认。媒体甚至把他丑化为一只大腹便便、贪得无厌的蟑螂。在意义丧失、自由丧失的现代社会,人只是社会机器运转的一个零件,任何寻求人生意义的努力只是徒劳。彼得不得不转而寻求亲情的慰藉。"对大多数人来说,人生是因为身边最亲密的人,例如伴侣和孩子,才变得有意义的。"①然而,正如路易斯·沃斯所说,工业化、城市化过程斩断了人们乡村-民俗社会的血缘纽带、邻里关系,"次要接触代替主要接触,血缘纽带式微,家庭的社会意义变小,邻居消失,社会团结的传统基础遭到破坏"②。彼得虽坐拥市中心的百万豪宅,但妻子过世,儿女离家,只有护工萨莉在身边照顾。他不禁陷入怀旧的精神空间,"向往昔日较慢的节奏,向往延续性,向往社会的凝聚和传统"③,那时候一切很慢,那时候的爱情从一而终,恋人"曾经可爱、永远可爱,青丝闪耀着月光"(*Thirteen*:39)。"怀旧是在时间上图示空间,在空间上图示时间,阻碍主体和客体之间的区分"④,彼得沉浸在怀旧的思绪中不能自拔,或许是对破碎现实的一种逃避或慰藉。他多么渴望和儿子一起用餐,一起追忆过往。但他的儿子艾略特忙于婚外情,没有时间和心情与父亲进行哈贝马斯意义上的真诚交流,满嘴言不由衷的谎话。父亲洞若观火,表面安慰,心里却骂着德行有亏的儿子,血缘共同体之间的纽带沦为形式上的敷衍表演,最终儿子将近乎不能自理的父亲抛弃在饭店,导致父亲在大雪天回家的路上遇袭致死。彼得的个人空间充满了愤世嫉俗和心有不甘,最终自我认同的失败源于他将自我价值维系在外界的评价和与子女们的关系

---

① 特里·伊格尔顿:《人生的意义》,朱新伟译,译林出版社,2012年,第86页。
② 路易·沃斯:《作为一种生活方式的都市主义》,陶家俊译,收入汪民安等编《现代性基本读本》,河南大学出版社,2005年,第710页。
③ 斯维特兰娜·博伊姆:《怀旧的未来》,杨德友译,译林出版社,2010年,第19页。
④ 斯维特兰娜·博伊姆:《怀旧的未来》,第11页。

上。人与人的关系,人与世界的关系深刻影响着人与自己的关系。

在信息科技高度发达的当代社会,遍布城市空间的监控成为理性系统的空间表征,形成意欲规范和掌控个人空间、人际关系甚至宇宙空间的全景监狱,看似绝对理性的铜墙铁壁却在偶然无序的阈限时空悄然破防。福柯在《规训与惩罚》中根据英国功利主义哲学家边沁设计的"全景敞视监狱"推衍出"全景敞视主义",这是一种对空间结构中每一个人进行微观监控的规训机制,常用来描绘我们身处的"监禁社会"[1]。其希腊词根"全"(pan)和"视"(optics)强调了这种视觉系统的无处不在,暗合小说"看"这个核心字眼的主题意蕴。首先,小说开篇即以室内监控"看"尽老者的卧室,本是隐秘的家宅空间成为他人凝视的对象,反映了现代家庭结构的变化。血缘共同体解体后,保姆进入个人空间承担起照顾老人的职责,子女出于对弱势老者的保护或出于对老者财产的保护,在家里安装上监控,个人空间不可避免地受到了社会空间的浸染和侵入。老者居住的大楼安装了八个摄像头,红辣椒餐厅安装了十二个摄像头,道路上、审讯室、法庭、殡仪馆遍布家用蝇眼、动作感应式、蛛网式、交通摄像头,"安全监控理性本质上也是一种安全保障理性,即通过监控方式来保障人的安全"[2],"现代性的抽象体系为日常生活的延续创造出了较大范围的相对安全",但"原本是为了安全——为了保卫城墙内的居民免遭外寇的入侵——而建的""城市""却与危险,而不是与安全连在一起"[3]。道路上充满了刺耳的喇叭声和横冲直撞的司机,过马路像"在渡过冥河",布鲁克林"是一个凶杀、暴徒、奸商、骗子的信息交流中心",粗鲁的纽约"用完你就吐出去",战争不断的"整个世界都是疯人院"(*Thirteen*:61,58,30)。身处其中,司机撞飞行人,儿子谋杀

---

[1] 转引自汪民安:《文化研究关键词》,江苏人民出版社,2019年,第284页。
[2] 颜烨:《安全社会学》,中国社会出版社,2007年,第172页。
[3] 齐格蒙特·鲍曼:《全球化——人类的后果》,郭国良、徐建华译,商务印书馆,2013年,第46页。

父亲、保姆欺骗雇主、老板凌辱秘书、仇家借机杀人等各种案件层出不穷,甚至大法官彼得也难逃厄运。不无讽刺的是,彼得谋杀案的侦破、审讯、立案过程以规律性、真理性、习惯性的一般现在时态陈列出来,说明现代社会的审判技巧、辩护程序、庭审流程等司法系统已足够体制化和逻辑化。光怪陆离的日常生活与追求理性安全的社会系统构成讽刺性的悖论空间。其次,黑鸟意象的解读历来众说纷纭,在本小说中,它更像是被赋予了混沌力量的宇宙空间,以超然物外的疏离感和旁观视角干预、洞察着人类社会的阈限时空。20世纪60年代兴起的混沌学揭示了宇宙万物存在的常态即是偶然、无序、不可预料、空洞虚无,对启蒙运动以来理性至上的西方文明形成挑战,深刻影响了"人们看待事物的重心和方式"[1]。叙述者借助诗歌中"黑鸟"的眼睛也在"看":"在三十座雪山之间,唯一活动的是黑鸟的眼睛"(Thirteen:3)。黑鸟在山间、在秋风中、在松枝间、在飘雪中,在每章开头跨越文本的边界、高高在上地审视着人类的故事空间。科特认为宇宙空间是指先于、超越、涵盖人类以及人类建造物的空间感,常被认同为自然空间,但它更强调未受人类文明染指的、不可预料的抽象空间(Place:19)。人们只能在社会空间的边缘、缝隙和过渡期间暴露的地方接触到宇宙空间(Place:152)。从这点看,宇宙空间暗合了范热内普和特纳的阈限概念——远离社会结构、不可预料的存在。尽管"透明化""逻辑化""功能化""体制化"的现代社会空间意图摒除任何超出理性边界的可能性,不确定却又无处不在的黑鸟作为宇宙的混沌代言穿梭在社会结构的缝隙、边缘、底层处,以别样的视角审视着、播撒着世界的种种偶然、意外、灾难。再次,人类也在"看"黑鸟,不吉利的黑鸟时隐时现,化身死神在小说中影影绰绰地穿行。作为宇宙最自然的一部分,死亡是人类的必然归宿。在阈限

---

[1] N. Katherine Hayles, *Chaos Bound: Orderly Disorder in Contemporary Literature and Science*, Ithaca: Cornell University Press, 1990, p.8.

时空中,"死神紧紧跟随我们,在无尽的旅途中,在最小的姿势中,在黑影中,甚至在红辣椒饭店一次小小的用餐过程中"(*Thirteen*:54)。死亡的不确定性和必然性揭示了生命的脆弱和无常,凸显人类在浩瀚宇宙中的渺小以及人类现有认知的局限和粗鄙。基于此,南希意义上的单体在死亡的感同身受中建立起人类命运共同体,共同冷眼直视、反思这个监控比飞鸟还多的世界到底怎么了。叙述者似乎在启发读者的思考:千疮百孔的现代社会正如垂垂老矣的彼得法官,等待它的会是偶然与意外的厄运吗?

对于诗歌《十三种看黑鸟的方式》,有学者评价"诗人故意模糊意义,读者努力创造意义"[1],而阅读小说《十三种看的方式》,读者何尝不是在文本诸多空间性的意象、场景中创造意义?时空错乱的叙事迷宫如实反映了视觉化拼贴、空间化延展、破碎混乱的当今时代。尽管理性至上的社会行政体制意欲建成最完备、最安全的监控系统,却难免在社会结构缝隙、边缘、底层处的阈限时空遭遇偶然和意外。彼得的反思性怀旧、愤世嫉俗的绝望和突如其来的死亡将读者联结起来,形成反思生命意义、思考人类未来的命运共同体。"我们大家,所有美国人,所有现代人,都在沿着一条令人激动然而又是灾难性的路线向前突进。就个人和集体而言,我们都需要问一问,我们是谁,我们想要成为什么,我们正跑向何处,要付出什么样的人类代价。"[2]

原载《外国文学动态研究》2022 年第 3 期

---

[1] Rachel A. Wilkinson, "The Blackbird and the Quest for Meaning", p.55.
[2] 马歇尔·伯曼:《一切坚固的东西都烟消云散了——现代性体验》,徐大建、张辑译,商务印书馆,2018 年,第 439 页。

后　记

　　本书基于我的博士论文修改完善而来。从选题、撰写论文、修改书稿到即将付梓,已六年有余,感慨良多。2014年9月,我考入南京大学外国语学院,师从杨金才教授攻读英美文学方向的博士学位。读博于很多人而言是锦上添花之事,于我却是雪中送炭。不甘于教学科研能力停滞不前,却也苦于难觅更好的平台提升自己。杨金才教授就像我在人生迷途中的一道光,让我发现了后半生可以努力的方向。杨老师以开放的视野、敏锐的洞察、严谨的思维、深入浅出的方式引领我深入美国文学的世界,通过"不愤不启,不悱不发"的培养策略,循循引导我探知学术研究的奥妙,确定博士论文的选题。尽管这个过程焦虑而痛苦,他却从不专断、着急,循循善诱,在推荐的众多作家、多种视角间启发、深化我的思考,最终水到渠成,受益良多。他博学多才、治学严谨,在我困惑、迷茫、粗心时总能及时提点,无论日常作业的小论文还是博士毕业论文,他都逐字逐句地认真阅读、修改,从整体的框架思想,到用词的精确度、上下文的逻辑连接,乃至空格字符的格式错误等方面都逐一指正,让我体验到从未有过的严谨与务实,切实提升了我的科研能力,磨炼了我的写作水平。最重要的是,杨老师勤勉自律的科研精神赋予我读博期间以及今后致力科研的决心和动力。科研过程本身枯燥、辛苦,需要靠超强的自律和毅力才能屏蔽外界诱惑,有所建树,而杨老师数十年如一日地坚持读书、

后　记

写作,外国语学院照亮黑暗夜空的那间明亮的办公室见证了他对科研的热忱和执着,也让我在如今浮躁喧嚣的时代有勇气立志做像他一样的清流,有底线,有坚守,有追求!

本书的出版得益于教育部人文社会科学研究项目"新世纪爱尔兰小说的共同体书写研究"(23YJC752003)和"中国民航大学外语学科发展专项经费"的资助,特此表示感谢!

感谢南京大学以及南京大学外国语学院的老师和工作人员。"诚朴雄伟,励学敦行"的南京大学具有浓厚的学术氛围、国际化的交流平台以及严谨实干的作风。英语系诸位导师所开设的博士生课程和论文研讨课为我开展科研、撰写论文奠定了理论和方法基础。王守仁教授、朱刚教授、何成洲教授、江宁康教授、何宁教授、陈兵教授治学严谨、学养深厚,富有人格魅力,为我们树立了远离浮躁、为人为学的典范。陈爱华老师在学习上、生活上给予我诚恳的建议和指导,让我能够准确了解自己的情况,切实安排好论文的写作计划和毕业进程。

感谢我的家人,永远支持我追寻诗和远方!感谢同门、同学的帮助、支持和鼓励!感谢我的工作单位对于我读博的支持!感谢因缘际会的相遇和成长,感恩前行!